Es ist die einschneidendste Erfahrung seines Lebens: Im Sommer 1993 ist der Erzähler, ein Student in Cambridge, mit einem Forschungsprojekt über die Romane des französischen Schriftstellers Paul Michel beschäftigt. Daneben beginnt er eine Liebesbeziehung zu einer ungewöhnlichen jungen Frau, die ihn vom ersten Moment an in eine andere, leidenschaftliche Welt verstrickt, in der Lesen und Begehren eins sind. Angetrieben von ihrer Willensstärke, macht der Erzähler sich auf die Suche nach dem skandalumwitterten Philosophen und Schriftsteller, der seit Jahren in einer psychiatrischen Anstalt lebt. Quer durch England und Frankreich und gegen den Widerstand der Institutionen kämpft er sich zu Paul Michel durch; es ist ein Weg voller Grenzüberschreitungen, auf dem er in die glasklare, wahnsinnige Wirklichkeit des Autors eindringt und sich selbst in einen Ausnahmezustand vorarbeitet, der ihn weitertreibt in die Liebe, die ihn schließlich fast den Verstand kosten wird. – Ein fulminantes, rasantes Romandebüt, das den Leser nach zweihundert spannenden Seiten atemlos und begeistert zurückläßt.

Patricia Duncker wurde in Jamaika geboren, lebte lange in Frankreich und lehrt heute an der University of Wales. ›Die Germanistin‹ ist ihr erster Roman.

Patricia Duncker

Die Germanistin

Roman

Deutsch von
Karen Nölle-Fischer

Deutscher Taschenbuch Verlag

Ungekürzte Ausgabe
April 1999
Deutscher Taschenbuch Verlag GmbH & Co. KG,
München
© 1996 Patricia Duncker
Titel der englischen Originalausgabe:
›Hallucinating Foucault‹
(Serpent's Tail, London)
© 1997 der deutschsprachigen Ausgabe:
Berlin Verlag Verlagsbeteiligungsgesellschaft mbH & Co. KG, Berlin
Umschlagkonzept: Balk & Brumshagen
Umschlaggestaltung unter Verwendung einer Graphik
von John James Audubon
Satz: KCS GmbH, Buchholz/Hamburg
Gesetzt aus der Bembo 10/12· (QuarkXPress)
Druck und Bindung: C. H. Beck'sche Buchdruckerei,
Nördlingen
Gedruckt auf säurefreiem, chlorfrei gebleichtem Papier
Printed in Germany · ISBN 3-423-12620-5

Für S. J. D. – Meine Leserin

CAMBRIDGE

Der Traum geht so: Ich stehe vor einer heißen, grauen Felsmasse, und obenauf türmen sich gigantische, sargförmige Betonplatten. Wenn ich nach links schaue, sehe ich die glitzernde, wellige See, und auf jedem Kamm fängt sich das Licht. Das Meer ist menschenleer. Es ist Hochsommer, aber es ist niemand da. Keine Boote, keine Windsurfer, keine Fallschirmflieger, keine Badenden, keine Familien, keine Hunde. Die bunten Wimpel im kleinen Strandcafé wehen hoch und voll im Wind. Die Gischt spritzt an die Fässer, auf denen die Planken des Cafébodens ruhen, Bretter, bleich wie Treibholz, glatt unter meinen Füßen. Aber es ist niemand da. Die Tische sind verlassen. Der Tresen ist leer. Die Gläser sind weggestellt. Es ist niemand da. Ich spüre die Sonne auf meinem Rücken. Meine Augen werden schmal im grellen Licht.

Und dann sehe ich, daß ich nicht allein bin. Außer mir sind noch zwei Menschen da, ein Mann und ein Junge. Sie hocken an den Gezeitentümpeln im Ufergestein. Hier, wo die Wellen bei Flut höher schlagen, bleiben die Tümpel zurück, voll von winzigen durchsichtigen Krebsen, grünem Venushaar, Schalentieren, alten Dosen, frischem Sand. Die beiden rühren sich nicht. Sie spähen mit äußerster Konzentration in einen der Tümpel. Die Hand des Jungen ist noch im warmen, flachen Wasser. Er versucht, etwas zu fangen. Der Mann hält seine Zigarette so still in der Hand, daß die Asche nicht abfällt. Er konzentriert sich mit aller Kraft darauf, daß der Junge sein

Ziel erreicht. Sie sehen mich nicht. Ich rühre mich nicht. Ich spüre die Sonne auf meinem Rücken. Ich rieche die See, um die beiden gleißt das weiße Licht.

Dann – und das ist die einzige Bewegung, die ich die ganze Zeit über sehe – hat der Junge das gefunden, was er sucht, er zieht es aus dem Wasser. Ich kann nicht sehen, was er gefunden hat. Ich sehe nichts, nur seine sich hebende Hand, den Fall seiner Locken, als er sich mit triumphierendem Lächeln zu dem Mann umdreht. Und in dem freundlichen Blick des Mannes sehe ich die Komplizenschaft von Liebenden, die Freundschaft vieler Jahre, das Wagnis eines gemeinsamen Lebens, gemeinsame Arbeit, Begegnungen in Restaurants, auf öffentlichen Plätzen, eine gewachsene Intimität, die Verheißung von tausenderlei Dingen, die wir einander zu geben vermögen, wenn zwischen uns Liebe, Ehrlichkeit und Vertrauen herrschen. Ich weiß nicht, in wessen Erinnerung ich eingedrungen bin. Dies steht in keinem der Bücher.

Ich fange an zu schreien. Ich zittere, bin hysterisch, erschüttert. Im Traum strecke ich die Arme nach den beiden aus, um diesen Moment in die Zeit zurückzuversetzen, um die Korruption der Veränderung aufzuhalten, um sie für immer in diesem Moment der bewußten Freude an Kameradschaft und Zuneigung festzuhalten, über die Kluft in ihrem und in meinem Leben hinweg. Der Blick vom einen zum andern strahlt, für immer auf den heißen, nassen Felsen erstarrt. Dann bin ich wach, und schwitzend und weinend dem Entsetzlichen preisgegeben, das ich nicht verhindern kann.

Manchmal entgleitet mir das, was im Sommer 1993 geschah. Dann habe ich nur diese schlechten, ständig wiederkehrenden Träume.

Ich habe meinen Abschluß in Cambridge gemacht. Ich habe Französisch und Deutsch studiert, in meinem letzten Jahr spezialisierte ich mich auf moderne französische Linguistik und Literatur. Ich schrieb eine Arbeit über moderne französische Geschichte. Das muß ich erzählen, weil es erklärt, warum ich so tief in die Sache hineingeraten bin. Sie war bereits der zentrale Gegenstand meines Interesses oder, wenn man so will, meine intellektuelle Leidenschaft. Was es nicht erklärt, ist, warum ich so persönlich in die Sache verwickelt wurde. Oder vielleicht doch. Als ich nämlich den Beschluß faßte, weiterzustudieren und eine Doktorarbeit zu schreiben, war es mir nicht nur mit meinem eigenen Schreiben, sondern auch mit seinem sehr ernst. Das Schreiben einer Dissertation ist eine einsame, obsessive Tätigkeit. Man lebt im eigenen Kopf, sonst nirgends. Universitätsbibliotheken sind wie Irrenhäuser, voll von Leuten, die Erscheinungen, Ahnungen, Obsessionen nachgehen. Der Mensch, mit dem man den größten Teil seiner Zeit verbringt, ist der, über den man schreibt. Manche Leute schreiben über Schulen, Künstlergruppen, historische Trends oder politische Tendenzen. Auch in meinem Jahrgang gab es solche Doktoranden, aber gewöhnlich tritt eine zentrale Figur in den Vordergrund. In meinem Fall war es Paul Michel.

Paul Michel ist jedem ein Begriff, wenn man nur ein bißchen nachhilft. Er hat zwischen 1968 und 1983 fünf Romane und einen Erzählband veröffentlicht. Sein erster Roman, *La Fuite*, der 1970 unter dem Titel *Escape* ins Englische übersetzt wurde, war während meines Grundstudiums Pflichtlektüre für das Seminar über den modernen französischen Roman. 1976 gewann er mit *La Maison d'Eté* den Prix Goncourt, es ist nach Ansicht aller Kritiker sein gelungenstes Buch. Dagegen habe ich nichts einzuwenden. Technisch gesehen stimmt es auf jeden Fall; außerdem ist es ein Buch, das klassische Themen behandelt: die Familie, das Erbe, die Last der Vergangenheit. Es liest sich wie das Werk eines Siebzigjährigen, der sein Leben in Frieden und Besinnlichkeit zugebracht hat. Aber der Eindruck täuscht. Paul Michel war der junge Wilde seiner Generation. Er machte Schlagzeilen. 1968 war er in der Sorbonne und warf Molotowcocktails auf den CRS. Er wurde 1970 unter dem Verdacht des Terrorismus verhaftet. Und es gingen Gerüchte, daß er durch eine Intervention des Elyséepalasts freikam. Manche Leute meinen, er könnte Mitglied der Action directe gewesen sein. Aber das glaube ich nicht. Auch wenn seine öffentlichen politischen Äußerungen extrem genug waren. Aus irgendeinem Grund wurde er nie in Studios oder Wohnungen interviewt wie die meisten anderen Schriftsteller, mit ihren Regalen voller Bücher und ihren afrikanischen Plastiken im Hintergrund. Soweit ich weiß, gibt es auch keine Innenaufnahmen: Er ist immer unterwegs, in Cafés, auf der Straße, an Autos gelehnt, als Sozius auf einem Motorrad, auf eine weiße Felslandschaft mit trockenem Gesträuch und Pinien blickend. Er war mehr als gutaussehend. Er war schön. Und er war homosexuell.

Er wird offen homosexuell gelebt haben, denke ich. Während ich sämtliche Interviews las, die er je gegeben hat, fiel mir auf, daß er seine Sexualität so aggressiv zu unterstreichen pflegte, wie es für die Zeit typisch war. Aber nie wurde ein anderer Name mit seinem assoziiert. Er hatte keinen lebenslangen Gefährten wie schwule Schriftsteller sonst häufig. Er war immer allein. Er schien keine Familie, keine Vergangenheit, keine Verbindungen zu besitzen. Es war, als wäre er sein eigener Autor, ein Mann ohne Angehörige. Einige Kritiker wiesen, wie mir schien, gönnerhaft darauf hin, daß Homosexualität in seinem Werk nur ein Thema unter anderen war und daß man ihn nicht schlicht als schwulen Schriftsteller abtun konnte. Dennoch fand ich, daß es ein zentrales Thema war. Und finde es noch. Seine Sicht der Familie, der Gesellschaft, der heterosexuellen Liebe, des Krieges, der Politik, des Begehrens war jeweils die eines Außenseiters, eines Mannes, der nichts investiert hat und daher auch nichts zu verlieren hat.

Und ich hatte noch einen weiteren Schlüssel zur Konstruktion meines Bildes von Paul Michel. In einem späten Interview mit einer amerikanischen Zeitschrift, der *New York Times Book Review*, glaube ich, als *Midi* auf englisch herauskam, wurde er gefragt, welcher andere Schriftsteller ihn am nachhaltigsten beeinflußt habe. Und er entgegnete, ohne zu zögern, Foucault. Verweigerte aber jeden weiteren Kommentar.

Natürlich war Paul Michel ein Romanschriftsteller und Foucault ein Philosoph, aber zwischen ihnen gab es seltsame Verbindungen. Beide beschäftigten sich mit marginalisierten, zum Verstummen gebrachten Stimmen. Beide faszinierte das Groteske, Bizarre, Dämonische. Paul Michel hatte sein Konzept der Übertretung direkt von Foucault übernommen. Aber stilistisch lagen Welten zwischen ihnen. Foucaults riesige, dichte, barocke Entwürfe mit ihrem enormen Detailreichtum waren wie Gemälde von Hieronymus Bosch. Etwas war abgebildet, ein konventioneller Gegenstand, eine auf dem Bild zu sehende Figur, aber was die Behandlung lebendig machte, waren außerordentliche, surreale, beunruhigende Effekte, Augen, die zu Radieschen und Karotten wurden, und irdische Lüste, die zu Folterphantasien mit Eierschalen, Bolzen und Seilen wurden. Paul Michel schrieb mit der Klarheit und Einfachheit eines Autors, der in einer Welt der präzisen Gewichte und absoluten Farben lebte, einer Welt, in der jeder Gegenstand verdiente, gezählt, begehrt und geliebt zu werden. Er sah die Welt als Ganzes, aber aus einem schiefen Winkel. Er lehnte nichts ab. Er wurde beschuldigt, atheistisch, skrupellos, ein Mann ohne Werte zu sein. Die scharfsichtigeren – und feindseligeren – unter seinen Kritikern sahen in ihm einen Autor, der jedem Ereignis mit der stoischen Indifferenz dessen, der das Schicksal angenommen hat, begegnete, dessen politisches Engagement nicht mehr war als eine existentielle Geste. Einen Mann ohne Moral und ohne Glauben.

Es stimmte sicher, daß eine tiefe Kluft sein politisches und sein schriftstellerisches Leben trennte. Persönlich war er in der radikalen Linken engagiert, aber sein Schreiben bewegte sich in klassischen Bahnen, es war, so könnte man sagen, auf olympische Weise elitär. Die Eleganz seiner Prosa trug den Stempel einer über alles erhabenen Indifferenz. Sein Leben setzte sich mit seiner Zeit auseinander, sein Schreiben war das eines Aristokraten, der seit vielen Jahrhunderten Land besitzt und weiß, daß seine Bauern ihm treu dienen und daß sich nie etwas ändern wird. Es war ein rätselhafter Widerspruch. Er galt nicht für Foucault; wenn ich mir einen von beiden zum Gefährten im politischen Kampf hätte wählen müssen, hätte ich Foucault gewählt. Er war der Idealist; Paul Michel war der Zyniker.

Aber Schreiben und Politik haben in der englischen Tradition ohnehin so gut wie nichts miteinander zu tun. Jedenfalls nicht seit dem Ableben von Winstanley und Milton. Ich wollte nicht in einem unseligen Liberalismus untergehen. In meinem letzten Schuljahr las ich alles, was E. M. Forster geschrieben hatte. Er hatte eine schreckliche Wirkung auf mich. Ich glaube, ihm habe ich es zu verdanken, daß ich mich seitdem so intensiv mit den Franzosen beschäftige.

Ich war mit einer Germanistin zusammen, als ich mit meiner Arbeit an Paul Michel begann. Sie sah sehr intensiv aus und war ein bißchen älter als ich. Ich sah sie zum erstenmal, als sie auf dem Weg in den Handschriftenlesesaal der Universitätsbibliothek war. Sie hatte dicke braune Locken und trug eine winzige runde Brille mit einem dünnen Rahmen. Sie war knochig, mit flinken Bewegungen, knabenhaft schlank, merkwürdig altmodisch in ihrer Art, wie eine Heroine aus der Mitte des neunzehnten Jahrhunderts. Ich fand, daß sie faszinierend aussah. Deshalb zog ich mit all meinen Büchern in den Handschriftenlesesaal um.

Sie rauchte. Dadurch lernte ich sie kennen. Nur ganz wenige Doktoranden rauchten, und neben der Cafeteria lag eine Art Gefängnishof, in dem wir Raucher, immer im Kreis marschierend, unser Gift konsumierten. Ich wartete, bis sie ihren Tee ausgetrunken hatte und in den Hof hinaustrat. Dann folgte ich ihr in sicherem Abstand. Als sie ihre Zigarette angezündet hatte und zielbewußt auf die Magnolie zuschritt, holte ich sie ein und bat sie um Feuer. Ich weiß, mit dieser Anmache haben sich vermutlich schon die Neandertaler beholfen, aber Frauen, die an einer Dissertation sitzen, merken für gewöhnlich nicht, daß man mit ihnen anbändeln will. Du bittest sie, dir von ihrer Arbeit zu erzählen, und meistens tun sie genau das. Stundenlang, ohne Punkt und Komma. Deshalb fragte ich sie nicht, worüber sie arbeitete, sondern, wie lange sie es schon tat. Zwei Jahre, sagte sie. Weitere Auskunft gab sie nicht. Ich fragte sie, wo sie wohnte. Maid's Causeway, sagte sie. Und in einem so abschließenden Ton, daß ich mich nicht mehr nach der Hausnummer zu fragen traute. Deshalb bedankte ich mich für das Feuer und zog so zerknirscht ab, als hätte sie mich gebissen.

Am nächsten Tag kam sie in der Cafeteria geradewegs auf mich zu und platzte mit einer Anklage heraus, die nun wirklich keine Anmache war.

»Wieso sitzt du im Handschriftenlesesaal, wenn du über Paul Michel arbeitest? Du brauchst doch gar keine alten Texte.«

Ich blieb ruhig.

»Woher weißt du, daß ich über Paul Michel arbeite?«

»Ich bin deine Bücher durchgegangen, als du zum Pinkeln warst.«

Ich war fassungslos. Sie gab zu, daß sie mich ausspionierte. Und sie stand noch da, die lockigen Haare in den Augen, und wartete auf eine Antwort. Sie flößte mir solche Angst ein, daß ich die Wahrheit sagte.

»Ich arbeite dort, damit ich dich ansehen kann.«

»Das habe ich mir gedacht«, rief sie aufgebracht.

»Ach so, ist es so offensichtlich?« Wir waren noch nicht zusammen, und schon hatten wir unseren ersten Streit.

»Kommt an: Hastemalfeuer?« Sie ahmte verächtlich meine Stimme nach. »Seit fünf Monaten benutzt du dein eigenes Feuerzeug.«

»Du hast mich also beobachtet«, schoß ich zurück, um Boden zu gewinnen.

»Klar.« Sie setzte sich und steckte sich eine Zigarette an. »Wir sind nur fünf Raucher in den neueren Sprachen, und du bist einer davon.«

Ich dachte, gleich streckt sie mir die Zunge heraus. Sie sah so triumphierend aus wie ein Schulmädchen, das gerade alle Murmeln gewonnen hat.

»Warum hast du mich nicht gefragt, worüber ich arbeite?« Sie ging erneut in die Offensive. »Du hast doch keine Ahnung! Du denkst, Akademikerinnen sind allesamt blaustrümpfige Bimbos.«

»Moment mal«, unterbrach ich defensiv. Die Situation lief völlig aus dem Ruder. »Warum streitest du dich eigentlich mit mir?«

»Tu ich gar nicht.« Sie lächelte zum erstenmal, mit einem wundervollen, jungenhaften Grinsen. »Ich will mit dir ausgehen.«

»Sie dürfen hier nicht rauchen«, schimpfte die Frau von der Kasse, die plötzlich hinter ihr stand. »Gehen Sie sofort nach draußen.«

Ich schlang meinen Kuchen hinunter und folgte ihr auf den Hof. Ich konnte mein Glück nicht fassen.

»Also war ich dir schon aufgefallen?« fragte ich ungläubig.

»Ja«, sagte sie friedlich, »nimm dir eine Zigarette. Und diesmal kannst du dein eigenes Feuerzeug benutzen.«

»Die Sache ist so«, fuhr sie fort. »Ich habe nur eine kleine Wohnung, deshalb kannst du nicht einziehen. Aber ich möchte mit dir ins Bett. Also komm doch heute abend vorbei.«

Meine Zigarette fiel in eine Pfütze. Ihr Grinsen wurde breiter.

»Angsthase«, zischte sie, und ihre Augen blitzten hinter den dicken Gläsern mit den silbernen Fassungen. Und das war der Anfang unserer Affäre.

Sie war außerordentlich sprachbegabt. Sie sprach fließend Französisch. In ihrem freien Jahr zwischen der Privatschule und Cambridge hatte sie an einem Lycée außerhalb von Aix-en-Provence Englisch unterrichtet. Tagsüber hatte sie Schulkinder gebändigt und abends in der Kneipe die Rüpel. Sie hatte sämtliche Bücher von Paul Michel gelesen und hatte dezidierte Meinungen dazu, zu jedem einzelnen, völlig andere als die üblichen. Ich weiß nicht, ob es daran lag, daß sie mir nicht auf die Füße treten wollte, aber es fiel mir nicht leicht, ihr Urteil genau zu ergründen. Deutlich war nur, daß es geradezu fanatisch war. Sie hatte außerdem ganz bestimmte Vorstellungen davon, was im Bett zwischen uns ablaufen sollte. Ich fand das wunderbar, weil ich gar nicht viel tun mußte. Sie schrieb ihre Doktorarbeit über Schiller. Meiner Meinung nach hatte Schiller keine Chance.

Am Beginn einer Affäre verbringen Liebende gewöhnlich viel Zeit im Bett. Und wenn sie dann einmal aufstehen, sind sie erschöpft; nach Hochleistungen und Siegen abgekämpft. Bei der Germanistin war das anders. Um acht Uhr morgens stand sie munter und bebrillt in meiner oder ihrer Küche und kochte Kaffee. Ich hörte dann das grimmige Brummen der Moulinex, atmete die entsetzlichen, unvermeidlichen Dämpfe des starken, schwarzen Antiaphrodisiakums und wußte, daß der Arbeitstag begonnen hatte. Sie machte Toast, scheuerte das

Spülbecken, packte ihre Tasche und fuhr mit dem Fahrrad davon. Ganz gleich bei welchem Wetter. Spätestens um halb zehn beugte sie im Handschriftenlesesaal den Kopf über ihre Bücher. Wie gesagt, Schiller hatte keine Chance. Ich tauchte gewöhnlich gegen elf auf, ein bißchen benommen, noch von Sex berauscht. Dann hob sie den Kopf, achtunggebietend und streng wie eine Lehrerin, und ließ sich auf zwanzig Minuten Pause mit einer Tasse Kaffee und einer Zigarette ein.

Ich liebte ihre Wohnung. Sie lebte in zwei Räumen. Die Küche ging auf den Garten hinaus und war gelb und blau gestrichen. Ihre Tassen waren gelb, und ihre Teller waren blau. Sie hatte immer frische Blumen auf dem Tisch. Der Tisch und die Arbeitsflächen waren aus sauber gescheuertem Holz. Ihre Bewegungen beim Kochen waren konzentriert und exakt. Ihr Schreibstil ebenfalls. Wenn ich mich endlich aus dem Bett aufraffte, fand ich meist kurze Nachrichten von ihr auf dem Tisch.

Kaffee auf Flamme. Frisches Brot im Kasten.
Alten Laib erst aufbrauchen.

Ich bewahrte jede einzelne dieser kryptischen Nachrichten auf, als würde ich eines Tages die Formel für ihre Entschlüsselung finden.

Für sich selbst hängte sie Zettel über den Spiegel im Bad. Als ich an jenem ersten Morgen zum Klo wankte und mich fühlte wie ein abgedroschenes Klavier, hing dort, in großen Blockbuchstaben getippt, emphatisch, aggressiv, Posas Forderung an König Philipp II:

GEBEN SIE GEDANKENFREIHEIT!

Und wie Posa meinte die Germanistin es ernst. Sie wollte Freiheit in jeder Hinsicht – religiös, politisch, sexuell. Ich pflegte mir diese Badezimmerspiegelbotschaften, die immer deutsch waren, abzuschreiben, alle Wörter, die ich nicht kannte, nachzuschlagen und über ihre elliptische Bedeutung zu grübeln.

Ihr Zimmer war eine frappierende, dekadente Anhäufung von Rot; eine scharlachrote Tagesdecke mit eingewebten Goldfäden, ein alter Kelim, den ihr Vater ihr geschenkt hatte, in turbulentem Ocker, Braun und Gold. Die mit roten Satintroddeln verzierten Lampenschirme stammten aus einem Regency-Bordell. Sie hatte einen großen, leeren, glockenförmigen Vogelkäfig. Auf ihrem Schreibtisch lag ein Berg Papier, über und über mit ihrer winzigen klaren Handschrift gefüllt. Mir schien, sie hatte bereits genug Material für ein Dutzend Dissertationen. Ich sah mir ihre Notizen an. Ich verstand nichts. Alle übrigen Flächen waren von Büchern eingenommen. Sie gab ihr ganzes Geld für Bücher aus und verbrachte ihre ganze Zeit mit Lesen. Die Bücher waren alle mit kritischen Anmerkungen versehen, Bemerkungen am Textrand oder seitenlangen Kommentaren, die zwischen den Seiten steckten. Sie durchstreifte die Literatur aller Jahrhunderte und hinterließ überall ihre Zeichen.

Als wir gut einen Monat zusammen waren, wagte ich es, nach dem Bord zu suchen, in dem sie ihre Paul-Michel-Romane hatte. Und tatsächlich standen sie alle zusammen in chronologischer Ordnung an einem privilegierten Ort neben ihrem Schreibtisch. Jedes Buch enthielt genausoviel Text von ihr wie von ihm. Sie hatte ihm ausführlich geantwortet. Auf weißen Klebezettelchen und ganzen Seiten voller Notizen. Innen auf den Buchumschlägen waren Daten eingetragen, offenbar die Monate, in denen sie die Bücher gelesen hatte. Anders als viele seiner Kritiker zog sie die späteren Werke vor. Wie ich hatte sie *La Fuite* im Grundstudium gelesen, aber sie hatte *Midi* zweimal und *L'Evadé* dreimal gelesen. Ich war verblüfft und erfreut. Ich fand mehrere Blätter ihrer Aufzeichnungen in Paul Michels letztem Roman. Sie leiteten mich zu bestimmten Seiten, Episoden, Abschnitten. Einen Absatz hatte sie mit ihrer akribischen, wilden Handschrift fast unleserlich gemacht. Unten auf der Seite stand in ihren winzigen, emphatischen Blockbuchstaben: HÜTE DICH VOR FOUCAULT, als wäre der Philosoph ein besonders bissiger Hund. Ich besaß die gleiche Ausgabe, deshalb notierte ich die Seitenzahl. Mir fiel auf, daß sie sich ein Stückchen weiter auch einen Vermerk über eine Passage in einem Foucault-Interview notiert hatte. Ihn notierte ich ebenfalls und beschloß, diese eine kryptische Botschaft an sie selbst zu entschlüsseln. Sie wußte genau, daß ich über Paul Michel und Foucault schrieb. Kein einziges Mal hatte sie eine Meinung zu der Beziehung zwischen beiden geäußert. Jetzt da ich wußte, daß sie eine hatte, erschien mir ihr Schweigen merkwürdig, wenn nicht unheimlich. Aber sie mußte ihre Gründe dafür gehabt haben, nichts zu sagen. Ich schnüffelte in ihren Geheimnissen herum. Schuldbewußt stellte ich das Buch zurück ins Regal.

Ich stand verwirrt in der Mitte ihres Zimmers. Dann suchte ich ihre ganze Wohnung nach Foucault ab, konnte aber keines seiner Bücher finden. Er war offensichtlich verbannt worden.

Sie schien, selbst wenn sie nicht da war, in ihren Räumen anwesend zu sein; der Geruch ihrer Zigaretten, die kumulative Wirkung der von ihr abgebrannten Räucherstäbchen, die Büchse Öl für ihre Fahrradkette, die sie auf der Fensterbank stehen hatte, die verdreckten Handschuhe, die sie zur Gartenarbeit anzog. Es machte mir Spaß, dort zu sitzen und zu versuchen, sie zusammenzusetzen wie ein Puzzle. Denn es paßte alles nicht recht. Einerseits ging sie mit beängstigender Direktheit vor. Es war mir noch nie passiert, daß ich die Hose ausziehen sollte, während die Frau zusah. Aber sie hatte auch zerbrechliche, kryptische, verschlossene Seiten. Wenn ich sie unerwartet berührte, schrak sie zusammen. Manchmal, wenn sie schrieb, konnte ich zusehen, wie sie schnell und flüssig eine ganze Seite füllte und dann innehielt und ins Leere starrte und oft länger als zwanzig Minuten reglos verharrte, während ihr Stift wie ein Vogel an ihrer Wange hockte. Ich traute mich dann nicht, sie zu stören oder zu fragen, wo sie gewesen war. Sie war wie ein militärisches Sperrgebiet, stellenweise vermint.

Eines Tages kam ich in ihre Wohnung, um sie zu suchen, weil sie nicht in der Bibliothek war. Da saß sie im Bett und schrieb, das Gesicht tränenüberströmt. Ich nahm sie in die Arme und küßte sie. Sie ließ es einmal geschehen, dann schob sie mich fort. Ich schaute auf ihr Blatt und sah, daß sie an einem Brief schrieb, der mit den Worten »Mein Geliebter« anfing – sie hatte Seite um Seite auf deutsch geschrieben. Vor Eifersucht bekam ich fast einen Hirnschlag.

»Was zum Teufel tust du da?« schrie ich.

»Ich schreib Schiller einen Liebesbrief.«

»Einen was?«

»Du hast mich verstanden.«

»Ist das dein Ernst?«

»Aber natürlich. Es hilft mir, ihn in den Griff zu bekommen. Klar zu denken. Wenn du den Mann nicht liebst, über den du deine Dissertation schreibst, wird es trockenes Zeug. Liebst du Paul Michel nicht?«

»Nein. Ich glaub zumindest nicht.«

»Wieso denn nicht? Er sieht sehr gut aus. Und er mag junge Männer.«

»Ich liebe dich«, sagte ich.

»Stell dich nicht so an«, schnaubte sie, sprang aus dem Bett und verstreute ihre Leidenschaft für Schiller über den Kelim. Ich bemühte mich, Schiller nicht als ernsthaften Rivalen anzusehen, aber er war es doch. Sie verbrachte mehr Zeit mit ihm als mit mir.

Ich komme aus einer ziemlich durchschnittlichen Familie der Mittelschicht. Mein Vater ist Physiker und meine Mutter

21

praktische Ärztin. Sie haben sich auf dem College kennengelernt. Ich habe eine Schwester, die sechs Jahre jünger ist als ich. Wir sind im Grunde wie zwei Einzelkinder aufgewachsen. Ich mochte sie, und wir spielten als Kinder zusammen, aber wir hatten jeder unsere eigenen Freunde, unser eigenes Leben. Die Germanistin dagegen kam nicht nur aus einer zerbrochenen Familie, sondern gleich aus zweien. Es dauerte eine Weile, bis ich mich mit ihren Familienverhältnissen vertraut gemacht hatte. Sie hatte zwei Väter, und ihre Mutter war offenbar verschwunden. »Zwei Väter zu haben klingt komisch, ich weiß«, sagte sie. »Aber ich hab sie immer gehabt. Sie wohnen nicht weit auseinander. Der eine sitzt in West End Lane und der andere ein Stück bergauf in Well Walk. Ich weiß nicht, ob sie das gemeinsame Sorgerecht hatten oder was. Ich habe meine Ferien immer zur Hälfte bei dem einen und zur Hälfte bei dem anderen verbracht. Mein erster Vater, der, von dem ich den Teppich habe, arbeitet bei der Bank von England. Ich weiß nicht als was. Ich muß mittags immer warten, bis der Wachdienst ihn rausläßt, und ich darf überhaupt nicht hinein. Ich habe ihn mal gefragt, womit er seine Tage zubringt, und er sagte, damit, mit anderen Banken zu verhandeln, aber so schlechtgelaunt, daß ich glaube, es gefällt ihm nicht. Es kann auch ein schlechter Tag an der Börse gewesen sein. Mutter hat ihn wegen meines zweiten Vaters verlassen, als ich zwei war, und hat mich mitgenommen. Ich mochte meinen zweiten Vater sehr gerne. Er hat mir mal einen riesigen Drachen mit einem Lindwurm darauf gebaut. Er ist Maler, verkauft seine Bilder inzwischen massenhaft und unterrichtet an der Kunsthochschule. Früher in Wimbledon und jetzt in Harrow, oder war es Middlesex? Egal, er macht mit seinen Studenten riesige Wandgemälde, gigantisch, an allen freien Wänden der städtischen Slums. Bei ihm ist Mutter auch nicht lange geblieben. Nach weniger als einem Jahr ist sie abgezogen und hat mich bei ihm gelassen.«

»Nein, ich hab keine Ahnung, wo sie hingegangen ist oder mit wem. Niemand weiß es. Ich hab sie nie wieder gesehen. Aber es geht ihr wohl ganz gut. Sie hat mir zum achtzehnten Geburtstag 18 000 Pfund geschickt. Tausend für jedes Jahr.«

»Was? Du spinnst.«

»Nein. Die Wohnung in Maid's Causeway gehört mir, schuldenfrei. Sie hat 27 000 Pfund gekostet. Die Differenz hat die Bank von England bezahlt. Was glaubst du, warum ich nie über die Miete schimpfe? Ich hab die Wohnung seit meinem zweiten Jahr in King's College. Aber Mutter interessiert sich offensichtlich nicht besonders für mich oder für meine Väter. Sie hören nie von ihr.«

»Haben sie nicht wieder geheiratet?«

»Sie war mit keinem von beiden verheiratet. Martin, das ist der Maler, hatte eine Freundin, die ein paar Jahre bei uns gelebt hat, und jetzt hat er eine, die nicht bei ihm lebt. Und die Bank von England ist homosexuell. Er hat ständig neue Jungs. Die meisten sind toll. Sie kochen alle gern. Dad auch. Wir essen wie die Fürsten.«

Ich saß mit offenem Mund da.

»Dein Vater ist schwul?«

»Ja. Wie Paul Michel.«

»Hast du seine Bücher deshalb so sorgfältig gelesen?«

»Ich lese alles sorgfältig«, fauchte sie vernichtend.

Sie sagte eine Zeitlang nichts. Dann sagte sie: »Mein Vater hat einiges von Paul Michel gelesen. Er liest Französisch. Es ist interessant, nur Väter zu haben. Für einen Mann ist das sicher anders. Paul Michel war immer auf der Suche nach seinem ödipalen Unhold.«

»Wer ist das?«

»Foucault.«

Es war das erste Mal, daß sie seinen Namen erwähnte. Ich konnte keine genaueren Fragen stellen, ohne zu verraten, daß ich in ihren Büchern gewühlt hatte. Außerdem stand sie auf, um wieder in den Handschriftenlesesaal zu gehen, und zeigte damit an, daß das Gespräch beendet war.

An dem Abend ging sie in einen Film in der German Society, den ich bereits kannte, deshalb blieb ich zu Hause und las die von ihr so heftig bearbeitete Passage in *L'Evadé*. Hier ist, was Paul Michel geschrieben hat.

»Die Katzen liegen schlafend am Fußende meines Bettes und überall um mich herum, die gewittrige Stille von L'Escarène, endlich gefangen in dem aufsteigenden warmen Luftstrom, der den Sand aus dem Süden herbeiträgt. Darüber im flackernden Licht die faltigen Ketten der Alpen. Und auf dem Schreibtisch unten im Zimmer liegt die Schrift, die darauf besteht, daß die Flucht nur dem gelingen kann, der alles zerstört, was er je gekannt, geliebt und gemocht, an das er je geglaubt hat. Sogar die Schale der eigenen Person muß verächtlich abgestreift werden; denn die Freiheit kostet nicht weniger als alles, die eigene Großzügigkeit, Selbstachtung, Integrität, Zärtlichkeit inbegriffen – ist es wirklich das, was ich sagen wollte? Es ist das, was ich gesagt habe. Schlimmer noch, ich habe die reine schöpferische Freude geschildert, die dieser Zerstörungswut innewohnt, und das befreiende Wunder der Gewalt. Und das sind gefährliche Botschaften, für die ich nicht länger verantwortlich bin.«

Es war eine wichtige Botschaft, die aus dem Kontext gerissen beunruhigend war, aber *L'Evadé* enthielt andere Passagen, die dieser wilden Verzweiflung widersprachen. Ich brauchte in der Bibliothek über eine Stunde, bis ich das Interview mit Foucault fand, weil es von 1978 stammte, aber am 13. Juli 1984 posthum in *L'Express* veröffentlicht worden war. Foucault nahm darin Abstand von seinem eigenen Text *Les mots et les choses*.

»Es ist das schwierigste und unangenehmste Buch, das ich geschrieben habe … Wahnsinn, Tod, Sexualität, Verbrechen sind die Themen, denen ich in erster Linie meine Aufmerksamkeit widme. Dagegen habe ich *Die Ordnung der Dinge* immer als eine Art formale Übung betrachtet.«

Ich konnte keinerlei Verbindung zwischen den beiden Passagen erkennen, über die offensichtliche Tatsache hinaus, daß Foucaults düstere Aufzählung seiner Obsessionen eine ausgezeichnete Zusammenfassung aller Motive in Paul Michels Romanen lieferte. Ich las das ganze Interview. Sie hatte sich nur noch eine weitere Stelle daraus notiert, nicht einmal einen vollständigen Satz. Sie lautete:

»das Verlangen, der Geschmack, die Fähigkeit, die Möglichkeit, sich vollkommen auszuliefern … ohne jeden Gewinn, ohne jeden Zweck.«

Jetzt war ich vollkommen verwirrt und sehr neugierig. Das Extreme dieser Art Sprache – »Verlangen«, »sich vollkommen ausliefern« –, die Paul Michel und Foucault durchaus gemeinsam war, kam im alltäglichen intellektuellen Diskurs der Germanistin nicht vor. Selbst wenn sie über ihre Arbeit sprach, ging es um formale Aspekte oder ein bestimmtes Gedicht oder ein Drama oder einen Brief an Goethe. Mir wurde klar, daß ich von ihrem Projekt als Ganzem keinen Begriff hatte, sondern nur eine faszinierende Perspektive auf ihre Arbeit am Detail. Ich hatte keine Ahnung, womit sie sich wirklich beschäftigte. Andererseits setzte sie sich fast jeden Abend mit mir hin und stellte Reihen von inquisitorischen Fragen zu meiner Arbeit. Sie war viel genauer und aggressiver als mein

Doktorvater, der meine getippten Seiten mit müder Gleichgültigkeit überflog.

Ihre Abneigung gegen Foucault faszinierte mich immer mehr. Alle Welt kannte sie. Alle Doktoranden fürchteten ihr Erscheinen im Seminar, wenn sie Referate hielten. Sie hatte immer alles gelesen und gab immer eigene, seltsame, kontroverse, aber wohlbegründete Ansichten zum besten. Selbst wenn sie zum Rauchen den Raum verließ, schien sie noch zu wissen, was im Seminarraum vor sich ging. Sie war mit niemandem richtig befreundet. Und sie hatte immer alleine gelebt. Ich dagegen wohnte mit einem Anglistik-Doktoranden zusammen, der über Shakespeare arbeitete. Er fühlte sich von der Germanistin stark eingeschüchtert und wurde unnatürlich still, wenn sie zu uns in die Wohnung kam. Ich glaube, es lag an ihrer Brille. Sie hatte so dicke Gläser, daß sie ihre Augen vergrößerten. Das verlieh ihr eine eulenhafte Intensität, gepaart mit einer unheimlichen Konzentration. Irgendwie ertappte man sich unwillkürlich bei der Vorstellung, daß Eulen ihre Beute bei lebendigem Leibe verzehrten.

»Über was in aller Welt redet ihr bloß miteinander?« fragte Mike ungläubig, nachdem sie die erste Nacht in unserer Wohnung verbracht hatte und im Morgengrauen verschwunden war.

»Oh, über alles. Ihre Arbeit. Meine Arbeit. Sie hat zwei Väter.«

»Ich nehme an, einer davon ist Zeus«, sagte Mike.

Sie war nie zärtlich. Sie benutzte nie irgendwelche Kosenamen, sagte nie, daß sie mich liebte, und ging nie Hand in Hand mit mir. Wenn sie mit mir schlief, küßte sie mich, als wäre eine Wegstrecke zurückzulegen und als wäre sie entschlossen, möglichst ungehindert ans Ziel zu kommen.

Es war Ende Mai, Examenszeit für die noch nicht gradu

ierten Studenten. Wir waren alle von Schreiblähmung und Examensangst infiziert. Ich saß mit Mike in der Küche und spielte auf dem frisch gescheuerten Kunststofftisch, von dem die Germanistin die letzte Spur von Klebrigkeit entfernt hatte, eine Partie Schach, als sie unangemeldet hereinplatzte. Das war noch nie dagewesen. Wenn sie mich besuchen wollte, rief sie vorher an und verabredete einen genauen Termin. Wenn ich nicht da war, ließ sie mir von Mike Botschaften ausrichten, die sie ihm so langsam diktierte wie einer Sekretärin, die weder lesen noch schreiben konnte.

»Zieh dich um, Schatz, wirf dich in Schale. Die Bank von England hat eben aus Saffron Walden angerufen. Er ist mit seinem Benz in weniger als einer Stunde hier.« Sie tanzte um den Tisch. »Und wir beide gehen mit ihm essen.«

Ich hatte sie noch nie so pompös erlebt. Ich saß da und dachte, sie hat Schatz zu mir gesagt. Mike war wie benommen. Ich hatte das Gefühl, eine Bluttransfusion zu brauchen.

Die Aussicht, den Vater deiner Freundin oder einen ihrer Väter kennenzulernen, hat etwas sehr Einschüchterndes. Ich geriet in Panik.

»Soll ich einen Schlips umbinden? Ich hab keinen Schlips.«

»Dann kannst du auch keinen umbinden«, sagte sie mit vernichtender Logik durch eine Rauchwolke.

»Ich könnte mir einen von Mike leihen.«

»Laß. Vater ist das egal. Wir sind Studenten. Außerdem tragen seine Freunde alle keinen Schlips.«

»Aber ich bin nicht sein Freund, sondern deiner.«

»Ach ja?« sagte sie höhnisch.

»Du hast Schatz zu mir gesagt«, gab ich zurück.

»Wirklich? Ich muß mich versprochen haben.«

Wir standen im goldenen Abendlicht auf den Stufen des Fitzwilliam und sahen die Trumpington Street hinunter. Ihr Vater fuhr tatsächlich einen glänzend schwarzen Mercedes,

komplett mit Autotelefon, CD-Player und einer Zentralver-
riegelung, die durch Fernsteuerung an seinem Autoschlüssel
betätigt wurde. Wenn er auf den Knopf drückte, reagierte das
Auto, selbst auf größere Entfernung, mit Summen und
Klicken, einem kurzen Aufblitzen aller Lichter, und stand zum
Einsteigen bereit. Ich fragte mich, ob es auch um die Ecke
funktionierte.

Sie sah ihrem Vater nicht ähnlich, abgesehen davon, daß sie
das gleiche Grinsen hatten. Er war um die Fünfzig, grauhaa-
rig, glattrasiert und sah gut, aber zwielichtig aus, ein wenig wie
ein CIA-Agent aus einem Film der sechziger Jahre. Er trug
auch die dazu passende Kluft: dunkler Anzug, Perlmuttman-
schettenknöpfe und ein teures französisches Hemd. Er stieg
aus und streckte ihr die Arme entgegen. Ich hatte sie noch nie
so glücklich gesehen. Sie stieß einen lauten, unkomplizierten
Freudenschrei aus, und er schloß sie in die Arme. Sogar ihre
Brille verrutschte. »Wie lange kannst du bleiben?« fragte sie,
ohne mich vorzustellen.

»Nur heute abend.« Er küßte sie auf beide Wangen, nach
französischer Sitte. Wandte sich dann mir zu. »Also, meine
Süße, dann laß mich mal den jungen Mann ansehen, der
meine Tochter so bezaubert hat.«

Ich fühlte mich plötzlich schmierig, von Schuppen und
Pickeln übersät, aber was er sagte, machte mich glücklich. Ich
stand unter dem Eindruck, daß die Germanistin keinerlei Leidenschaften hatte. Ganz sicher schien sie keiner Form von
Bezauberung zugänglich. Er schüttelte mir die Hand und
nahm mich mit einemmal ebenfalls in den Arm. Ich war sehr
überrascht und sehr erfreut.

»Wenn sie Ihnen mal langweilig wird, mein Junge, dann
schauen Sie jederzeit bei uns in London vorbei.« Er sagte das
mit dem gleichen, breiten, gerissenen Grinsen, das ich von ihr
kannte.

»Vergiß es, Dad. Ich hab ihn zuerst gesehen«, kicherte sie

und stieß ihren Vater in die Rippen. Ich wechselte vor Verlegenheit mehrmals die Farbe.

All meine Vorstellungen von der Bank von England waren gründlich über den Haufen geworfen. Von da an ging der Abend in moralischer Perspektive bergab. Ich begriff, woher meine Germanistin diesen absoluten Freiheitsanspruch hatte. Sie war die Tochter ihres Vaters.

Er führte uns zu Brown's, und in der gediegenen Pracht dieses Feinschmeckertempels machte er sich wie ein Student über das Essen her. Wir entschieden uns alle drei für Champignon- und Guinnesspastete. Er bestellte sich Pommes frites dazu. Sie schaffte ihre gebackene Kartoffel mit saurer Sahne nicht. Er tauschte die Teller und leerte ihren ebenfalls. Er warf einen Blick auf die Weinkarte, schüttelte bedauernd den Kopf und bestellte zwei Flaschen Hausmarke. Er meinte, meine Tarte Tatin könne mehr Sahne vertragen, rief danach, ohne meine Antwort abzuwarten, und nahm sich dann selbst auch davon für sein Eis mit Apple Pie. Er hatte offensichtlich keine Angst vor Cholesterin. Sie verwandelte sich aus der ernsten, schroffen Doktorandin in ein fröhliches Kind. Sie schwatzte, kicherte, erzählte Anekdoten, schlang Pommes frites hinunter, erkundigte sich neugierig nach dem neuesten Freund ihres Vaters, der in ihrem Alter zu sein schien. Sie äußerte sich sogar respektlos über Schiller. Er forderte sie heraus, spornte sie an, neckte sie gnadenlos und flehte sie an, ihr Kontaktlinsen kaufen zu dürfen. Er erkundigte sich mit einem frechen Grinsen, ob ich im Bett etwas taugte, drängte sie, den Führerschein zu machen und sich ein Auto auszusuchen. Er schimpfte darüber, daß sie rauchte; dann rauchte er meine halbe Packung. Er war ein König auf Durchreise, willkürlich, großzügig, freigebig Geschenke verteilend.

Als wir bei den Cappuccinos angekommen waren, wandte er mir seine seltsamen grauen Augen zu und fragte nach Paul Michel.

»Ich habe nur *La Maison d'Eté* gelesen, für das er damals den Goncourt bekommen hat. Vermutlich hat mir das einen falschen Eindruck von seinem Werk vermittelt. Meine Tochter sagt, es ist sein konventionellster Roman.«

»Ja«, stimmte ich zu, »in mancher Hinsicht schon. Mein Lieblingsbuch ist noch immer *La Fuite*, das von seiner Kindheit handelt. Und, na ja …« Ich zögerte.

»Davon wie es war, als Schwuler im ländlichen Frankreich aufzuwachsen«, sagte die Bank von England. »An diesem Tisch ist Homosexualität kein Tabu. Armer Kerl, es muß ihn für den Rest seines Lebens verkorkst haben. Aber er hatte so etwas James-Dean-Artiges, nicht? Die brutale Schlägerversion von Homosexualität – wir alle gehen verloren, verdammt und wunderschön zugrunde. Was ist aus ihm geworden? Ich weiß, daß er eine Weile in der Psychiatrie war. Er wird doch hoffentlich nicht an AIDS gestorben sein?«

»Nein«, sagte ich. »Soweit ich weiß, nicht. 1984 hatte er irgendwie einen kompletten Nervenzusammenbruch. Und seitdem hat er nichts mehr geschrieben.«

Plötzlich wurde mir bewußt, daß die Germanistin mich ansah. Es hatte Mitternacht geschlagen, das Kind war weg und der Zauber verflogen. Sie funkelte mich wütend an, und ihre Brillengläser blitzten im Licht.

»Dann weißt du es nicht? Du arbeitest über sein Werk und weißt nicht, was sie ihm angetan haben?«

»Was meinst du?« fragte ich verschreckt.

»Er ist im Irrenhaus. In Sainte-Anne in Paris. Er ist jetzt seit neun Jahren dort. Sie bringen ihn mit ihren Medikamenten um, Tag für Tag.«

Ich starrte sie an.

»Ruhig, Süße«, sagte ihr Vater friedfertig und sah sich suchend um, weil er zahlen wollte. »Ich wußte nicht, daß er noch drin ist.«

»Du schreibst auch keine Dissertation über Paul Michel.«

Sie war eine Erynnie – ich hatte Angst, daß sie mich schlagen würde.

Ihr Vater beugte sich zu ihr und küßte sie auf die Wange, was ich nie gewagt hätte, und sagte mit sanfter Stimme: »Man macht seinem Liebsten draußen vor dem Restaurant eine Szene, mein Schatz, nie am Tisch. Das ist nicht die feine Art.«

Die Germanistin schmolz ein wenig, funkelte mich noch einmal böse an und stürmte in die Damentoilette. Ihr Vater wandte sich wieder an mich.

»Ich wußte nicht, daß er endgültig hinter Schloß und Riegel ist. Das ist ein Jammer. Früher reichte Homosexualität als Grund, jemanden einzusperren, aber ich dachte eigentlich, heutzutage wäre man aufgeklärter. Vielleicht lohnt es sich, Nachforschungen anzustellen.«

Er nahm sich noch eine von meinen Zigaretten. »An Ihrer Stelle würde ich herausbekommen, ob die Familie ihre Hand im Spiel hatte«, sagte er lächelnd. »Familien haben die Neigung, ihre Homos kaltzustellen – Schwule wie Lesben – wenn sie damit durchkommen.«

Ich hatte das Bedürfnis, mich zu rechtfertigen.

»Ich schreibe nicht über sein Leben. Ich arbeite über sein Romanwerk.«

»Kann man das trennen?«

»Abgesehen von *La Fuite* sind seine Werke nicht autobiographisch.«

»Aber seine Erfahrungen – sowohl die von ihm selbst gesuchten, als auch das, was ihm einfach zugestoßen ist – müssen doch von Belang sein.«

»Das halte ich für einen Denkfehler. Man kann schriftstellerische Werke nicht durch ein Leben interpretieren. Das ist zu einfach. Das Schreiben hat seine eigenen Gesetze.«

Die Germanistin war wie eine magische Erscheinung wieder aufgetaucht. Sie pflichtete mir bei. »Er hat recht, Dad. Das wäre, als würde ich Schillers Werke mit seiner ökonomischen

Situation und den Aufträgen erklären, die Goethe ihm verschafft hat.«

»Aber er hätte überhaupt nichts schreiben können, wenn Goethe ihm nicht ausgeholfen hätte.«

»Das stimmt. Trotzdem ist das nicht das Wichtigste an seinem Schreiben.«

»Wenn das so ist«, sagte ihr Vater mit Nachdruck, »warum ist es dann so wichtig, daß Paul Michel völlig von Sinnen irgendwo in Paris in einer Anstalt sitzt?«

»Weil du«, sagte die Germanistin und richtete ihren Raubtierblick auf mich, »wenn du jemanden liebst, auch weißt, wo er ist, was mit ihm geschehen ist. Und weil du ihn rettest, wenn du kannst, auch wenn du dich selbst aufs Spiel setzt.«

Es war, als hätte sie einen Handschuh zwischen uns auf den Tisch geworfen. Ich hatte plötzlich die schreckliche Vision, daß sie mit einem Fläschchen Penizillin über die kopfsteingepflasterten Straßen von Weimar irrte, um Schiller zu finden und ihn aus den letzten keuchenden Stadien seiner Schwindsucht zu erretten.

Wir ließen ihren Vater in ihrer Wohnung, wo er offen alle kryptischen Botschaften las und in ihre Notizen spähte.

»Ich bemühe mich, die Bücherlisten, die sie mir schickt, abzuarbeiten«, sagte er im Vertrauen, als sie auf der Suche nach Handtüchern im Bad verschwand, »aber ich habe nicht viel Zeit zum Lesen. Bei Foucault bin ich ziemlich steckengeblieben.«

»Sie hat Ihnen empfohlen, Foucault zu lesen?«

»Sie scheint Foucault genauso wichtig zu finden wie Schiller«, gestand er kopfschüttelnd. »Keine Ahnung, woher sie das hat. Ihre Mutter war alles andere als eine Intellektuelle. Den Eindruck machte sie jedenfalls auf mich.«

Die verschwundene Mutter und den allgegenwärtigen Foucault zusammenzudenken wurde mir zuviel. Ich radelte stumm hinter ihr her nach Hause.

Es nieselte, als wir bei mir ankamen. Alle Lichter waren aus. Mit Regentropfen auf den Locken und Brillengläsern setzte sie sich im Schneidersitz auf mein Bett. Sie sah aus, als weinte sie. Wir sahen einander trübselig an.

»Hat mein Dad dir gefallen?« fragte sie unsicher wie ein Kind.

»Ich fand ihn wundervoll«, erwiderte ich ernsthaft. Sie lächelte. Dann nahm sie die Brille ab, schaute mich zweifelnd an und entschuldigte sich für ihre Anklagen.

»Tut mir leid, daß ich so hart war«, sagte sie.

Ich küßte sie sehr vorsichtig, für den Fall, daß sie doch noch beschloß, mich zu beißen, und griff nach den Knöpfen an ihrem Hemd. Ich glaube, es war das erstemal, daß ich mit ihr schlief, statt umgekehrt. Ihr harter, knochiger Körper schien nur aus Rippen und Hüften zu bestehen. An diesem Abend erschien sie mir zart, zerbrechlich unter meinen Händen. Ich hatte nie das Gefühl, daß sie sich mir hingab; es war mehr, als gäbe sie nach. Wie eine besiegte Revolutionärin, die von ihrer Barrikade herabsteigt. Irgend etwas zerbrach in ihr, sachte, leise, widerwillig, und sie vergrub ihr Gesicht in dem Hohlraum zwischen meiner Schulter und meinem Ohr, widerstandslos. Alarmiert von ihrer ungewohnten Sanftheit, erzählte ich ihr leise irgendwelche Nichtigkeiten, bis sie in meinen Armen einschlief.

Als ich am nächsten Morgen aufwachte, war sie schon gegangen und hatte mir eine eindeutig ödipale Botschaft auf den Küchentisch gelegt:

Bin zu Vater zurück

der nichts entgegenzusetzen war.

Danach war sie drei Tage nicht in der Bibliothek. Es gab eine Reihe ungeschriebener Gesetze darüber, wann ich sie anrufen oder besuchen durfte. Da die Regeln niemals ausge-

sprochen wurden, merkte ich nur, wenn ich gegen sie versto-
ßen hatte, weil sie dann entweder schmollte oder mich wieder fortschickte, ohne mich den knapp eingeschenkten Kaffee auch nur zur Hälfte austrinken zu lassen. Ich wartete einen
Tag, dann rief ich sie an. Der Anrufbeantworter verkündete
kategorisch, daß sie nicht zu sprechen sei, und schlug mir auch
nicht vor, eine Nachricht zu hinterlassen.

Ich sagte: »Ich bin's. Wo bist du?« und legte auf. Sie rief
nicht zurück.

Am Morgen des dritten Tages wagte ich mich erneut ans
Telefon. Die Botschaft auf dem Anrufbeantworter war noch
dieselbe. Ich setzte mich in die Küche und sah Mike mißmutig an.

»Ich glaub, sie hat mich verlassen.«

»Stell dich nicht dümmer, als du bist«, sagte er. »Wenn sie
Schluß machen wollte, würde sie keine Sekunde zögern, es
dir ins Gesicht zu sagen. Die Gelegenheit würde sie sich nie
entgehen lassen.«

»Versuch, sie ein bißchen zu mögen, Mike«, bat ich vor-
wurfsvoll, aber deutlich ermutigt.

»Frauen wie sie kann man nicht mögen. Mögen ist eine zu
schwache Regung. Außerdem hab ich totalen Schiß vor ihr.«

»Ich manchmal auch«, gestand ich.

Mike machte den Fernseher an, und wir starrten auf den
winzigen Bildschirm. Die Nachrichten enthielten nichts als
Krieg, Hungersnöte und Katastrophen. Dann klingelte das
Telefon.

»Hallo«, sagte sie, »ich ruf aus London an.«

»Oh. London.« Ich versuchte, gelassen zu klingen. »Ich
hatte mich schon gefragt, wo du bist.«

»Ich bin nach Hause gefahren, mit Dad.«

Es trat eine Pause ein. Ich sagte nichts.

»Du bist mir böse.« Es war eine Feststellung.

»Na ja, ein bißchen, ja. Nein verdammt! Ich bin wütend.

Warum verschwindest du einfach, ohne mir eine Nachricht dazulassen? Ich hab die Nummer deines Vaters nicht. Ich wußte nicht einmal, daß du da bist.«

»Ich bin mitgefahren, um etwas für dich zu finden. Und ich hab's. Also sei nicht böse. Ich komme morgen wieder. Bis dann.« Sie legte auf.

Mike sah mich mitleidig an und zog die Augenbrauen hoch.

»Warum suchst du dir nicht eine, die normaler ist«, schlug er vor.

Ich hatte tatsächlich begonnen, das für einen guten Rat zu halten, als sie mit einem Taxi vorgefahren kam und eine Ausgabe der *Gai Pied Hebdo* von 1984 mit zwei nackten Männern auf dem Titelbild schwenkte, einem, von dem in erster Linie das sonnengebräunte Gesäß zu bewundern war, und einem, dessen Lederhose bis zum Schamhaaransatz aufgeknöpft war.

»Da. Ich hab's gefunden«, rief sie, als wäre das Gesäß Teil der Schatzkarte, auf der die Minen König Salomos verzeichnet waren.

»Was denn?« Ich nahm ihre Tasche, während sie hektisch unzählige Seiten mit Werbung für diverse Hilfsmittel, Safer-Sex-Aufrufen und Fotos von Jack-off-Parties durchblätterte.

»Das hier.« Sie legte es aufgeschlagen auf den Küchentisch und steckte sich triumphierend ihre erste Zigarette an.

Was sie gefunden hatte, war ein großes, doppelseitiges Porträt von Paul Michel. Es enthielt mehrere Aufnahmen von ihm, die offensichtlich dem Fernsehgespräch mit Bernard Pivot in *Apostrophes* entnommen waren. Das mußte in den späten siebziger Jahren gewesen sein. Er posierte vor der Kamera, die Zigarette in der Hand. Immer noch in Lederjacke über einem schwarzen Hemd, so daß er wirkte wie ein Straßenkämpfer, der sich für fünf Minuten vom Kampf beurlaubt hatte. Hinter ihm lagen der Fluß und das winzige Modell der Freiheitsstatue. Er sah aus, als wäre er auf dem Sprung nach

Amerika. Ich betrachtete sein schönes, verschlossenes, arrogantes Gesicht, die Künstlichkeit seiner starren Gesten, die unterkühlte Selbstsicherheit, mit der er sich selbst erfunden hatte. Dann sah ich mir die Überschrift an. *Paul Michel: L'Epreuve d'un écrivain.*

»Lies«, sagte sie. »Ich sag nichts.«

Ich sah sie an. Sie erwiderte ruhig meinen Blick. Da ging mir auf, daß dies der Fehdehandschuh war. Dies war die unbekannte Herausforderung, eine Forderung, ihre allererste Forderung an mich. Ich holte tief Luft, setzte mich an den Küchentisch und fing an zu lesen.

PAUL MICHEL
L'Epreuve d'un écrivain

Am Abend des 30. Juni 1984 wurde Paul Michel auf dem Friedhof Père Lachaise verhaftet. Er war aufgefallen, weil er schreiend und weinend mit einem Brecheisen Grabsteine umstürzte. Der Friedhofswächter M. Jules Lafarge versuchte einzugreifen, woraufhin der Schriftsteller den Wächter angriff, ihm mit dem Brecheisen den Schädel einschlug, ihm einen Unterarm brach und mehrere Schlagwunden am Rücken und im Gesicht zufügte. Paul Michel, der von den Beamten der SAMU, denen es schließlich gelang, ihn ruhigzustellen, als geistig verwirrt und gefährlich bezeichnet wurde, ist mittlerweile in die Psychiatrische Abteilung von Sainte-Anne eingeliefert worden. Es wurde eine paranoide Schizophrenie diagnostiziert. Aus dem Krankenhaus wurde bekannt, daß der Schriftsteller nach der Einlieferung aus der Sicherheitsverwahrung entkam und sich mit einer von einem Mitpatienten gestohlenen Rasierklinge mehrfach die Brust aufschnitt. Wie es heißt, befindet er sich außer Gefahr.

Die heterosexuelle Presse hat unverzüglich begonnen, über den vermeintlichen Zusammenhang zwischen Paul Michels

Wahnsinn und seiner Homosexualität zu spekulieren. Doch wer ist Paul Michel? Die Identität eines Schriftstellers bietet immer Raum für Spekulationen. Das Schreiben ist eine heimliche Kunst, eine verborgene, codierte Tätigkeit, die häufig im Dunkeln hinter verschlossenen Türen ausgeübt wird. Der Prozeß der Texterzeugung ist ein unsichtbarer Akt. Paul Michel war es, der auf diese Verbindung zwischen Schreiben und homosexuellem Begehren aufmerksam gemacht hat.

Literatur sei, sagte er, schön, unauthentisch und nutzlos, eine durch und durch unnatürliche Kunst, die allein dem Vergnügen diene. Er beschrieb das literarische Schreiben, Geschichtenerzählen, Lügenerfinden als seltsame Obsession oder zwanghafte Gewohnheit. Seine Homosexualität sah er ähnlich: als eine Eigenschaft, zugleich schön und nutzlos, die potentiell vollkommene Lust.

In seinen Jahren als militanter Aktivist der Schwulenbewegung beharrte Paul Michel stets auf der kontroversen Position, daß wir nicht comme ça geboren werden, sondern uns dafür entscheiden. Das hat ihm schwere Konflikte mit David und Jonathan beschert, der religiösen Allianz für die Rechte der Homosexuellen, die ihr Eintreten für Toleranz, Verständnis und die Ausdehnung der Bürgerrechte auf Schwule und Lesben stets damit begründet haben, daß Homosexualität eine angeborene, biologische Veranlagung sei. Das Nützliche in politischer Sicht an dieser Theorie ist natürlich, daß Homosexuelle nicht für etwas zur Verantwortung gezogen werden können, das in ihrer Natur begründet liegt. Niemand hat Schuld. Paul Michel war unmißverständlich gegen die Natur. Unnatürlich sein, argumentierte er, heiße zivilisiert sein, heiße einen Anspruch auf ein intellektuelles Selbstbewußtsein geltend machen, das die einzige Basis zur Schaffung von Kunst sei. Er liebte die abseitigen, bizarren Aspekte des schwulen Lebens, frequentierte die Lederkneipen, die Drag-Shows, die Saunas, die härtesten Cruising-Spots. Er widersetzte sich in der Gemeinschaft gegen jede Bestrebung, die Ausdehnung bürgerlicher Privilegien auf Lesben und Schwule einzuklagen, und war ein hartnäckiger Gegner des Partenaire-Plans, der in Lebensgemeinschaft lebenden schwulen und lesbischen Paaren ein Anrecht auf Sozialhilfe, Mieterschutz und Renten gewährt hätte. Er strafte die Bemühungen der parlamentarisch-sozialistischen Gruppe Gaies pour les libertés mit Verachtung. Er genoß die Rolle des sexuell Geächteten, des Monstrums, des Perversen. Unseres Wissens hat er nie in einer länger dauernden Partnerschaft gelebt. Er war immer allein.

Dieser eigentümlichen Mischung von halsstarriger Gegnerschaft und ehrlichem Engagement für den kollektiven Kampf der Schwulengemeinschaft um ein Existenzrecht und Anerkennung entstammt Paul Michels klassisches, distanziertes, strenges Schreiben. Er bedient sich eines Stils, der auf den dekadenten Exzeß seines Sexuallebens und seines politischen Extremismus verzichtet. Sein jüngster Roman *L'Evadé* ist eine beklemmende Geschichte von Flucht und Verfolgung, ein grauenerregender Abenteuer- und Ausbruchsroman; die Leiden seines namenlosen Erzählers sind genauso ergreifend und bewegend wie die des Jean Valjean. Doch ist dieser Text außerdem eine psychische Reise an die äußerste Grenze der Erfahrung, eine moderne Parabel von der Erforschung des dunklen Labyrinths der Seele. Sein Werk besaß jene unheimliche Qualität, die es braucht, um die Anerkennung des im allgemeinen feindseligen Literaturbetriebs zu gewinnen. Er war ihr Skandal, ihre Ausnahme, ihr verlorener Sohn. Paul Michel nutzte seine Berühmtheit und die häufigen Gelegenheiten, öffentlich hofzuhalten, zur Verbreitung seines Begriffs von Homosexualität, allerdings mit gemischtem Erfolg. Er verhielt sich häufig bewußt ablehnend gegenüber sympathisierenden Pseudoanhängern; er vertrat extrem provokante politische Positionen, beispielsweise indem er schwule Männer als Vorhut im subversiven Kampf gegen den bürgerlichen Staat präsentierte. Sein öffentlicher Diskurs war der eines Mannes, der sich im Krieg befindet, ganz gewiß mit der Gesellschaft und, wie wir vermuten, auch mit sich selbst.

Einer der deutlichsten Einflüsse auf sein Werk war der des Philosophen Michel Foucault. Paul Michel hat immer bestritten, ihm je begegnet zu sein. Wir halten das für wenig glaubhaft, da es Filmaufnahmen von den Studentenunruhen von 1971 gibt, auf denen die beiden Seite an Seite auf dem Dach eines umstellten Universitätsgebäudes in Vincennes kauern und Dachziegel auf die Polizei werfen. Foucaults einziger bekannter Kommentar zu den Werken Paul Michels wurde in dieser Zeitschrift (im Oktober 1983) veröffentlicht, wo er seine Romane als »schön, exzessiv und zutiefst ärgerlich« bezeichnet. Foucault wies auf den Gegensatz zwischen der Eleganz und Disziplin seines Schreibens und der seltsamen Drastik seiner politischen Äußerungen hin. Um eine weitere Erläuterung dieses augenscheinlichen Widerspruchs gebeten, gab Foucault eine seiner typisch enigmatischen Antworten: »Was für ein Widerspruch? Der Exzeß ist eine wesentliche Voraussetzung für die Produktion von Strenge. Paul Michel nimmt seinen Beruf ernst. Mehr ist dazu nicht zu sagen.«

Dennoch untersuchten beide Autoren ähnliche Themen: Tod, Sexualität, Verbrechen, Wahnsinn; eine allzu offensichtliche Ironie, wenn wir uns den tragischen Tod Michel Foucaults, von dem wir vor kurzem erfahren haben, und das schreckliche Schicksal Paul Michels vor Augen halten. Paul Michel erschien ein letztes Mal in der Öffentlichkeit aus Anlaß der Trauerfeier im Innenhof des Hôpital de la Salpêtrière, bevor Foucaults Leichnam die letzte Reise nach Poitiers antrat, wo er bestattet wurde. Bei der Feier waren viele berühmte Kollegen und Freunde Foucaults anwesend. Paul Michel las aus dem Werk des Philosophen, unter anderem die folgende Stelle aus Foucaults Einleitung zu *L'Usage des Plaisirs*, die uns besonders bemerkenswert erschien:

Es gibt im Leben Augenblicke, da die Frage, ob man anders denken kann, als man denkt, und anders wahrnehmen kann, als man sieht, zum Weiterschauen und Weiterdenken unentbehrlich ist. Man wird mir vielleicht sagen, daß diese Spiele mit sich selber hinter den Kulissen zu bleiben haben; und daß sie bestenfalls zu den Vorarbeiten gehören, die von selbst zurücktreten, wenn sie ihre Wirkungen getan haben. Aber was ist die Philosophie heute – ich meine die philosophische Aktivität –, wenn nicht die kritische Arbeit des Denkens an sich selber? Und wenn sie nicht, statt zu rechtfertigen, was man schon weiß, in der Anstrengung liegt, zu wissen, wie und wie weit es möglich wäre, anders zu denken?

Denn dieses gefährliche Unterfangen, das revolutionäre Projekt, anders denken zu lernen, bildete den Kern sowohl der Philosophie Foucaults als auch des schriftstellerischen Werks von Paul Michel.

Paul Michels Mut ist unbestritten. Egal wie wir zu dem provokativen Extremismus seines Verhaltens stehen und zu der Art, wie er sein Leben gestaltete, es ist nicht zu leugnen, daß er sich nie gescheut hat, Risiken auf sich zu nehmen. Extremismus ist nicht unbedingt mit Wahnsinn gleichzusetzen. Doch die Formen, die der Wahnsinn annimmt, sind niemals ohne Bedeutung. Worin besteht also die Bedeutung seines Verhaltens auf dem Friedhof? Ein Schriftsteller spielt im Laufe seines kreativen Lebens viele Rollen, schlüpft in die Haut vieler Leute. Für die Rolle, die Paul Michel zur Zeit spielt, kann er sich nicht freiwillig entschieden haben. Wir sind in Gefahr, einen unserer besten Schriftsteller an die weißen Gefängniswände einer psychiatrischen Abteilung zu verlieren, an dieselben institutionellen Mächte, die er und Foucault so radikal in Frage gestellt haben.

Christian Gonnard

Ich legte die *Gai Pied Hebdo* hin und starrte sie an.

»Glaubst du, daß er wirklich so gewalttätig war?« fragte sie mit ausdruckslosem Gesicht, wobei sie mich aber genau beobachtete.

»Eingeschlagene Schädel oder klaffende Schnitte über die Brust denkt man sich nicht aus.«

»Was wirst du tun?« Ihre Zigarette schwebte in der Luft. Mir wurde blitzartig klar, daß sie mich, wenn ich die falsche Antwort gab, auf der Stelle verlassen würde. Aber das Unheimliche war, daß ich bereits die richtige Antwort wußte. Die Worte bildeten sich – planvoll, verrückt – und warteten darauf, ausgesprochen zu werden.

»Ich fahr nach Paris«, sagte ich. »Mein Vater hat versprochen, daß er mir eine Reise nach Paris bezahlt, damit ich mir die Briefe ansehen kann. Sie liegen entweder im Centre Michel Foucault oder im Archiv der Universitätsbibliothek. Ich werde herausfinden, wo Paul Michel ist. Wir wissen zwar, daß er noch lebt, aber wir können nicht sicher sein, daß er noch in Sainte-Anne ist.«

Ihre Zigarette hatte sich nicht bewegt. Ich holte tief Luft und hob den Fehdehandschuh auf, den sie mir hingeworfen hatte. Es war, als wellte sich der Kunststoffbelag auf dem Küchentisch.

»Wenn ich kann – wenn er gesund genug ist –, hol ich ihn da raus.«

Sie drückte die Kippe mit mörderischer Heftigkeit aus und sah zu mir auf. Ich zitterte.

»Ich liebe dich«, sagte sie.

Ich ließ meinen Kopf auf den Tisch fallen und vergrub ihn in den Händen. Sie erhob sich. Als ich mich so weit gesammelt hatte, daß ich den Kopf heben konnte, war sie gegangen. Die Wohnungstür knallte hinter ihr zu. Neben mir stand Mike, Angst und Sorge im Gesicht.

»Lebst du noch?« Er legte mir den Arm um die Schultern.

»Soll ich einen Tee machen? Sie ist weg.«

»Ich weiß«, schluckte ich.

»War es schlimm?«

»Ja.«

»Hat sie Schluß gemacht?« Er drehte den Hahn auf und hielt die Tülle des Kessels unter den kalten Wasserstrom.

»Nein. Jedenfalls nicht, daß ich wüßte. Vielleicht doch. Sie hat mir gesagt, daß sie mich liebt.«

Mike fiel der Kessel ins Spülbecken.

Es war Juni. Die Prüfungen waren vorbei, und die Studenten schliefen ihren Kater aus. In den Höfen aller Cambridger Colleges sprossen große helle Zelte und Laufbretter, eine elegante Parodie der Landschaften des Ersten Weltkriegs. Ich fragte die Germanistin, ob sie schon einmal auf einen Mai-Ball gegangen sei. Sie starrte mich mit unverhohlener Verachtung an. Daraufhin verkaufte ich die Karten und schrieb meinem Vater einen Brief, in dem ich ihn um das Geld für die Parisfahrt bat. Seine Antwort war herzlich und stellte große Geldbeträge in Aussicht. Meine Eltern liebten es, ihren Freunden zu erzählen, daß ihr Sohn in Cambridge studierte, und sie wußten, daß solche Prahlereien ihren Preis haben.

Zu Beginn des Studiums war mir die kleine Stadt aus weißem Stein am Rand der Fens hochromantisch vorgekommen. Wie Gawains Schloß, eine schimmernde Vielzahl von Spitzen und Türmchen, eine intime Welt, in der man auf allen Treppen bekannten Gesichtern begegnete. Ich liebte den Geruch der Bibliotheken, der Flußpflanzen, der geschnittenen Rasenflächen im Sommer. Doch als ich nach dem Examen blieb, um zu promovieren, änderte sich mein Bild der Stadt. Es entstand eine neue Geographie, die sich um den Mittelpunkt unserer Wohnung in der Nähe der Mill Road ordnete, um den Supermarkt, den von einer weitläufigen Familie geführten Kramladen, wo Küchentücher, Plastikeimer und Spülbürsten zu Drittweltpreisen verkauft wurden. Mir fiel zum erstenmal der schneidende Wind auf, der direkt aus dem Ural bläst. Ich fing an, dem Papiermüll nachzustarren, der über Parker's Piece wehte. Ich wurde abends deprimiert. Vielleicht ist das erste Forschungsjahr immer ein dunkler Tunnel, eine Phase der Desillusionierung. Endlich von der leidigen Aufgabe befreit, jede Woche acht bis zehn Seiten wenig origineller, schwülstiger Prosa durchzuackern, hatte ich mir vorgestellt, daß nun die Tore der Gelehrsamkeit vor mir aufgehen und mich in ihre geordnete Weite einlassen würden, als hätte ich gerade ein großes Anwesen auf dem Land gekauft. Niemand hatte mir gesagt, daß die Forschungsarbeit stumpfsinnig, verwirrend, deprimierend und endlos sein würde. Ich hatte jede Orientierung verloren. Mein Doktorvater schlug gelegentlich vor, daß ich dieses oder jenes Buch, diesen Artikel oder jene unveröffentlichte Dissertation lesen solle. Etwas so Verheerendes wie die anderen Dissertationen war mir im Leben noch nicht begegnet. Es ist keine geringe Leistung, einzigartige, tiefe Leidenschaften in blasses, redundantes Blabla zu verwandeln. Die schlimmste, die mir unter die Finger kam, war eine vergleichende Untersuchung von Paul Michel und Virginia Woolf.

Der Verfasser dieser Dissertation war ein Doktorand aus Oxford. Er vertrat die These, daß Paul Michel und Virginia Woolf dem Wesen nach Romantiker seien, ihre Methoden romantisch, ihre Epiphanien Momente der Seinsoffenbarung. Er behauptete, daß ihre Beschäftigung mit inneren Landschaften aus politischer Desillusionierung rühre und eine romantische Affirmation des Innen- und Seelenlebens darstelle. Um seine Hypothese zu verifizieren, spulte er ungerührt Seite um Seite Text und kilometerweise Fußnoten, Zitate und Querverweise ab. Paul Michel las Englisch. Aber er hat nie behauptet, Virginia Woolf gelesen zu haben. Die ersten radikalen

Zweifel kamen mir, als ich mir klarmachte, daß es sich bei den Jahren, in denen beide Autoren sich angeblich in einsiedlerischem Egoismus gesuhlt und die Feuer ihrer zermarterten Seelen geschürt hatten, ausgerechnet um dieselben Jahre handelte, in denen Virginia Woolf ihre Vorträge über Sozialismus vor der Women's Cooperative Guild gehalten hatte und Paul Michel Mitglied einer revolutionären maoistischen Zelle gewesen war. Das Genie aus Oxford jedoch ließ sich gnadenlos über ihr fehlendes politisches Engagement aus. Er schuf sich eine Welt ohne lästige Widersprüche. Ich las jedes Wort dieser Dissertation und war am Ende reif für eine Therapie. Meine Germanistin zeigte kein Mitleid.

»So was liest man quer«, schnaubte sie, »und fotokopiert die Bibliographie.«

»Aber es machte so einen wissenschaftlichen Eindruck«, jammerte ich.

»Du bist so naiv wie Dorothea.«

»Wer ist Dorothea?«

»Lies *Middlemarch*.« Die Antwort kam wie aus der Maschinenpistole.

Und so schwand die Großartigkeit des Projekts einer Doktorarbeit vor meinen Augen. Und mit ihr schrumpften die eitle kleine Stadt und ihre schrulligen, selbstgefälligen oder verbitterten Einwohner. Cambridge wurde zu einem Marktflecken in der Provinz mit einem mittelmäßigen Theater, mit zu wenigen Kinos und zu vielen dröhnenden Spießerstimmen.

Doch die nächste Veränderung bahnte sich bereits an. Ich hatte die Herausforderung der Germanistin angenommen, so dunkel, unpräzise und unartikuliert, wie sie war; und sie stand da wie ein Bild des Windes am Hafenrand, wo das ruhige Wasser in die wogende See übergeht. Sie entsandte mich ins Abenteuer. Ich würde keine kleingeistige kritische Studie über einen großen Schriftsteller schreiben. Ich würde nicht im Handschriftenlesesaal versauern. Ich würde auf Reisen gehen, den feuchten Strand der Fußnoten und Appendizes hinter mir lassen. Atemlos vor Aufregung, las ich noch einmal alle Werke Paul Michels. Ich hängte ein riesiges Poster an die Küchenwand, so daß sein Gesicht, ruhig, ernst, distanziert, über unser Kochen wachte. Mike fand mich verrückt. Er gab der Germanistin die Schuld. Aber sie war die große Woge, die mich trug, die Antriebskraft all meiner Unternehmungen. Sie wurde sanfter, umgänglicher. Sie begann, meine Klagen ein paar Minuten länger als sonst anzuhören, bevor sie mir den Kopf abriß. Einmal ertappte ich sie dabei, wie sie mich nachdenklich, friedlich betrachtete, als wäre ich ein Gemälde, das sie gerade vollendet hatte.

Diesen Moment ergriff ich, um sie nach Foucault zu fragen. Sie war zu temperamentvoll, um sich zu verstellen, deshalb wagte ich endlich, die Frage vorzubringen, die mich seit Monaten umtrieb. Worin bestand ihrer Ansicht nach Foucaults Bedeutung für einen Mann wie Paul Michel? Ich bemühte mich, den Anschein der Beiläufigkeit, ja der Gleichgültigkeit zu vermitteln. Sie steckte sich eine neue Zigarette an und suchte sich in ihrem roten Zimmer einen bequemen Platz.

»Ich hab mal gesagt, daß er wie ein Vater war, nicht? Ich hab darüber nachgedacht. In mancher Hinsicht stimmt es. Der Altersunterschied beträgt fast zwanzig Jahre. Für Paul Michel war Foucault der bedeutendste radikale Denker seiner Zeit. Foucault gehörte der Generation an, die Sartre ablehnte. Sie waren gegen die Werte des gottlosen liberalen Humanismus. Sie waren radikaler. Aber das ödipale Modell greift zu kurz! Paul Michel hat Foucault nie beneidet; er war nie das Ungeheuer, das er beneidete und das er töten mußte. Er war der Geliebte, der unsichtbare Leser, dem es zu gefallen galt. Ich glaube, daß Paul Michel jedes Buch für Foucault geschrieben hat. Für ihn und gegen ihn.«

Ich starrte sie an. Sie hatte über die zentralen Fragen meiner Forschungsarbeit nachgedacht. Sie war mir, Schritt für Schritt, gefolgt.

»Jeder Autor hat eine Muse«, sagte die Germanistin bedächtig, »ganz gleich, wie antiromantisch er ist. Für die unverbesserlichen Langweiler ist die Muse eine Frau, die sie sich in ihrer Phantasie zurechtlegen und wie eine Voodoo-Puppe auf ein Podest stellen und dann mit ihren Illusionen, Obsessionen und Phantasien peinigen. Paul Michel war anders. Er wollte ein reales Wesen; jemanden, der ihm eine Herausforderung bot, aber von den gleichen Leidenschaften getrieben wurde. Er verliebte sich in Foucault. Es ist absolut unerläßlich, sich in seine Muse zu verlieben. Für die meisten Schriftsteller sind der geliebte Leser und die Muse ein und dieselbe Person. So sollte es auch sein.«

Sie hielt inne.

»In Paul Michels Fall entwickelte sich diese notwendige Liebe zu einer verhängnisvollen Affäre.«

»Wieso?«

»Er sitzt in einer Irrenanstalt, oder?«

Ich verstand sie nicht, was mein Gesicht offenbar spiegelte.

»Stell dich nicht so dumm. Foucault war tot. Das bedeutete für Paul Michel das Ende seines Schreibens. Sein Leser war tot. Deshalb ist er auf die Grabsteine losgegangen. Um sein Schreiben wieder auszugraben, es aus dem Grab rauszuholen. Wozu leben, wenn dein Leser tot ist? Er hatte nichts zu verlieren.«

Ich stieß einen ungläubigen Pfiff aus.

»Woher weißt du das alles? Du hast es dir nur ausgedacht.«

Sie sah mich unverwandt an.

»Ach ja? Fahr nach Paris. Geh zu Paul Michel und frag ihn.«

Anfang Juli setzte eine Hitzewelle ein. Die Jungen, die Eis und kalte Getränke verkauften, verdienten sich eine goldene Nase. Ich kaufte meine Fahrkarte nach Paris und buchte ein Zimmer in einem Studentenwohnheim unweit der Porte d'Orléans. Am ersten Sonntag im Juli zeigte das Thermometer im Garten schon morgens um zehn über dreißig Grad. Ich hatte bei ihr in der Wohnung geschlafen, und wir lagen komatös auf dem Boden ihres Zimmers, tranken eisgekühlten Orangensaft und lasen Zeitung. Ich sagte ihr, wann ich fahren wollte. Ich würde mindestens zwei Monate fort sein. Sie nickte bloß und studierte weiter das Feuilleton.

»Wirst du mich vermissen?« Es klang aufdringlicher und verzweifelter als beabsichtigt.

»Ja«, sagte sie, ohne aufzublicken.

Ich richtete mich auf und schluckte meine Entgegnung hinunter. Sie drehte sich um und sah mich an. Ich hatte nie etwas zu ihrer unerwarteten Erklärung gesagt. Sie auch nicht.

Einige Paare plaudern wie alte Freunde, wenn sie sich lieben, verständigen sich wie beim gemeinsamen Kauf eines Hauses. Bei anderen ist der Liebesakt selbst die Sprache; ihre Körper artikulieren Adjektive und Verben. Bei uns kamen die Konjunktion des Geistes und die Opposition der Sterne zusammen. Ohne ein Wort machte sie aus mir ein Bündel von Empfindungen, ich löste mich wie eine Symphonie in einem Crescendo großer Akkorde auf. Aber sie sagte mir nie, wie es ihr erging, vertraute mir nie an, was sie an mir liebte, fragte mich nie nach meiner Meinung und erkundigte sich nie nach meinen Wünschen. Sie beobachtete sich und mich aus einer schrecklichen, kompromißlosen Distanz.

»Was hast du?« fragte sie forsch.

»Nichts. Bloß … nun, du wirst mir schrecklich fehlen.«

»Das ist gut.« Sie blickte zufrieden auf, zögerte kurz. Dann sagte sie: »Hör zu, du hast etwas sehr Wichtiges vor. Du darfst dich durch nichts davon ablenken lassen. Ich habe ein paar

Dinge arrangiert. Du fliegst Donnerstag. Gut … wir werden schon morgen abend nach London fahren. Zu meinem Vater. Er hat einen Freund, der dir eine Hilfe sein kann. Den mußt du noch kennenlernen.«

Ich fühlte mich wie ein Spion, der Befehle für einen Auslandseinsatz entgegennimmt. Panik stieg in mir auf.

»Wie soll ich Paul Michel finden? Die ganze Sache ist verrückt.«

»Wir gehen von dem Artikel aus. Die Pariser Telefonbücher finden wir im Katalograum der Unibibliothek. Wir rufen morgen das Krankenhaus an.«

Der Katalograum war ein gigantischer, stuckverzierter, langgezogener Saal im Stil eines Mausoleums der dreißiger Jahre. Die Luft war stickig und roch nach vielbenutzten Büchern und Teppichreiniger. Ich nahm an, daß es die Telefonbücher auf Microfiches geben würde, aber das war ein Irrtum. Sie standen bei den französischen Nachschlagewerken, Reihe um Reihe dicker gelber Wälzer, in denen auch sämtliche öffentlichen Nummern verzeichnet waren. Unter »H« fanden wir für Sainte-Anne eine ganze Seite mit den Nummern aller Abteilungen, aber keine Eintragung für die Psychiatrie. Wir schrieben uns die Nummer der Zentrale auf. Die Telefonbücher rumsten böse, als wir sie wieder ins Regal schoben. Die Germanistin zog mich am Arm.

»Komm mit nach unten«, zischte sie.

Wir klemmten uns in die Telefonzelle am Fuß der Treppe. Sie holte ein Dutzend Ein-Pfund-Münzen hervor. Mir wurde schwindlig. Sie tippte die Nummer 010.33.1.45.65.80.00, ohne auf den abgerissenen Zettel zu schauen und ohne bei der Vorwahl zu stocken, als wäre ihr die Nummer längst vertraut. Sie reichte mir den Hörer in dem Moment, als eine ruhige französische Stimme meldete, daß ich die Telefonvermittlung des Krankenhauses erreicht hätte. Ich bat sie, mich mit der Psychiatrischen Abteilung zu verbinden. »Ne quittez pas«, sagte sie. Der Fernsprecher schluckte eine Münze, während ich wartete. Die Germanistin fütterte, das Ohr an den Hörer gepreßt, ein zweites Goldstück nach. Eine andere Frauenstimme meldete sich. Ich fragte tollkühn nach »l'écrivain Paul Michel«.

»C'est qui à l'appareil?« Die Stimme klang mißtrauisch.

»Ich bin Student«, gestand ich. »Ich schreibe eine Doktorarbeit über Paul Michel.« Die Germanistin trat mich ans Schienbein. »Verrat nicht gleich alles«, zischte sie.

»Es tut mir leid«, schnappte die französische Stimme. »Ich kann keinerlei Auskunft geben. Bitte richten Sie alle Fragen an seinen Anwalt.«

»Wer ist das?« fragte ich dämlich.

Sie legte auf.

Die Germanistin jubilierte. Ich verstand ihren Siegestaumel nicht.

»Wir haben alles erfahren, was wir wissen müssen«, sagte sie. »Er ist da. Wenn nicht, hätte sie es gesagt. Und sie lassen niemanden mit ihm sprechen. Du mußt also nur reinkommen.«

»Na ja, das wird vielleicht nicht so einfach sein. Was mach ich, wenn sie mich nicht reinlassen?«

»Jetzt mußt du rausbekommen, wer sein Anwalt ist. Und du mußt seinen Vater anrufen. Wie heißt sein Vater?«

»Michel. Wie sonst? Er lebt in Toulouse.«

Im Toulouser Telefonbuch standen drei Seiten Michels.

»Egal«, sagte sie, »du wirst die Nummer finden, wenn du erst mal da bist.«

Ich war nicht so sicher.

Wir riefen ihren Vater vom Bahnhof Liverpool Street aus an. Ich konnte seine Stimme laut und deutlich hören, als wäre er ein Bauchredner.

»Nimm ein Taxi, Schatz. Ich gebe dir zehn Pfund, wenn du kommst.«

»Quatsch, Dad. Wir kommen mit der U-Bahn.«

»Wie ihr wollt, mein Schatz, pfleg du nur deine proletarischen Neigungen. Der Chablis steht auf Eis, und ich vollbringe in der Küche wahre Wunder für meine Lieblingsfrau. Komm schnell nach Haus. Ich hoffe, dein Herz gehört noch deinem Daddy.«

»Hör auf, du Sexprotz.« Sie kicherte.

Er neckte sie mit jedem anzüglichen Klischee, das je geschrieben worden ist. Sie schimmerte unter dem Strom seiner Liebesworte wie ein nasser Stein. Sie waren wie Boxer, die einander umtanzten, reizten, ihre Reichweite erforschten. Ich lehnte mit einer eifersüchtigen Erektion an der Telefonzelle.

Am Bahnhof Hampstead im Lift nach oben stützte sie sich am uralten Gitter ab und machte die Augen zu. Ihr Gesicht wirkte plötzlich weiß, zart, kindlich. Ich betrachtete ihre blasse Haut, ihren hageren Körper und ihre nackten Arme, die von der Julihitze ein wenig gerötet waren.

»Alles klar?« Ich legte mein Kinn auf ihre Schulter.

»Ja. Aber leider ist meine Gebärmutter unten im Schacht geblieben.«

Ich richtete mich verdutzt auf und drehte mich zu dem einzigen Mitbenutzer des Lifts um, einem jungen Schwarzen auf klappernden Rollschuhen, der eine grüne Baseballkappe mit dem Schirm nach hinten auf dem Kopf trug. Sein Walkman pulste leise in dem leeren Gewölbe. Er sah sie unverwandt an. Als der Lift oben ankam, schlug sie die Augen abrupt auf. Und richtete sie hinter der Brille groß, graublau und anklagend auf den schwarzen Mann. Der Lift entließ uns auf die Straße. Sie zeigte ihr breites, ungehemmtes Grinsen. Er erwiderte das Lächeln, und sie schlugen ein wie Mitglieder einer Straßengang. Auf seinen Rollschuhen sauste er den Berg hinunter davon.

»Kanntest du den?«

»Nein.«

Ich gab auf.

Das Haus bestand nur aus Vertikalen; hohe Fenster, hoch aufragende Bücherregale, eine schwindelerregend steile Treppe mit einem geschwungenen Geländer, ein langer Schirmständer neben einem schmalen gotischen Spiegel. Sie ließ uns mit ihrem eigenen Schlüssel ein und rief die Treppe hinauf. Ich hatte den Eindruck, ihre Stimme stiege unendlich weit in duftende Höhen. Es roch nach Lorbeer, Zimt und Rotwein, Wintergerüche mitten im Sommer.

Die Bank von England schwang sich die Treppe herunter wie ein Komparse in einer Szene von *Billy Budd* und umschlang uns beide, jeden mit einem Arm.

»Mes enfants«, rief er und küßte, was ihm vor den Mund kam.

»Du hübscher Lausebengel«, lachte er und tätschelte mir die Wange. »Ich bin genauso verrückt nach dir wie sie. Kommt nach oben. Jacques ist hier und kann es kaum erwarten, Seuchen zu diskutieren. Das ist sein Steckenpferd, mußt du wissen«, vertraute er mir an, »Mörder und Wahnsinnige. Na. Was immer ihn antörnt. Da bin ich ganz liberal.«

Die Küche und das Wohnzimmer nahmen die gesamte erste Etage ein. Sie war in den gleichen Rottönen gehalten wie das Wohnschlafzimmer der Germanistin. An einer Wand hing ein gigantischer afrikanischer Wandteppich. Eine Ecke beherbergte eine monumentale Musikanlage, die aussah, als wäre sie von Jean-Michel Jarre gestohlen, mit hohen, grabsteingleichen Lautsprechern. Zum Glück lief sie nicht. Zusammengerollt auf dem karamelfarbenen Sofa, inmitten einer Vielzahl roter und oranger Kissen, lag der längste Mann, den ich je gesehen hatte. Er entrollte sich auf über zwei Meter Länge und bückte sich, um uns die Hand zu schütteln.

»Sehr erfreut. Ich bin Jacques Martel.«

Seine Haare waren grau, sein Alter unbestimmbar. Er hatte ein spitzes, wieselhaftes Gesicht, und wenn er lächelte erschien an beiden Seiten seines düsteren, strengen Mundes eine lange Falte. Er roch nach Alkohol und Zigaretten. Er stand so dicht vor mir, daß mir seine Zähne auffielen. Sie liefen alle spitz zu wie bei einem Haifisch.

Er küßte die Germanistin und sagte sanft: »Alors, ma fille ... Comment vas-tu?«

Dann setzte er sich wieder und sah mich an. Ich erwiderte seinen Blick unsicher und neugierig zugleich, wußte aber nicht, wohin mit meinen Händen. Die Bank von England versorgte uns alle mit Kristallgläsern, Whisky und Erdnüssen und entführte dann seine Tochter in die Küche, damit sie ihm bei seinen Saucen und Soufflés Gesellschaft leistete. Zur Küche öffnete sich eine riesige Flügeltür, und ich hörte sie sagen: »Keine Ahnung, Dad. Was steht denn bei Deliah Smith? Laß mich doch die Vinaigrette machen.« Das zusammengerollte Raubtier auf dem Sofa hatte genug gesehen und fing nun an, mir Fragen zu stellen. Er sprach ein fehlerloses, vollkommen akzentfreies Englisch. Ich fand das sehr bemerkenswert, weil die Franzosen sich fast immer durch ihre Intonation verraten.

»Also ... ich hab gehört, Sie arbeiten über Paul Michel? Er war ein tragischer Fall. Ich hab ihn kennengelernt. Und mehrmals gesehen. Ich hab ihn nie behandelt. Aber in der Anfangszeit war einer meiner Kollegen für ihn zuständig. Sein Fall hat damals einen Skandal ausgelöst. Er wurde weithin diskutiert. Und es gab viel Protest von seinen Freunden bei *Gai Pied Hebdo*. Einer der Redakteure behauptete, man versuche, ihn von seiner Homosexualität zu heilen. Das war Unfug. Wirklich. Er war schlicht und einfach verrückt. In mancher Hinsicht ein typischer Fall.«

»In dem Artikel, den ich gelesen habe, stand, es sei ein Fall von paranoider Schizophrenie. Kann man das plötzlich kriegen?«

Der Arzt lachte.

»Nein, nein. Jedenfalls glaube ich das nicht.« Er zögerte. Dann begann er zu erklären.

»Man findet selten zwei Schizophrene, die sich gleichen. Die Symptome variieren stark. Paul Michel war schwer gestört, sehr gewalttätig. Das ist nicht ungewöhnlich. Aber normalerweise ist die Gewalt wahllos. Sie sind keine Mörder. Sie nehmen sich nicht vor, jemanden zu töten, fassen keinen Plan, den sie dann ausführen. Das ist selten. Wenn sie in einer Krise sind, können sie gleichsam mit jemandem verschmelzen, dem sie nahestehen, ob sie ihn lieben oder hassen, das ist gleich. Sie können sich in ihn verlieben. Sie können ihn sogar voll Leidenschaft in die Arme schließen, und dabei eine erstaunliche Zärtlichkeit zeigen. Oder sie können ihn töten. Es ist eine schreckliche Krankheit. Ich gehöre zu den Ärzten, die der Ansicht sind, daß es eine Krankheit ist. Sie können sich nicht vorstellen, was sie leiden. Ich kann mich noch gut an Paul Michel erinnern, ganz am Anfang. Er war ein sehr gutaussehender Mann. Das wissen Sie. Nun, an dem Abend, als er in Sainte-Anne eingeliefert wurde, waren seine Pupillen riesengroß. Ich hatte Dienst. Wenn sie in der Krise sind, kann die Pupille sich über die ganze Iris ausdehnen. Er wußte überhaupt nicht, was er tat. Er war außerordentlich gewalttätig, von einer unglaublichen Kraft beseelt – vollkommen von Sinnen.«

»Sperrt man ... sperrt man sie ein?« Ich stockte. »Oder fesselt sie?«

Mich überkam das seltsame Gefühl, als käme Paul Michel mir wie ein plötzlicher trockener Wind näher und näher. Jacques Martel bot mir eine Zigarette an. Er hielt inne, und wir rauchten einen Moment schweigend. Dann fuhr er fort: »Na ja, als ich vor zwanzig Jahren den Dienst antrat, war es durchaus noch üblich, die Kranken hinter Schloß und Riegel zu halten. Und in Zwangsjacken zu stecken. In den Zimmern waren die Betten am Boden festgeschraubt. Und die Abteilungen wurden überwacht. Es war ziemlich brutal. Und beängstigend. Das Irrenhaus war kein angenehmer Ort. Es war für die Mitarbeiter wie für die Patienten bedrückend. Und die Fenster waren vergittert. Jetzt arbeiten wir mit Drogen. Aber am Ende ist es dasselbe. Wir nennen sie ›neuroleptiques‹. Ich weiß nicht, wie das englische Wort heißt. Die Drogen stecken die Persönlichkeit der Schizophrenen in eine Zwangsjacke. Die Drogen mindern das Leiden, machen die Patienten aber zu Zombies. Und führen zum Verfall ihrer Persönlichkeit. Ich konnte das immer nur schwer mitansehen. Einige meiner Patienten haben Jahrzehnte bei uns verbracht. Sie büßen nach und nach alle geistigen Fähigkeiten ein. Und vegetieren schließlich nur noch vor sich hin.« Er seufzte. »Ich glaube, das ist einer der Gründe, weshalb ich hierhergezogen bin. Und mich beruflich verändert habe.«

»Was machen Sie denn jetzt?« fragte ich.

»Ich bin im Strafvollzug als psychiatrischer Betreuer tätig. Sie haben ihren Vater ganz richtig verstanden. Mörder und Wahnsinnige. Das ist mein Metier.« Er lachte.

»Sind viele Ihrer Gefängnisinsassen psychisch krank?«

Ich roch Knoblauch, der in der Küche briet.

»Mmmmm. Die meisten sind gestört. Aber das ist häufig eine Folge des Gefängnisaufenthalts.«

»Sind es alles Mörder?« Ich war fasziniert.

»Ich habe mit einer ganzen Reihe von Mördern zu tun. Aber Sie dürfen sich das nicht allzu romantisch vorstellen. Mörder sind ganz gewöhnliche Menschen.« Jacques Martel lächelte mich ruhig an. Ich betrachtete seine spitzen Zähne und schauderte. Die schmelzenden Eiswürfel klickten leise in meinem Whisky. »Aber um zu Paul Michel zurückzukehren. Die Krankheit ist nicht unvermittelt über ihn hereingebrochen. Das tut sie nie. Wir wissen sehr wenig darüber, wodurch Schizophrenie entsteht, aber wir kennen bestimmte Muster. Alle Schizophrenen erleben als eines der frühen Symptome das, was wir ›bouffée délirante aiguë‹ nennen …« Sein Französisch klang mit einem Mal wie eine Sprache, die er gelernt hatte, statt wie seine Muttersprache, »… und zwar im Alter von neunzehn oder zwanzig, selten über fünfundzwanzig Jahren.«

»Was ist das? Das klingt ja furchtbar«, sagte meine Germanistin. Sie legte mir die Arme um den Hals. Sie roch nach Essig und Zwiebeln.

»Man könnte sagen, es kommt wie ein Unwetter. Ein Wirbelsturm des Wahnsinns. Er packt die Persönlichkeit mit Gewalt. Sie verlieren den Kopf. Sie werden gewalttätig, obsessiv, wild. Im Fall von Paul Michel fiel der Wahnsinn sozusagen in die Kategorie politisches Engagement. Er war 1968 eindeutig verrückt.«

Wir lachten alle. Die Bank von England stand in der Tür. Er trug eine wundervolle Plastikschürze mit einem rosa Schweinekopf auf der Brust und einer riesigen gelben Aufschrift:

DIE CHAUVISCHWEINE VON HEUTE
SIND DIE KOTELETTS VON MORGEN

»Ihr kommt bestimmt nicht darauf, wer mir die zu Weihnachten geschenkt hat.«

Er vollführte einen kleinen Tanz. Seine Tochter nahm seine Hand und drehte sich mit einer Pirouette in seine Arme.

»Neunzehnhundertachtundsechzig – Dad, stell dir vor. War das für dich und Jacques nicht ein sehr romantisches Jahr?«

Der Arzt lachte.

»Ja, da hast du recht. Aufstand auf den Boulevards. Und hinterher nichts wie ab in meine Wohnung und im Bier- und Revolutionsrausch gebumst bis zur Bewußtlosigkeit.«

Ich hatte das Gefühl, unter meinen Füßen rutschte der Teppich weg.

»Das waren ziemlich fließende Übergänge damals«, sagte die Bank von England erklärend zu mir. »Zwei Jahre danach habe ich ihre Mutter kennengelernt und einen Seitensprung riskiert.«

»Einen Sprung ans andere Ufer.« Sie kicherte und gab ihm einen Kuß. »Mir tut das nicht leid. Aber erzähl weiter, Jacques. Verlier nicht den Faden. Was ist aus Paul Michel geworden? Und woher weißt du davon?«

»Es steht alles in seiner Akte. Da sind alle Berichte gesammelt. Das Komische ist natürlich, daß niemand etwas gemerkt hat, solange die Revolution im vollen Gang war. Er war zügellos, relativ gewalttätig, häufig betrunken, hat unablässig geredet. Aber alle anderen auch. Er hat einen Polizisten angegriffen. Das war nichts Außergewöhnliches. Wer tat das nicht? Dein Vater und ich haben einen unter seinem Schutzschild eingeklemmt und uns draufgesetzt. Danach mußten wir um unser Leben laufen. Weißt du noch?«

Er sah ihren Vater direkt an. Sie wechselten einen Blick, und in diesem Moment ging mir auf, daß sie jetzt, fünfundzwanzig Jahre später, noch immer Liebende waren, deren Erinnerungen ihnen einen gemeinsamen Halt boten, ein sicheres, erprobtes Seil über dem Abgrund.

»Ja, das weiß ich noch«, sagte die Bank von England verträumt und wiegte seine Tochter in den Armen. In der Küche zischte etwas. Sie drehten sich beide um und entschwanden, so daß ich allein mit dem Doktor zurückblieb. Er steckte sich die nächste Zigarette an.

»Paul Michel war ein außergewöhnlicher Mann. Alle Schizophrenen sind außergewöhnlich. Sie sind liebesunfähig. Wußten Sie das? Sie sind zu keiner tiefen Liebe fähig. Sie sind nicht wie unsereins. Sie sind meistens sehr scharfsichtig. Es ist unheimlich. Sie bewegen sich in einer Dimension, weit jenseits der Banalität gewöhnlicher Menschen. Sie können einen nicht so lieben wie andere. Aber sie können mit einer Liebe lieben, die menschliche Liebe übersteigt. Sie haben Eingebungen, Visionen, Momente dramatischer Klarheit und erstaunliche Einsichten. Sie sind nicht fähig, gegen jemanden einen Groll zu hegen oder auf Rache zu sinnen.«

Plötzlich sah er mich sehr aufmerksam an und riß die Augen weit auf.

»Hören Sie«, sagte er, »ich fühle mich ihnen gegenüber klein. Wir haben keine Bedeutung. *Tellement ils sont grands.*«

Wir saßen eine Weile schweigend beisammen und lauschten dem Brodeln und Prasseln in der Küche. Dann fuhr er mit der gleichen seltsamen Intensität fort.

»Sie sind ein maßlos egoistisches Volk. Und sind gleichzeitig über allen Egoismus erhaben. Sie sind wie Tiere. Sie erkennen sofort, wer sie nicht liebt. Sie sind sehr intuitiv. Und ihre Intuition irrt nie. Sie schützen sich vor dem Bösen. Instinktiv, mit wunderbarer Sicherheit.«

Er hielt inne. »So ist Paul Michel auch. Daraus hat er als Schriftsteller geschöpft.«

Ich starrte auf die Falten in seinem Gesicht.

»Vergessen Sie eines nicht. Ich habe Sie gewarnt. Sie können nicht so lieben wie wir. Sie könnten einem von ihnen sagen: deine Mutter ist tot. Und er würde nicht reagieren. Es würde ihm nichts bedeuten. Auch ohne Medikamente.«

»Verändern die Medikamente ihre Persönlichkeit?« fragte ich ängstlich. Paul Michel erschien mir erschreckend nahe, mit einer zwiespältigen, kolossalen, gleichgültigen Präsenz, gegen die ich nichts wog.

»Ja«, sagte Jacques Martel langsam, »das tun sie. Wir variieren die Dosis je nach Patient und der Schwere seiner Erkrankung. Wir errechnen eine regelmäßige Dosis. Sie bekommen einmal im Monat eine Injektion. Aber nach zehn oder fünfzehn Jahren ...«

Er zuckte die Achseln.

»Ja. Sie machen eine Verwandlung durch. Sie verlieren jedes sexuelle Verlangen, jedes Gefühl für sich selbst.«

Dann sagte er heftig: »Manche machen es wie er. Sie verweigern die Behandlung. Sie leiden lieber.«

Ich holte tief Luft. »Dann ist er noch da. Der von früher, mein ich. Nur daß er eben verrückt ist.«

Jacques Martel nickte.

»Er ist entmündigt. Er hat einen Sachwalter. Das System heißt in Frankreich ›la tutelle‹. Es wird immer ein Anwalt benannt, der Vermögen, Besitz, Geld und Papiere verwaltet. Der Anwalt muß seine Aufgabe ehrenamtlich übernehmen, als ›bénévole‹. Sie haben eine Vereinigung. Die Mitglieder sind größtenteils Leute mit einem gewissen gesellschaftlichen Status: Priester, Ärzte, pensionierte Schuldirektoren. Sie bekommen kein Geld für ihre Arbeit. Nur die Auslagen werden erstattet.«

»Bräuchte ich eine Erlaubnis von ihm? Oder von ihr, vielleicht auch. Um Paul Michel sehen zu dürfen?« fragte ich plötzlich. Es war ein knisternder Moment, ohne daß ich recht wußte, warum.

»Nein. Warum? Er ist kein Gefangener. Sie wollen ihn also besuchen?« Jacques Martel sah mich unverwandt an. »Steht Ihr Entschluß schon fest?«

»Ich fliege Donnerstag nach Paris.«

Er stieß leise die Luft aus.

»Ah … gut«, sagte er. Ich hatte die richtige Antwort gegeben.

»Essen ist fertig. Es schmeckt köstlich.« Die Germanistin kam quer durchs Zimmer getanzt und umschlang mich. Eine ihrer Locken fing sich in meinem Mund. Sie küßte mich und nahm dann ihre Locke zurück.

»Kommt essen«, sagte sie.

Der Tisch war in Rot und Weiß gedeckt – das Festmahl eines Gladiators.

Sie begleitete mich mit der U-Bahn nach Heathrow. Ich saß neben ihr, ein bißchen still und traurig, und hielt mich an meinen Taschen fest. Meine Eltern hatten mich gebeten, sie ihnen vorzustellen. Sie hatte sich rundweg geweigert, ohne einen Grund anzuführen. Überhaupt schien sich ihre Zuneigung, die in den vergangenen Wochen so ermutigend und unerwartet erblüht war, zu verflüchtigen. Sie war angespannt, abgelenkt, wachsam. Ich sah zu, wie sie mit einem heftigen Stiefeltritt einen Kofferkuli aus der langen Reihe aneinandergeketteter L-Formen befreite, die vor den automatischen Türen verlief wie ein Zaun durch die Prärie. Wir wanderten ziellos durch die Wartehalle, die Anzeigetafel immer im Blick. Mein Flug war angezeigt, aber noch nicht aufgerufen. Beim Check-in stapelte sie meine Taschen geschickt auf das Band. Erst da fiel mir auf, wie stark sie war. Die schmalen Schultern und ihre schmächtige Figur, die sie unter ihrer schwarzen Jacke und den Jeans so zierlich erscheinen ließen, täuschten. Ich starrte sie an und sah wieder einmal eine Fremde vor mir. Die Eulenaugen richteten sich auf mich.

»Ich kauf dir einen Orangensaft«, sagte sie. »Es ist heiß. Frische Orangen sind besser als künstliches Zeug.«

Und sie schritt davon.

Als der Flug aufgerufen wurde, drehte sie sich zu mir um und nahm meine Hand.

»Es sind nur zwei Monate«, sagte ich, »zwei und ein bißchen.« Aber das sagte ich zu meinem eigenen Trost. Ich war mittlerweile absolut überzeugt, daß es ihr nichts ausgemacht hätte, wenn ich nie wiederkäme. »Ich schreib dir. Du mir auch?«

»Ja, natürlich schreib ich dir. Viel Glück. Und verlier dein Ziel nicht aus den Augen. Versprich mir das.«

Sie stand vor mir wie ein riesiger, weißgesichtiger Vogel, die Augen vergrößert und golden.

»Ich verspreche es.«

Sie küßte mich einmal, nicht auf die Lippen, sondern auf den Hals, eben unters Ohr. Mich durchfuhr ein Schauer, als wäre ich gekratzt worden. Dann nahm sie meinen Arm und führte mich an den glänzenden Rahmen des Metalldetektors. Als ich über die Schwelle zu den Gates trat, erhaschte ich einen letzten Blick von ihr, ernst, neutral beobachtend. Sie winkte nicht. Sie sah mir nur nach. Ich setzte mich auf einen Plastikstuhl und weinte stumm wie ein verlassenes Kind, zwanzig Minuten lang.

PARIS

Meine Erinnerungen an jene ersten Tage in Paris sind wie eine Serie postmoderner Fotografien. Ich sehe die gemusterten Metallgitter um den Fuß der Bäume auf den Boulevards. Ich sehe die Achsen der Stadt als lange schimmernde Geraden mit beschnittenen Bäumen und massiven symmetrischen Gebäuden. Ich rieche das Wasser, wie es durch die Rinnsteine rauscht, höre das rhythmische Wischen der wie Hexenstecken geformten Plastikbesen, wenn die Straßenfeger leuchtendgrün vorüberziehen. Die Straßen stanken nach Gauloises und Urin. Ich ernährte mich von Pizza und Coca-Cola. Ich trat in Hundescheiße und Zigarettenstummel.

Mein Zimmer lag im fünften Stock eines Studentenwohnheims im elften Arrondissement. Die cremefarbenen Wände waren rissig, das Waschbecken fleckig. Der kotzgrüne Linoleumboden war mit brennenden Zigaretten sorgfältig gefoltert worden. Es roch nach muffigen Turnschuhen und Chlor. Ich packte meine Bücher und Unterlagen aus, nahm allen Mut zusammen und zog los, um als Selbstmordprävention gutes Geld für ein Poster und eine Zimmerpflanze anzulegen. Am anderen Ende des Flurs war ein amerikanischer Sommerkurs aus Texas untergebracht. Er teilte sich in zwei Geschlechter, die aber wie Klone aussahen, feist, blond, braungebrannt und fröhlich.

Sonntag vormittag lief ich quer durch das Marais und spähte durch die Fenster unglaublich teurer Antiquitätengeschäfte, bis ich auf der rue de Rivoli anlangte. Ich sah zu, wie die Sonne lange gerade Striche auf den grauen Stein zeichnete, wie die Kellner in ihren bodenlangen weißen Schürzen die Bars kehrten und die Stühle von den Tischen nahmen. Einige Geschäfte hatten geöffnet, auf dem Bürgersteig lagen T-Shirts und Billigschmuck aus. Ich bahnte mir den Weg durch eine Masse leerer Vogelbauer. Im Schaufenster drehte in einem erleuchteten Aquarium eine Flotte tropischer Fische trübsinnig ihre Runden durch lange Ketten aus Luftbläschen. Blöde stierten sie durch dickes Glas nach außen. Ich stierte zurück, genauso kläglich und gefangen wie sie. Ich hatte keine Ahnung, in welche Richtung ich lief. Der Verkehr wurde dichter, die Luft heiß. Um zehn Uhr herrschten unter den Markisen schon fast dreißig Grad.

Ich trat in das grelle Sonnenlicht hinaus, ging an einem ramponierten Bauzaun entlang und fand mich überraschend vor den schimmernden schwarzen Dreieckformen der Glaspyramiden im Hof des Louvre wieder. Der Kies war sauber gefegt. Touristen spähten in die Eingangshalle hinunter. Bei meinem letzten Besuch in Paris war der neue Eingang noch nicht fertig gewesen. Ich starrte auf die bedrohlich spitzen Formen. Als ich vor dem größten Dreieck stand, wurde es lesbar und gerann zur Form des Versprechens, das ich ihr gegeben hatte. Ich stand vor einem Prisma, das opak blieb und das Licht nicht brach, sondern einfach reflektierte. Ich fand mich am Schnittpunkt zweier miteinander verbundener Dreiecke. Da erfaßte mich das seltsame Gefühl, daß mir etwas gezeigt, ja erklärt würde, daß mir aber bislang jede Möglichkeit fehlte, den Code zu entschlüsseln, die leeren, flachen Oberflächen zu begreifen. Mir war, als sähe ich zum erstenmal eine neue Sprache in geschriebener Form. Ich stand vor einem Zeichen, das seine Bedeutung nicht preisgab. Ich weiß es noch so genau, weil es mir damals unheimlich war.

Ich wandte mich ab und machte mich auf den Weg hinunter zu den Quais.

Auf den Stufen saßen zwei Penner mit einer vollen Flasche Rotwein und unterhielten sich ernsthaft. Als ich vorsichtig um sie herum ging, grunzten sie leise. Ich drehte mich um und sah mir ihre Gesichter an. Der eine war, seiner tiefroten, sorgenzerfurchten Stirn zum Trotz, offensichtlich ein junger Mann, nicht viel älter als ich selbst. Sie erwiderten meinen Blick. Ich entfernte mich über die warmen Steine, schaute ins graue Wasser und suchte einen schattigen Platz. Hoch über mir rauschte der Verkehr. Schließlich fand ich auf der Insel ein Eckchen mit einem Blick auf den Pont des Arts, der nach seiner Wiedereröffnung in neuem Glanz erstrahlte. Unmittelbar vor der Stelle, wo ich mich ins wogende schattige Gras niederließ, waren die Pflastersteine unter der Sonne in einen gleißend weißen Strom aus Licht verwandelt. Ich wandte mich der Lektüre von Paul Michel zu.

Ich weiß nicht, ob es an der Hitze oder der Einsamkeit lag, an dem merkwürdigen Gefühl, in dieser uferlosen, touristenverseuchten Stadt mit ihm allein zu sein, oder dem seltsamen Empfinden, aus einem mir unerfindlichen Grund auserwählt worden zu sein, jedenfalls hörte ich an diesem Tag zum erstenmal den Schriftsteller, der auch heute noch sprach, selbst über die weite Wüste seines Wahnsinns hinweg, selbst durch die distanzierte Klarheit seiner Prosa. Ich hörte vollkommen klar und deutlich eine Stimme, die beängstigende Dinge flüsterte.

Paul Michel hatte gefährlich gelebt. Er hatte nie etwas besessen. Er war nie einer geregelten Arbeit nachgegangen. Er lebte in kleinen Zimmern und luftigen Höhen. Er durchstreifte die Straßen, die Cafés, die Parks von Paris: die Kanalufer, die Autobahnunterführungen, die Quais am Fluß, die Bibliotheken, Galerien, Pissoirs. Er zog ständig um, von Zimmer zu Zimmer, an immer neue Adressen. Er besaß nur sehr wenige Bücher. Er lebte aus dem Koffer. Er rauchte fast fünfzig Zigaretten am Tag. Er fuhr ein ramponiertes Auto nach dem anderen. Wenn eines ruiniert war, warf er es weg und kaufte ein neues, ebenso hinfälliges. Jeder Franc, den er verdiente, war erschrieben. Er legte nie auch nur einen Centime zurück. Er investierte in nichts. Er hatte keine engen Freunde. Er fuhr nie nach Hause zu seinen Eltern. Er gab sein ganzes Geld in Bars und für Jungen aus. Er ging gelegentlich selber auf den Strich, handelte den Preis aus, tat genau das, wofür er bezahlt worden war und schleuderte nachher dem Mann, der für Sex bezahlt hatte, das Geld ins Gesicht. Er provozierte die Leute. Er zettelte Prügeleien an. Einmal stach er einen Freund nieder, wurde aber freigesprochen. Er wurde wegen Trunkenheit und Gewalttätigkeit verhaftet. Er verbrachte vier Nächte im Gefängnis. Im Fernsehen beschimpfte er den Moderator und bedrohte einen Kameramann. Er lehnte Einladungen zu literarischen Soirées im Elyséepalast ab. Er hatte nie das geringste Interesse an Frauen, aber er äußerte sich auch nie gegen sie. Soweit ich es beurteilen konnte, hatte er nie jemanden geliebt. Aber er fuhr jeden Sommer in den Midi. Dort verbrachte er seine Tage lesend und schreibend, unablässig schreibend, Entwurf auf Entwurf auf Entwurf. Er ließ seine Bücher von einem Schreibbüro tippen, das sonst Dissertationen, Seminararbeiten und Gelegenheitstexte übernahm. Danach vernichtete er seine Manuskripte. Seine Prosa war ironisch, neutral, distanziert. Er beobachtete die Welt, als wäre sie ein Theater mit permanenter Vorstellung, die sich Akt für Akt entfaltete. Er hatte vor nichts Angst. Er lebte gefährlich.

Ich hatte mich in meinem Leben noch nicht in Gefahr begeben. Doch jetzt ließ ich mich auf das Gefährlichste ein, das ich je getan hatte. Ich hörte auf das, was Paul Michel sagte, hörte sehr genau zu. Hinter der Schrift, durch die Schrift hindurch und zum erstenmal hörte ich seine Stimme. Ich hatte schreckliche Angst.

Montag morgen meldete ich mich, noch leicht benommen und von der Sonne verbrannt, zur Arbeit im Archiv. Ich war relativ ruhig, denn was sollte mir in einer Universitätsbibliothek schon passieren? Der Eingang war sozusagen unbewacht. Der Concierge sah mich mißmutig an, lauschte meiner zögernden Erklärung und winkte mich, etwas von »inscription des étrangers … gauche« murmelnd, in einen endlos langen, grünen Korridor. Das Archiv war behelfsmäßig in drei Räumen der abgelegenen Nebengebäude untergebracht, die hinter der klassisch symmetrischen Front der Universitätsbibliothek am Panthéon verborgen lagen. Es war frisch in Beige und Weiß gestrichen und roch aseptisch wie eine Zahnarztpraxis. Der Lesesaal war mit neuen, unbeschmierten Kiefernmöbeln und grünen Tischlampen ausgestattet. Ich konnte eine von Kartons zugebaute junge Frau sehen. Tinten- und Kugelschreiber waren verboten. Der Bleistiftanspitzer war fest an den Schreibtisch der Verwaltungssekretärin montiert. Sie betrachtete mich voll Argwohn und Feindseligkeit.

»Oui?«

Ich begann mich in stockendem Französisch für das Faktum meiner Existenz zu entschuldigen.

Die Sekretärin war von unbestimmtem Alter und äußerst aggressiv, ihr böses Antlitz dick mit Farbe übermalt, jeder Zug mit Lippenstift, Lidstrich, Gesichtspuder und orangerotem Rouge betont. Ich erblickte die roten Krallen an ihren Fingerspitzen, die auf den Tasten ruhten.

»Haben Sie ein Empfehlungsschreiben?« fauchte sie.

Mein Doktorvater hatte mich vorgewarnt. Ich hatte sogar zwei – eines von ihm, in elegantem, gelehrtem Französisch, auf einem Briefbogen des Pembroke College. Ein zweites auf englisch vom Dekanat der Abteilung Neuere Sprachen, in dem erklärt wurde, weshalb ich in dem Archiv arbeiten müsse. Das aus dem Dekanat war mit mehr offiziellen Stempeln versehen und offensichtlich glaubwürdiger. Aber einen schrecklichen Moment befürchtete ich, daß beide nicht ausreichen würden. Sie ließ mich auf einem Stuhl warten, während sie meine Referenzen ihrem Chef vorlegte. Fünf Minuten darauf hatte ich den Archiv-Benutzer-Test bestanden und saß neben einem Amerikaner, der aussah wie ein Werbemanager und Microfiches studierte. Was ich suchte, war nicht schwer zu finden. In dem Katalog war unter Paul Michel nur ein Eintrag aufgeführt. Und dazu eine einzige Information.

Briefe an Michel Foucault: Philosoph 1926–1984
Siehe Foucault, M.

Ich füllte den Bestellzettel aus und gab ihn bei dem jetzt ausdruckslosen angemalten Gesicht ab.

Sofort ergab sich das nächste Hindernis.

»Diese Briefe sind gesperrt«, sagte sie. »Ich glaube nicht, daß Sie sie lesen können.«

»Gesperrt?«

»Ja. Ein anderer Wissenschaftler arbeitet daran. Diese Briefe können nicht eingesehen werden.«

»Arbeitet er – oder sie – im Augenblick gerade daran?«

»Es ist eine Veröffentlichung in Vorbereitung«, zischte sie.

Ich schaltete plötzlich auf stur.

»Aber ich möchte sie nur lesen.«

»Da muß ich erst fragen.«

Sie verschwand erneut. Ich setzte mich wütend hin und wartete. Ich hatte den weiten Weg nach Paris auf mich genommen, um diese Briefe zu lesen. Ich funkelte den unschuldigen amerikanischen Manager wütend an, obgleich er offenbar weder mit Foucault noch mit Paul Michel etwas im Schilde führte. Endlich tauchte die Sekretärin wieder auf. Sie leierte einen fertigen Text herunter.

»Die betreffenden Briefe sind von der Harvard University Press zur Veröffentlichung erworben worden. Alle Rechte

vorbehalten. Sie dürfen die Manuskripte lesen, aber das Foto-
kopieren, Fotografieren und jede andere Art der Reproduk-
tion auch einzelner Teile daraus ist untersagt. Sie werden ein
entsprechendes Formular unterzeichnen müssen. Außerdem
werden Sie eine detaillierte Erklärung abgeben müssen, in der
Sie die Gründe aufführen, weshalb Sie diese Manuskripte zu
lesen wünschen, und Angaben darüber machen, wozu Sie die
darin enthaltenen Informationen zu nutzen gedenken. Jed-
wede Form der Publikation, Précis, Abstracts und eingehen-
der Kommentar eingeschlossen, ist strengstens untersagt.
Diese Erklärung wird zusammen mit Ihrem Namen, Ihrem
akademischen Grad und der Anschrift Ihres Instituts an die
Lizenznehmer weitergegeben. Diese Erklärung wird rechts-
kräftig sein.«

Ich nickte fassungslos.

»Gehen Sie in den Lesesaal und suchen Sie sich einen
Platz.«

Ich spitzte, während sie wartete, meine Bleistifte sehr, sehr
sorgfältig an, und ließ mir dabei alle Zeit der Welt. Dann verbeugte ich mich steif und ausgesucht höflich. Es stand nicht
mehr fünfzehn null für sie, sondern fünfzehn beide.

Der Karton war groß, braun, an den Ecken geklammert. Er
war mit dem gleichen Titel und der gleichen Signatur be-
schriftet, die ich auf dem Microfiche gesehen hatte. Meine
Finger prickelten, als ich den Karton öffnete.

Jeder Brief steckte einzeln in einer verschlossenen, durchsichtigen Kunststoffhülle, aber man konnte sie aufmachen und
die Schrift selbst berühren. Die frühesten Briefe datierten
vom Mai 1980, und der letzte war am 20. Juni 1984 verfaßt
worden. Sie waren in regelmäßigen Abständen von etwa
einem Monat bis sechs Wochen geschrieben. Ich sah mir die
Handschrift an – groß, hastig, häufig unleserlich. Paul Michel
hatte auf schlichten DIN-A4-Bögen geschrieben und diese
nur selten gefaltet. Etliche Briefe waren gar nicht geknickt. Es

waren keine Umschläge dabei. Irgendwer hatte die Briefe geordnet, und jeder trug eine Nummer und einen Stempel, der anzeigte, daß er sich in der Obhut des Literaturarchivs der Universität Paris VII befinde, aber Staatseigentum sei. Es gab keinen getippten Index, kein Inhaltsverzeichnis und keine beigefügten Zusammenfassungen. Ich hatte seine Schriften vor mir, unmittelbar, roh, unzugänglich. Ich schüttelte bedächtig den Kopf und machte mich an die Lektüre.

Ich verstand nichts.

Jeder Brief war sorgsam datiert, mit Tag und Jahr. Bisweilen war ein Ort in Paris aufgeführt, St Germain, rue de la Roquette, rue de Poitou, Bastille, aber selten eine Nummer oder eine genaue Anschrift. Ich hatte das Gefühl, einem Privatgespräch zu lauschen und nur eine Seite der Unterhaltung zu hören. Anfangs entzog sich mir der Sinn vollkommen; ein intimer Austausch, der all seine Geheimnisse wahrte. Die Briefe waren alle ungefähr gleich lang, vier bis sechs DIN-A4-Seiten. Sie waren ausgesprochen schwer zu entziffern. Anfangs konnte ich nur zwei bis drei Worte pro Zeile lesen, doch langsam, ganz allmählich begann Paul Michel wieder zu sprechen. Aber diesmal sprach er nicht mit mir.

15. Juni 1980

Cher Maître,

haben Sie Dank für Ihre großmütigen Äußerungen zu *Midi*. Ja, es ist ein persönlicheres Buch und wird darum keine Preise gewinnen. Dafür bin ich in gewisser Weise dankbar. Wen unser literarisches Establishment mundtot zu machen wünscht, den erstickt es mit dem Prix Goncourt. Er war wie ein Kissen auf meinem Gesicht. Ich bin auf meinen selbstgewählten Weg zurückgekehrt. Überrascht und gefreut hat mich auch, daß Ihnen die Episode mit dem Jungen am Strand aufgefallen ist. Ich war mir bewußt, daß ich damit einiges riskiere. Die

Öffentlichkeit reagiert hysterisch auf die geringste Spur von allem, was als Pädophilie gelesen werden könnte. Sie finden ihre schlimmsten Befürchtungen bestätigt: alle französischen Strände von homosexuellen Triebtätern bevölkert, die kleinen Jungen zu Leibe rücken und ihnen die Unschuld rauben. Den Heterosexuellen läßt man es durchgehen – denken Sie an Colette. Aber nur ein Rezensent fand die Szene ekelhaft. Und was die Amerikaner betrifft – nun, die erwarten ohnehin nichts anderes von den Franzosen. Ich mußte für die Übersetzung kein einziges Wort streichen. Vielleicht hätte ich meinen Erzähler zur Strafe umbringen sollen, wie Thomas Mann seinen Aschenbach. Nur um ihre spießige Moral zu füttern. Habe ich Ihnen erzählt, daß diese Szene auf einem realen Ereignis basiert? Ich werde irgendwann die ganze Geschichte erzählen; sie war unvergeßlich, aberwitzig. Nichts von dem, was ich geschrieben habe, ist autobiographisch. Strenggenommen jedenfalls, aber natürlich ist jedes Wort von meinen Anliegen, meinen Gedanken durchtränkt. Manchmal prägt sich mir eine Person, ein Gesicht, eine Stimme, eine Landschaft ein, beginnt meine Erinnerung zu bewohnen und verlangt danach, im Schreiben in eine neue Form gegossen zu werden. So war es mit dem Kind am Strand.

Ich habe nie nach einer Muse suchen müssen. Die Muse ist im allgemeinen ein Stück narzißtischer Blödsinn in weiblicher Gestalt. Zumindest nach den Werken der meisten männlichen Dichter zu urteilen. Ich hätte lieber eine demokratische Version der Muse, einen Genossen, Freund, Reisegefährten, mit dem ich Schulter an Schulter vorangehen und die Kosten dieser langen, beschwerlichen Reise teilen könnte. So gesehen wird die Muse zum Kollaborateur, bisweilen zum Antagonisten, zu demjenigen, der so ist wie du, oder zu dem anderen, der dir gegenübersteht. Klinge ich zu idealistisch?

Für mich ist die Muse die andere Stimme. Bei der Verarbeitung des lautstarken Stimmengewirrs, das jeder Schriftsteller zu ertragen hat, erfolgt letztlich immer eine Auflösung in zwei Stimmen: den leidenschaftlichen, mit der hoffnungslosen Kraft seines eigenen Idealismus befrachteten Ruf – das ist die Stimme des Feuers und der Luft – und die andere Stimme. Das ist die Stimme, die mit der linken Hand niedergeschrieben wird – Erde, Wasser, Realismus, Vernunft, Pragmatik. So daß es immer zwei Stimmen gibt, die sichere Stimme und die gefährliche. Die Stimme, welche die Risiken eingeht und die, welche über die Kosten Buch führt. Der Gläubige, der mit dem Atheisten spricht, der Zyniker, der von der Liebe redet. Doch der Autor und die Muse sollten in der Lage sein, die Plätze zu tauschen, mit beiden Stimmen zu sprechen, so daß der Text sich verschiebt, verschmilzt, von einer Hand in die andere geht. Die Stimmen gehören niemand Bestimmtem. Ihnen ist es gleich, wer spricht. Sie sind die Quelle des Schreibens. Und ja, natürlich ist der Leser die Muse.

Ich glaube, das einzige, was ich von der üblichen Form der Muse übernehmen möchte, ist die Unvermeidlichkeit von Distanz und Trennung, die der Funke ist, der das Begehren schürt. Die Muse darf nie gezähmt werden. Und man kann sie niemals besitzen. Die Muse ist gefährlich, ungreifbar, unberechenbar. So wird der Schreibende zum Spieler, das Schreiben zum Spieleinsatz, die Worte auf eine Farbe gesetzt – alles oder nichts –, damit der Leser sie aufnehme. Wir sind alle Spieler. Wir schreiben um unser Leben. Wenn es in meinem Leben oder meinem Schreiben jemanden gäbe, der als meine Muse bezeichnet werden könnte, dann wären das ironischerweise Sie. Aber ich vermute, Sie würden lieber als mein Meister gelten denn als meine Muse. Sie sind mein Leser, mein geliebter Leser. Ich kenne niemanden, der eine absolutere Macht besäße, mich zu fesseln oder mich zu befreien.

Bien à vous
Paul Michel

Cher Maître,

Sie fragen, woran ich schreibe. Nun, Sie sind der einzige, dem ich anvertrauen würde, woran ich arbeite. Ich habe manchmal das Gefühl, mein Schreiben ist das perverse und schuldbeladene Geheimnis, das wirkliche Geheimnis, das Tabuthema, über das ich nie spreche, bis plötzlich ein neues Buch da ist, wie von Zauberhand. Ich mache kein Geheimnis daraus, was ich bin, aber ich verstecke, was ich schreibe.

Midi enthielt dunklere Motive, dunklere als *La Maison d'Eté*, das schließlich schlicht die Anatomie einer Familie war und durch diese ein bestimmtes Bild von Frankreich zeichnete. Von Frankreich eher als von Paris. Sie und ich leben in Paris. Ich habe manchmal das Gefühl, wir wissen sehr wenig über Frankreich. Wir wissen nur das, woran wir uns erinnern können. Ich habe, um das Buch zu verfassen, aus Ihren wie aus meinen Erinnerungen geschöpft. Sie haben sich taktvoll jeden Kommentars enthalten. Nun, jetzt arbeite ich an einem gefährlicheren, abgründigeren Stoff. Der vorläufige Titel lautet *L'Evadé*, und ich habe einen Vormittag damit verschwendet, mir Gedanken über meine amerikanischen Übersetzer zu machen, denen meine Titel und meine Zeitenfolgen solche Schwierigkeiten zu bereiten scheinen. Es gibt Augenblicke, da wünschte ich, ich könnte kein Wort Englisch und müßte mich deshalb nicht mit ihren Idiotien herumschlagen.

Sie arbeiten am Material der Geschichte, ich an der rohen Substanz der Gefühle. Aus beiden formen wir Gestalten, und diese Gestalten sind die Ausgeburten des Denkens. Wir artikulieren unsere Ängste wie Kinder im Dunkeln, geben ihnen Namen, um sie zu bändigen. Und ja, *L'Evadé* ist die Geschichte eines Gefangenen, eines Gefangenen auf der Flucht, eines Schuldigen, der seine Strafe nicht abgebüßt hat, der die Freiheit sucht, die wir alle suchen, ganz gleich welche Verbrechen wir begangen haben. Niemand ist je unschuldig. Ich wollte eine Geschichte einer zweifelhaften Befreiung schreiben. Auszubrechen heißt nicht notwendig, daß wir je frei werden.

Und meine Methode? Sie haben nach meinen Methoden gefragt. Da gibt es keine Geheimnisse. Wie Sie lese ich. Ich lese ständig. Ich kontrolliere meine Details, meine Daten, meine Fakten. Ich mache die Kleinarbeit, die notwendigen Recherchen. Aber das ist nur der Anfang, das Bodenbereiten, das Schreiben selbst ist eine Arbeit ganz anderer Art. Sie werden lachen, wenn ich Ihnen sage, daß mir der naheliegendste Vergleich die Messe ist, die wir jeden Morgen hören mußten, als ich bei den Mönchen zur Schule ging. Diese frostigen Morgen, wenn es eine Qual war, das warme Bett zu verlassen, vor allem wenn man nicht allein darin geschlafen hatte. Wenn wir in einer langen Reihe durch den Kreuzgang stapften, mit Wollhandschuhen versuchten, die richtige Stelle im Psalter aufzuschlagen, in der tristen, dunklen Kirche knieten, unseren Atem an der Luft weiß werden sahen. Selbst hier in diesen kahlen Zimmern fühle ich mich manchmal, wenn ich morgens in meine Hände blase, an jene Zeiten erinnert. Ich kann mich sogar noch daran erinnern, mit welcher Wachsamkeit die Mönche meine Blicke verfolgten, wenn ich aufsah, um dem einen oder anderen älteren Mitschüler schöne Augen zu machen, den ich für mich zu interessieren versuchte. Der im Chorgestühl hängende Geruch von altem Weihrauch und weißem Wachs, das unklare und tastende Begehren, das wir füreinander empfanden und dazu die Messe. Kyrie, gloria, credo, sanctus, benedictus, agnus dei. Mit dreizehn war ich so konzentriert wie ein brünstiger Fuchs. Die Rastlosigkeit kribbelte mir in den Knochen. Doch täglich, wenn ich mich zum Schreiben hinsetze, die gestreifte Decke um die Schultern, gleite ich in die damalige Zeit zurück. Getragen von der Form der Messe öffnen sich meine Gedanken vor mir wie ein Fächer. Ich versinke in dem kalten leeren Raum, den er schafft; ich lehne dort auf meiner linken Hand. Ich fange an zu schreiben.

Aus der Erinnerung und dem Begehren bilde ich Formen. Ich strecke die Hand aus nach jenen langen, frostkalten Tagen in den Klassenzimmern, nach dem herbstlichen Gold über uns, wenn wir mit dem Schal vor dem Mund am Wegrand durch das Laub liefen, daß die Blätter durch die Luft wirbelten. Ich rühre an die Lust der Erregung im Verlust der Unschuld damals, an die Flucht aus der Banalität in einen Strudel der Begierden und Schmerzen; ich rühre an unsere erste Liebe, das erste Kosten der verbotenen Frucht und die Freude über unsere Flucht aus dem Paradies. Nichts ist so rührend oder so trügerisch wie die Liebe eines Jungen.

Selbst damals sah ich schon die Finsternis, die ich jetzt sehe. Aber sie war wie ein Schatten im Augenwinkel, wie die plötzliche Bewegung einer Eidechse, die hinter einem Fensterladen verschwindet. Aber in den letzten Jahren spüre ich, wie die Finsternis an Boden gewinnt, sich wie ein Fleck über den Tag ausdehnt. Und ich sehe ganz gelassen zu, wie die Finsternis kommt. Die Tür steht immer offen, um die Finsternis einzulassen. Auch aus diesem Wissen entsteht das, was ich schreibe. Und ich habe nichts zu befürchten.

Es gibt noch eine andere Form, die immer wiederkehrt. Eines Abends, als ich im Midi alleine in einer Stadt spazierenging, die ich kaum kannte, und nach den Männern suchte, ja, wohl wirklich nach den Männern Ausschau hielt, die im Dunkeln an ihre Autos gelehnt dastehen, und nach Zigaretten, die in Toreingängen aufglühen, da kam ich an der Kirche vorbei. Und hörte den Schrei einer Eule, die in der Dunkelheit aufflog. Ich blickte auf. Sie stieg plötzlich aus den Linden über mir auf, von unten angestrahlt, eine große weiße Eule, der Bauch bleich vor dem dunklen Himmel, die riesigen weißen Schwingen ausgebreitet. Ihr Schrei gellte durch die Nacht, als sie sich in die Dunkelheit hinausschwang. Und als ich ihren Flug in die Dunkelheit verfolgte, erschien mir die Nacht wie eine feste Substanz, Material für das Schreiben. Ich kann nicht glauben, daß ich etwas zu befürchten habe.

Bien à vous
Paul Michel

30. September 1981

Cher Maître,

wie seltsam, daß Ihre Erinnerungen an die Kälte bei der Messe den meinen so sehr gleichen. Unsere Schulzeit ist ein Alptraum, den wir teilen. Meine intensivsten Erinnerungen rühren aus der Kindheit. Das ist wohl ein universales Phänomen. Wir lebten in einer großen Wohnung in der rue Montillard in Toulouse. Meine Mutter spannte ihre Wäscheleine mit Hilfe eines Flaschenzugs quer über die Straße zum Fenster ihrer Nachbarin. Sie benutzten die Leine gemeinsam. Ich erinnere mich noch, wie sie »Anne-Marie, Anne-Marie« aus dem Fenster rief, wenn sie ihre Wäsche aufhängen wollte. Heute zahlt man ungeheure Mieten für diese Wohnungen in den schmalen Gassen.

Ich war ein Einzelkind und brachte den größten Teil des Tages damit zu, meiner Mutter zu helfen, ihr die Wäscheklammern zu reichen, die Bettlaken zu falten, das Bügeleisen auf dem Ofen heißzustellen. Wir ließen einmal in der Woche Holz liefern, und ich trug die Scheite einzeln durch das dunkle, gefliste Treppenhaus nach oben in den Küchenschrank, in dem meine Mutter ihren Vorrat lagerte. Sie lebte wie eine Landfrau mitten in der Stadt. Sie hatte Tomaten und Wicken auf dem Balkon, ihr Geruch beherrschte die stickigen Sommernächte. Ich erinnere mich an das Platschen des Wassers, Spülwasser, Waschwasser, wenn es aus den Wohnungen auf die Straße gekippt wurde, an das Knallen der Fensterläden in der

76

Nacht, an lautes Streiten von Familien hinter verschlossenen Türen.

Mein Vater war oft von zu Hause fort, weil er bei der Eisenbahn war und die Gleisarbeiter beaufsichtigte. Er kam spätabends schmutzig und müde nach Hause und durfte mich nicht küssen, bis er sich gewaschen hatte. Sie hatte einen fanatischen Sauberkeitsdrang. Sie schrubbte alles, die Küche, die Töpfe, die Bettlaken, die Treppe, Vater, mich. Ich erinnere mich an den Geruch der scharfen, unparfümierten Seife, wenn Vater die Arme ausbreitete und rieb, bis die Haut rot war und die Haare noch feucht, und mich dann rief – alors viens, petit mec. Und ich erinnere mich daran, wie ich zusammenzuckte, wenn er mich küßte.

Mein Vater war unbekanntes Territorium, das mit Vorsicht zu betreten war, aber vom Körper meiner Mutter kannte ich jeden Geruch und jede Rundung. An heißen Tagen, wenn wir noch in der Stadt waren, machte sie einen Mittagsschlaf, und ich schlief neben ihr, an den glänzenden Stoff und die weiße Spitze ihres Unterrocks geschmiegt. Sie roch nach Lavendel und Nagellack. Ich saß oft da und betrachtete fasziniert die seltsamen konvexen Bögen ihrer lackierten Fußnägel, als wären sie das einzige Zeichen sonst unsichtbarer Schuhe. Manchmal schlief sie mit verschränkten Armen auf dem Rücken, wie ein toter Kreuzritter. Ich kauerte mich neben sie, fühlte mich wie ein abgetriebener Fötus und wagte kein Lebenszeichen zu geben. Wenn ich Schularbeiten machte, kochte sie, beugte sich über meine Hefte, korrigierte meine Verben, meine Landkarten, meine Daten, meine Mathematik, während sie Gemüse rieb, Teig zu Zöpfen flocht oder mit unglaublicher Konzentration zusah, wie die Soße stieg. Sie feilschte auf den Märkten, machte sich für Besuche bei ihren Nachbarinnen schön, posierte als elegante und verwegene Frau, wenn sie Zigaretten rauchte. Sie liebte das Kino. Mein Vater verdiente gut, also gingen sie oft aus. Mich deponierten sie bei Anne-Marie, die mir gestreifte Bonbons schenkte und mir Schauergeschichten erzählte.

Meine Mutter stammte aus den Weingärten von Gaillac. Ihr Vater war Weinbergbesitzer. Sie führten ein einfaches Leben, aber sie waren nicht arm. Nach dem Ende des Algerienkrieges gehörte ihr Vater zu den ersten, die sich mit den zugewanderten Pieds-noirs anfreundeten und sich für das Wissen interessierten, das sie aus den verlorenen Weingärten in Afrika mitbrachten. Gaillac war für seine Weißweine bekannt. Durch die Ankunft dieser Zuwanderer verwandelte sich der Weinbau in der Gegend. Wir fuhren immer hinaus, um die heißen Sommermonate dort in den sanften Hängen zu verbringen. Ich erinnere mich gut an das Haus mit dem Mauerwerk aus schmalen Ziegeln und der geraden Reihe der Rautenfenster unter den Holzornamenten am Dachgesims, das keine Regenrinne hatte und von dem das Wasser bei Gewitter in gleichmäßigen Sturzbächen auf den Kies strömte.

Meine Großmutter redete unablässig leise vor sich hin, mit ihren Enten, ihren Katzen, ihren Hühnern, ihren gleichgültigen Hunden, ihrem Mann und ihrem Enkelsohn. Sie schien geheime Anweisungen zu flüstern, die niemand verstand. Im Dorf hieß sie »la pauvre vieille«, und man sagte, sie sei immer so gewesen, seit den ersten Jahren ihrer Ehe. Man sagte auch, daß sie schön und stolz gewesen sei und ihren eigenen Willen gehabt habe, aber auf die Heirat mit Jean-Baptiste Michel habe sie gesetzt und verloren und die Tür zu ihrem Glück ein für allemal zugeschlagen. Er war ein Mann, der weder Kompromiß noch Vergebung kannte.

Einmal war sie nachts den ganzen Weg zu ihrem Elternhaus zurückgelaufen, die Bluse vorne blutüberströmt, ohne Mantel, vor Angst schreiend. Am nächsten Morgen kam Jean-Baptiste Michel sie holen, und sie ging mit, ohne sich zu wehren, demütig und besiegt. Von da an redete sie mit ihren Tieren. Niemand, der Jean-Baptiste Michel provozierte, kam ungestraft davon.

Der einzige Mensch, der ihn aufhalten konnte, war meine Mutter. Sie war sein einziges Kind. Sie wird ihn auf ihre Art geliebt haben. Sie stand zwischen ihm und meiner murmelnden Großmutter. Ich sehe ihren Kopf beim Klang seiner Schritte wachsam vom Gemüsebeet aufblicken. Ich sehe sie seine Hemden aus der Zinkwanne ziehen und mit Sorgfalt zu festen Schnüren zusammendrehen. Ich sehe sie ihn bei den Mahlzeiten beobachten, um seinen Forderungen zuvorzukommen. Ich sehe sie nach ihrem Portemonnaie greifen, um ihm Geld zu geben, als er das Haus verläßt. Sie gab mir immer zu essen, bevor er nach Hause kam, damit ich ihn nicht aufbrachte oder bei Tisch kleckerte und schwatzte. Und manchmal beobachtete er sie, und ihr Blick begegnete seinem, als herrschte ein Einverständnis zwischen ihnen. Ich höre ihre Stimme, leise und rhythmisch wie eine Trommel, beim abendlichen Vorlesen. Sein breiter Rücken neigt sich, damit er besser hören kann, sein Gesicht liegt im Schatten. Er ist groß, monströs. Ich beobachte Ariadne und den Minotaurus.

Sie fing an, unter ständiger Müdigkeit zu leiden, einer Abgespanntheit, die ihr morgens die Energie nahm. Ich sah die Ringe unter ihren Augen dunkler und tiefer werden. Sie fuhr an den Wochenenden nicht mehr nach Gaillac. Anne-Marie kam, um ihr zu helfen, mich für die Schule fertig zu machen und im Haushalt mit Hand anzulegen. Jean-Baptiste Michel wehrte ärgerlich jede Andeutung ab, daß sie krank sein könnte.

»Sie ist faul, das ist alles«, schnaubte er. »Sie ist zu fein zum Arbeiten.«

Doch selbst mir fiel das Flüstern und das Schweigen auf, das ihre Erschöpfung umgab, die erschreckenden gelblichen Risse in ihrer schrumpelnden Haut. Sie alterte und schrumpfte vor meinem ängstlichen Blick. Ihre vollen Brüste und ihr Hintern wurden schlaff. Es war ein Fluch, der von innen wirkte.

Ich kam von der Schule nach Hause. Die Tür zum Schlafzimmer war fest zu. Mein Vater saß zusammengesackt mit dem Kopf auf den Armen am Tisch und weinte. Die Nachbarin Anne-Marie baute sich mit verschränkten Händen und unbewegtem, hartem Gesicht vor mir auf.

»Deine Mutter ist nun von uns gegangen, mon petit. Sie frohlockt oben im Himmel mit unserer Lieben Frau und den Engeln.« Sie sprach jedes Wort gemessen und mit niederschmetternder Bestimmtheit.

Ich bekam ein Stipendium für die ans Kloster angeschlossene Benediktinerschule, und mein Vater schickte mich aufs Internat. In den Ferien wurde ich bei meinen Großeltern in Gaillac untergebracht. Ich ging nie wieder nach Hause. Und ich nahm den Namen meines Großvaters an.

Bien à vous
Paul Michel

Paris, 1. Juni 1984

Cher Maître,

nein, ich schöpfe selten direkt aus meinen eigenen Erinnerungen. Dennoch bestimmt meine Vergangenheit die Grenzen, in denen sich meine Phantasie bewegt. Unsere Kindheit, die jeweilige Vorgeschichte, die uns in den Knochen steckt, ist nicht die Zwangsjacke, für die wir sie halten. Was ich verarbeite, ist die Intensität der kindlichen Wahrnehmungsfähigkeit, die Verschiebung des Maßstabs und der Farben; die Stille um den Tisch, wenn eine Familie das Besteck hinlegt, das Jaulen eines Hundes, der, wenn Hagelwolken sich am Winterhimmel ballen, an den Holzpflock gekettet ist, die Jahre, wenn der Herbst nie kommt, aber das Wintergrau und das nasse Laub lange vor Allerheiligen den Kies zudecken. Ich sehe immer noch die riesigen weißen Blüten der Chrysanthemen auf dem Grab meiner Mutter leuchten, in dem armseligen Friedhof zwischen den Weinbergen über dem Dorf. Ich brachte ihr oft selbst einen Topf mit gerade aufblühendem Flieder und stellte ihn auf den grünen Kies auf ihrem Grab. »Kauf den Topf, in dem die Knospen noch nicht aufgeblüht sind«, befahl mein Großvater. Er gönnte ihr nicht einmal das bißchen Farbe. Doch oben auf dem leeren, von Mauern umgebenen Friedhof gehen die Blüten in einer Geste der Zustimmung auf, wenn niemand da ist, um es zu sehen.

Sie haben mich nach den Männern in meiner Familie gefragt, meinem Vater, meinem Großvater, meinen Onkeln und Vettern. Ich muß zynisch antworten – und ehrlich. Sie waren so, wie ich geworden bin – launisch, schweigsam, gewalttätig. Bei den Mahlzeiten herrschte meistens Schweigen, nur unterbrochen von den Bitten um mehr Brot. Mein Großvater sah auf brutale Weise gut aus, ein riesengroßer, breitschultriger Mann, dessen Sinn sich stets auf seinen Vorteil richtete. Er verstand es, Verantwortung zu delegieren, traute aber niemandem. Er hatte seine Finger an jeder Wurzel im Weingarten. Er kannte sich in seinen Büchern aus. Er feilschte mit den Großhändlern. Er kommandierte die Inspektoren herum. Er zankte mit den Nachbarn. Er ließ sich seine Fässer aus einer anderen Region kommen, wo man ihm einen besseren Preis machte. Er ließ die Küfer die Transportkosten tragen. Er war einer der ersten in Gaillac, die in moderne Geräte investierten. Er verbrachte zwei Jahre in Algerien und kehrte mit der Überzeugung zurück, daß Frankreich die Kolonie aufgeben sollte, trotz ihres Reichtums und ihrer Schönheit, einfach weil wir kein Recht hatten, anderer Leute Land zu besetzen.

Ich sehe ihn die Länge seiner Weinfelder abschreiten, seine alte blaue Jacke über dem breiten Rücken gespannt, wenn er sich mit der Schere in den geröteten Händen über die krummen Stöcke bückte und die stumpfe, rauhe Borke berührte, die Stiefel schwer von der Erde. Alle im Haus hatten Angst vor ihm.

Einer seiner Hunde biß ein Kind ins Gesicht. Ich war zehn Jahre alt. Ich sehe das Mädchen, bleich, weinend, zwei tiefe violette Wunden an der Nase, ein Loch in der Oberlippe, wie ihr das dunkle Blut blasig in den Mund fließt. Mein Großvater erschoß das Tier nicht, obwohl es ganz einfach gewesen wäre. Das geladene Gewehr stand an der Waschküchentür. Er schlug den Hund im Hühnerhof mit einem Knüppel tot. Wir hörten eine schreckliche Folge von Jaulen und dumpfen Schlägen. Meine Großmutter machte das Fenster zu. Als er hereinkam, das Blut des Kindes und die verfilzten Hundehaare noch an den Händen, sagte ich, das Kind sei selbst schuld gewesen. Sie habe den Hund geärgert. Da war er mit einem Schritt bei mir und hatte mich bei den Haaren. Bevor meine Großmutter eingreifen konnte, hatte er mir die Nase gebrochen.

»So ist es recht. Geh zu deiner Großmutter und flenn in ihre Schürze«, brüllte er und warf mich aus der Küche.

Als der Arzt mir die Nase richtete und mich in Verbände wickelte, daß ich aussah wie Phantomas oder der unsichtbare Mann, sagte er: »Warum hast du ihn gereizt, petit? Keiner, der Jean-Baptiste Michel reizt, kommt ungestraft davon. Merk dir das lieber gleich.«

Als er älter, behäbiger wurde, kaufte er einen Fernseher und saß starr, wie hypnotisiert, vor dem Bildschirm. Auf dem Sterbebett lag er da und stierte mit unsteten, zuckenden Augen ins Leere, als ob er immer noch die wechselnden schwarzweißen Bilder verfolgte.

Aber ich erinnere mich an meinen Großvater draußen, immer draußen, die mächtigen Arme von der Hitze und dem Staub gebräunt, die Augen fest auf den Weinfässern, am Traktor beim Anbringen der Zylinder voll Gift, mit dem er die Reben behandelte, beim Prüfen der Düsen. Er hatte zwei Männer angestellt, die ihn beide bedingungslos liebten. Er ignorierte meine flüsternde Großmutter. Sie sprach in einem fort mit ihm, mit leisem, überredendem Summen. Er hörte weder zu, noch antwortete er. Ich höre ihn im trüben Morgengrauen aus dem Haus gehen, die schweren Tritte auf den Fliesen im Korridor, das Klirren der Hundeketten im Staub, wenn er zum Tor hinausschritt. Dann und nur dann kuschelte ich mich in mein Bett, geborgen, froh, beruhigt, daß er das Haus verlassen hatte.

Ich erlebte nur einmal, daß er eine Frau schlug. Ich bin mir nicht sicher, ob ich es mir einbilde, weil es eine Szene ist, die ich in meiner Erinnerung brauchte, oder ob ich es wirklich mit angesehen habe.

Es ist Spätherbst, und im Haus brennen die Lichter. Meine Großmutter ist in der Kirche. Ich habe ihr heute geholfen, die Familiengräber zu pflegen. Ich habe Moos unter den Fingernägeln, und meine Hände sind rot und spröde. Ich bin draußen am Haus, weil ich gerade zurückkomme. Ich höre laute Stimmen aus dem Gästeschlafzimmer, das ich mit meiner Mutter teile. Die Haustür steht offen. Auf der Schwelle und den Fliesen ist Dreck. Ich höre Mutters Stimme, tief in ihrer Kehle, nein, nein, nein, nein, nein. Die Tür zu unserem Schlafzimmer steht offen, und mein Großvater steht in Mantel und Stiefeln über ihr. Ihre Arme sind steif, ihre Hände krallen sich in die Tagesdecke. Sie fleht ein ums andere Mal nein, nein, nein, nein, nein. Er knallt mit einem matschverkrusteten Stiefel die Tür hinter sich zu, und ich höre das flache Klatschen seiner Hand auf ihrer widerstandslosen Wange, als er sie niederstößt. Dann ändert sich der Ton ihrer Schreie auf entsetzliche Weise. Und ich stolpere rückwärts durch die Küche, den Weg hinunter, ohne das verbotene Tor hinter mir zu schließen, hinaus in die dunkel werdenden Weingärten hoch über dem Dorf, und ringe keuchend um die saubere, ungeheizte Luft.

Niemand, der Jean-Baptiste Michel reizt, kommt ungestraft davon. Warum lernte ich diese Lektion der Angst so leicht, die meine Mutter zeitlebens nicht verstanden hat? Sie fragen mich, was ich am meisten fürchte. Nicht meinen eigenen Tod, den gewiß nicht. Mein Tod wird einfach die Tür sein, die sich gegen die Geräusche schließt, die mich im Schlaf quälen und verfolgen. Ich spiele nie wie Sie mit dem Tod. Sie sehen den Tod als Ihren Tanzpartner, den anderen, der Sie in seinen Armen hält. Ihr Tod ist der andere, auf den Sie warten, den Sie suchen, dessen Gewalt die Erfüllung Ihres Begehrens bringt. Aber ich werde meinen Tod nicht von Ihnen lernen. Sie schwelgen in einem kitschigen Traum von Dunkelheit und Blut. Das ist ein romantischer Flirt mit der Gewalt: der wohlerzogene Arztsohn suhlt sich kurz in der Gosse und verwandelt, kaum wieder zu Hause, das Erlebte in eine barocke Polemik, die ihn berühmt machen wird. Ich wähle die Sonne, das Licht, das Leben. Und ja, natürlich führen wir beide ein Dasein am Rande. Sie haben mich gelehrt, das Außen zu bewohnen. Sie haben mich gelehrt, daß die äußersten Grenzen des Lebens und Denkens die einzigen Märkte sind, auf denen Wissen zu kaufen ist, zu einem hohen Preis. Sie haben mich gelehrt, am Rand der Menge um die Spieltische zu stehen, damit ich sowohl die Spieler als auch das Rad deutlich im Auge habe. Cher maître, Sie beschuldigen mich, ohne Moral, Skrupel, Hemmungen, Reue zu sein. Wer anders als mein Meister hätte mich lehren können, so zu sein? Von Ihnen habe ich gelernt, was ich bin.

Sie fragen mich, was ich am meisten fürchte. Nicht den Verlust meiner Fähigkeit zu schreiben. Das nicht. Komponisten fürchten die Taubheit, aber der Größte unter den Komponisten hörte die Musik mit dem Trommelfell seiner Nerven, den Rhythmus in seinem Blut. Mein Schreiben ist ein Handwerk wie das Schreinern, Särgebauen, Goldschmieden, Mauern. Man kann es nicht verlernen. Man kann ohne weiteres erkennen, wann es gut gemacht ist. Man kann nachbessern, umbauen, wenn eine Konstruktion zu leicht, schlampig oder nicht stabil ist. Die Kritiker loben meinen klassischen Stil. Ich bin Teil einer Tradition. Was sie stört, ist das, was ich sage, und selbst das wird ihnen durch die ungebrochene Eleganz der klassischen französischen Prosa schmackhaft gemacht. Man kann alles, wirklich alles sagen, wenn es schön gesagt ist. Meine Bücher sind wie ein bekanntes und oft besichtigtes Château. Alle Gänge sind vollkommen gerade, sie fahren von einem Zimmer zum anderen, und die Ausgänge zum Park oder zum Hof sind deutlich gekennzeichnet. Ich schreibe mit der schimmernden Klarheit eines Ballsaal-Parketts. Ich schreibe für Dummköpfe. Doch verborgen in dieser glashellen, exquisiten Klarheit, die meine Signatur ist – und um derentwillen ich Haare, Pfunde, Schlaf und Blut verliere –, ist ein Code, eine versteckte Zeichensequenz, ein Labyrinth, eine Treppe, die zu den Dachböden hinauf und zu guter Letzt hinaus auf die Dachziegel führt. Sie sind mir dahin gefolgt. Sie sind der Leser, für den ich schreibe.

Sie fragen mich, was ich am meisten fürchte. Sie wissen es schon, sonst würden Sie nicht fragen. Ich fürchte mich am meisten davor, meinen Leser zu verlieren, den Mann, für den ich schreibe. Meine größte Angst ist, daß ich Sie eines Tages unerwartet, plötzlich verliere. Wir sehen uns nie, und wir sprechen uns nie direkt, doch durch das Schreiben sind wir vollkommen miteinander vertraut. Meine Beziehung zu Ihnen ist intensiv, weil sie jeden Tag, sobald ich arbeite, angesprochen wird. Ich setze mich in meine Decke gewickelt hin, meine Papiere zusammenhanglos vor mir auf dem Tisch. Ich räume eine Fläche zum Schreiben frei, für Sie, an Sie, gegen Sie. Sie sind das Maß meines Könnens. Ich strebe nach Ihrer Genauigkeit, Ihrem Ehrgeiz, Ihrer Verrücktheit. Sie sind die Hochwassermarke an der Brücke, das zu erreichende Niveau. Sie sind das Gesicht, das stets meinen Blick meidet, der Mann, der gerade die Bar verläßt. Ich suche Sie überall in den Wendungen meiner Sätze. Ich werfe ganze Manuskriptseiten fort, weil ich Sie darin nicht finde. Ich suche Sie in winzigen Details, in meinen Verbformen, in der Eigenart meiner Sätze. Wenn ich nicht mehr weiterschreiben kann, weil ich zu erschöpft bin, weil mein Kopf schmerzt und mein linker Arm sich vor Spannung verkrampft und ich keine Energie mehr habe, stehe ich auf, gehe aus dem Haus, trinke, streife durch die Straßen. Sex ist eine flüchtige Geste, ich werfe meinen Körper weg, mit meinem Geld und meiner Angst. Er ist der scharfe Reiz, der die Leere füllt, bevor ich mich wieder auf die Suche nach Ihnen machen kann. Ich bereue nichts als die frustrierende Erfahrung, Sie nicht erreichen zu können. Sie sind der Handschuh, den ich auf dem Boden finde, die tägliche Herausforderung, die ich annehme. Sie sind der Leser, für den ich schreibe.

Sie haben mich nie gefragt, wen ich am meisten geliebt habe. Sie wissen es schon, und deshalb haben Sie nie gefragt. Ich habe Sie immer geliebt.

Paul Michel

Es kommt selten vor, daß die Papiere eines Schriftstellers gänzlich uninteressant sind, noch seltener aber, wie Ihnen jeder Historiker bestätigen wird, daß sie reines Gold enthalten. Ich kopierte diese vier Briefe unerlaubterweise Wort für Wort, so wie sie geschrieben worden waren, über Tage hin, manchmal eine Zeile, Satz für Satz. Sie waren bereits bezahlt, auf dem Markt für Schriftstellerleben gekauft und verkauft worden. Dennoch glaubte ich, sie anders lesen zu können als jeder andere. Im gelben Schein der auf empfindliches Papier abgestimmten Lampen schrieb ich seine Worte mit so feinen

Bleistiftstrichen ab, daß sie zu einem Geheimcode wurden. Fünf Tage verbrachte ich im Archiv mit der Lektüre seiner Briefe an Foucault. Ich versteckte den Brief, den ich abschrieb, unter einem anderen, verbarg meine Blätter unter Seiten voller Notizen. Die Archivarin kam häufig nachsehen, was ich machte. Ich erklärte ihr, daß ich seine Tempora analysierte und zählte, wie oft er das Konditional benutzt hatte. Sie nickte ernst. Aber in Wirklichkeit war ich ein Goldsucher, ein Schürfer, der seinen Sand wusch und darin Korn um Korn reines Gold fand.

In der Mitte der zweiten Woche starrte ich auf das saubere, jungfräuliche Papier seines letzten Briefs an Foucault. Er war wahrscheinlich das letzte, was er geschrieben hatte, bevor die Dunkelheit, die er als Fleck beschrieben hatte, seinen Tag für immer verfinsterte. Er korrigierte sich nur selten auf der Seite. Aber ich wußte, daß er die Gewohnheit hatte, Entwurf auf Entwurf zu schreiben. Dann ging mir die Wahrheit auf, die mir ins Gesicht starrte und von Anfang an deutlich gewesen war. Dies waren Liebesbriefe. Und es waren Reinschriften, die einzigen vorhandenen Versionen. Die Rohfassungen waren vernichtet worden. Foucault hatte diese vor über zehn Jahren geschriebenen Briefe nie zu sehen bekommen. Sie waren nie abgeschickt worden. Nicht einer von ihnen. Nie. Sie waren von Paul Michels »tutel« direkt an das Archiv gegeben worden. Und die Harvard University Press hatte die Publikationsrechte im Interesse der Forschung sogleich unbesehen erworben. Der- oder diejenige, der die Briefe mit Stempel versehen und geordnet hatte, hatte sich hier und da in der Reihenfolge geirrt. Höchstwahrscheinlich war ich der erste, der sie las.

Ich starrte benommen und zitternd auf die Seiten und bekam eine Gänsehaut. Ich wußte nicht, wie ich reagieren sollte. Ich konnte nicht fassen, was ich entdeckt hatte. Ich war sicher, daß andere Leute mich anstarrten. Ich fürchtete, mich zu übergeben, wenn ich mich bewegte. Diese Briefe waren keine einfachen Schreibübungen. Sie kamen von Herzen. Sie waren privat. Warum waren sie nicht abgeschickt worden? Hatte er die Antworten einfach imaginiert? Sie verlangten eine Antwort. Niemand, der so schrieb, durfte ohne Antwort bleiben. Ich wußte, daß ich nicht mehr zögern durfte. Ich taumelte aus dem Archiv, mein Diebesgut fest im Arm.

Paris wurde immer unwirklicher. Ich sah kaum mehr die Touristen, die Geschäfte mit ihren über den Sommer verschlossenen Läden. Ich stapfte durch das Wasser, das durch die Rinnsteine rauschte. Ich konnte nachts nicht schlafen. Ich lebte von schwarzem Kaffee, in dem vor Zucker der Löffel stand, und billigen Zigaretten. Als ich am Freitag meiner zweiten Woche im Archiv erwachte, klangen mir die Ohren. Ich hörte seine Worte wie zum erstenmal, obwohl ich sie mittlerweile auswendig kannte. *Sie fragen mich, was ich am meisten fürchte. Sie wissen es schon, sonst würden Sie nicht fragen. Ich fürchte mich am meisten davor, meinen Leser zu verlieren, den Mann, für den ich schreibe. Meine größte Angst ist, daß ich Sie eines Tages unerwartet, plötzlich verliere.* Ich stand auf und zog mich rasch an. Meine Jeans, die ich zwei Tage zuvor gewaschen und am Fenster aufgehängt hatte, waren noch feucht. Ich zog sie trotzdem an. Ich hatte bereits die schwierigste Entscheidung meines Lebens getroffen. Ich würde auf diese Briefe antworten. Ich hatte beschlossen, Paul Michel zu finden. Statt wie sonst mit der Metro ins Archiv zu fahren, brach ich zu Fuß ins vierzehnte Arrondissement auf, zum Hôpital Sainte-Anne.

Die Klinik war wie eine Stadt in der Stadt. Mit Gärten, Parkplätzen, Wegen, Cafés, Geschäften, einer Sicherheitsschranke und einer Vielzahl von riesigen alten Gebäuden, an die sich neue Flügel aus Beton und schwarzem Glas anschlossen. Die Pförtner zeigten mir den Weg zum Empfang, aber ich mußte ein ganzes Stück laufen, bis ich an die Stufen zu den nüchternen Büros und den automatischen Türen gelangte. Krankenhäuser sind seltsame Übergangszonen, in denen Krankheit und Gesundheit zu unbestimmten, relativen Zuständen werden. Einige Leute sind verzweifelt oder hysterisch, während andere resigniert vor sich hinstarren, und die Pfleger in weißen Kitteln und bequemen Schuhen gehen vollständig ungerührt zwischen den Gelangweilten und den Verzagten umher. Auf den Gängen findet man drei verschiedene Gruppen, die deutlich an ihrer Kleidung zu erkennen sind, scheue Besucher in Straßenkleidung, schlurfende Patienten in Morgenmantel und Pantoffeln, die Doktoren mit ihren Apparaten und ihren gewaschenen Gesichtern. Ich wartete in der Schlange vor der Rezeption. Zwei Frauen starrten auf ihre Computerbildschirme und ignorierten die Schlange der Wartenden. Auf einer schwarzen Plastikbank stieß eine Frau ihr quengelndes Kind von sich. Eine andere hatte einen riesigen Strauß Gladiolen im Arm, wie ein Versöhnungsgeschenk.

Alle wußten, auf welche Station sie wollten, aber nicht, wie sie dahin kamen. Ich hatte nur den Namen eines Mannes und einen neun Jahre alten Artikel aus einem Schwulenmagazin. Und jetzt hatte ich seine ganz privaten Aufzeichnungen, seine Botschaften an sich selbst. Versteckt in meiner Innentasche knisterten die kopierten Seiten an meiner Brust.

»Je cherche un malade qui s'appelle Paul Michel.«

»Quel service?« Sie blickte nicht auf. Ihre Finger flogen bereits über die Tasten.

»Ich weiß nicht.«

Sie blickte nicht auf.

»Wann wurde er aufgenommen?«

»Juni 1984.«

»Was?« Sie löschte die Eintragung und drehte sich zu mir um. Die ganze Schlange hinter mir beugte sich gespannt vor.

»Da müssen Sie ins Archiv«, sagte sie scharf.

»Aber ich glaube, er ist noch hier.« Ich sah sie hilfesuchend an. »Er wurde eingeliefert, weil er verrückt war.«

Sie starrte mich an, als wäre ich ebenfalls nicht bei Sinnen. Ihre Kollegin trat zu mir an den Tresen.

»Sie müssen sich an die Psychiatrie wenden«, sagte sie. »Dort gibt es vielleicht Unterlagen darüber, was mit ihm geschehen ist. Die haben einen eigenen Eingang.«

Sie zeichnete mir einen hochkomplizierten Plan auf die Rückseite einer Aufnahmekarte. Als ich die Rezeption verließ, beobachteten alle Anwesenden argwöhnisch und fasziniert jede meiner Bewegungen. Die Mutter zog ihr Kind wieder auf den Schoß. Es war meine erste Erfahrung damit, was es hieß, auf irgendeine Weise mit dem Schicksal Paul Michels verbunden zu sein.

Ich brauchte fast eine halbe Stunde, um die Psychiatrische Abteilung des Krankenhauses zu finden. Hier gab es dann keine Stufen, keine breiten Eingangstüren, keine Zierpflanzen, nur einen schmalen Eingang in einer fensterlosen Wand. Ich mußte draußen klingeln; die Tür war stets verschlossen. Als ich in eine Art Luftschleuse trat, sah ich, wie ich von dem roten Auge einer hoch oben an der Wand montierten Kamera verfolgt wurde. Ich drang in ein kleines Foyer mit einem Glaskasten vor, der genauso aussah wie alle Glaskästen in allen Banken Frankreichs. Ich konnte kaum glauben, daß ich nicht hier war, um meine Reiseschecks einzulösen. Die darin befindlichen Frauen sahen mich neugierig an, sagten aber nichts. Ich ging in die Offensive.

»Ich möchte zu Paul Michel.«

Aber der Name sagte ihnen nichts. Eine von ihnen versuchte zu helfen.

»Michel? M-I-C-H-E-L? Ist er Patient hier? Wissen Sie, auf welcher Station?«

Ich war verwirrt. Sogar die Psychiatrie war noch in unterschiedliche Stationen aufgeteilt. Sie sah mich forschend an.

»Kommt er in die Ambulanz? Oder ist er in der geriatrischen Abteilung? Ist er schon länger hier?«

Die andere Frau suchte in ihrer Kartei, die offensichtlich noch nicht auf EDV umgestellt war.

»Ich habe hier niemanden mit dem Namen Paul Michel«, sagte sie bestimmt.

»Hören Sie. Er ist eingeliefert worden, weil er wahnsinnig war. Und gewalttätig. Vor fast zehn Jahren.«

»Il y a dix ans!« riefen beide ungläubig im Chor.

»Sie müssen sich irren.«

»Sind Sie sicher, daß er in diese Klinik gekommen ist?«

»Rufen Sie Doktor Dubé an. Vielleicht weiß er etwas.«

»Ecoutez«, drängte ich. »Er wurde 1984 im Juni eingeliefert. Aber ich habe vor gut zwei Wochen hier angerufen, und die Frau am Apparat wußte, wer er war. Er muß noch hier sein. Bitte, fragen Sie einen der Ärzte«, flehte ich.

»Nehmen Sie Platz.«

Ich setzte mich auf einen harten Stuhl. Es war kein Teppich auf dem Boden. Die leeren, cremefarbenen Wände rochen nach Scheuermittel. Der Raum war fensterlos, und die langen weißen Leuchtröhren flimmerten in der warmen Luft. Ich wartete zwanzig Minuten, während das Telefon unablässig klingelte. Dann tauchte plötzlich geisterhaft ein junger Arzt im weißen Kittel an meiner Seite auf.

»Vous êtes anglais?« fragte er verwirrt.

»Ja. Ich suche Paul Michel.«

»L'écrivain?«

Endlich jemand, der von meinem verlorenen Schriftsteller gehört hatte. Fast hätte ich den Arzt vor Aufregung an den Schultern gepackt.

»Ja, ja. Genau. Ist er hier?«

»In welcher Beziehung stehen Sie zu Paul Michel?« fragte der Arzt, ohne etwas zu verraten. Vor lauter Panik erzählte ich ihm die Wahrheit.

»Sprechen Sie Englisch?« Meine Intuition sagte mir, daß ich dadurch verlorenen Boden wiedergewinnen würde. Der Arzt lächelte.

»Ja. Ein wenig.«

»Nun, ich bin sein Leser. Sein englischer Leser.«

Der Arzt verstand kein Wort.

»Sein englischer Leser? Sie schreiben an einer Arbeit über sein Werk?«

Ich witterte meine Chance.

»Ja, ich bin sein Leser. Ihn zu sehen ist für mich unerläßlich. Ich komme mit meiner Arbeit nicht weiter, bis ich ihn gesehen habe. Selbst wenn er nicht mehr schreibt, bin ich doch sein Leser. Ich kann meine Rolle nicht preisgeben.«

Mein Geschwafel trug nicht zur Klarheit bei, und es war deutlich, daß der Arzt mit dem Wort »preisgeben« nichts anzufangen wußte.

»Eh bien, alors. Je ne sais pas … Auf jeden Fall ist er nicht hier. Er ist im vergangenen Jahr nach Sainte-Marie in Clermont-Ferrand in den service fermé verlegt worden, nach seinem letzten Fluchtversuch.«

Ich hielt vor Staunen die Luft an.

»Flucht?«

»Mais oui – vous savez – sie versuchen oft zu fliehen. Sogar im Schlafanzug.«

Und plötzlich stand der Mann, dessen Texte ich so gut kannte, dessen krakelige Schrift sich jetzt unauslöschlich in meinen eigenen Händen befand, an dessen Mut nie ein Zweifel geherrscht hatte, mit aller Deutlichkeit vor mir. Er war noch da, präsent, sein Geist war ungebrochen.

»Sainte-Marie? Clermont?« Ich wiederholte seine Worte.

»Ja. Ich glaube nicht, daß man Sie zu ihm lassen wird.« Der Arzt schüttelte bedächtig den Kopf.

Aber ich ließ mich nicht abschrecken.

»Kannten Sie ihn gut?« fragte ich.

Der Arzt zuckte die Achseln. »Sie haben ihn noch nie gesehen? Nun, er ist kein Patient, mit dem man je wirklich Fortschritte macht. Das ist traurig. Aber es ist wahr. Am besten, Sie rufen die Station in Clermont an.«

Ich schrieb mir die Nummer auf, bedankte mich herzlich und arbeitete mich dann geduldig durch die beiden verschlossenen Türen zum Ausgang vor. In meinem Rücken spürte ich die mißtrauischen Blicke der beiden Frauen.

Überglücklich lief ich den größten Teil des Weges zum Studentenwohnheim zurück. Ich hatte das Zimmer für einen Monat gemietet und gleich bezahlt, so daß ich mich schrecklich mit der Frau von der Verwaltung streiten mußte, bis sie mir wenigstens das Geld für eine der beiden verbleibenden Wochen erstattete. Ich hatte weniger Geld, aber jetzt wußte ich, wohin ich wollte. Ich kritzelte schnell eine Postkarte an meine Germanistin, um ihr mitzuteilen, daß ich herausgefunden hatte, wo er war, und mich jetzt dorthin aufmachte. Dann packte ich meine ganze Habe ein, einschließlich der feuchten Sachen vom Fensterbrett und des Posters, schenkte die Topfpflanze zwei mäßig begeisterten Amerikanerinnen und bestieg um halb sechs am Gare de Lyon den Zug nach Clermont-Ferrand. Paris versank hinter mir; schachbrettförmig breiteten sich die abgeernteten Ebenen Zentralfrankreichs aus. Ungeheure Eile und Angst trieben mich. Es kam mir vor, als zählte jede Sekunde, als blieben mir nur noch Stunden, um ihn zu finden, um ihm zu sagen, daß sein Leser, sein englischer Leser noch da war, treu, und ihn noch immer hörte.

Rückblickend sehe ich, daß die Sache von mir Besitz ergriffen hatte, daß ich von einer Leidenschaft besessen war, einer Suche, die nicht von mir ausgegangen, aber zu meiner eigenen geworden war. Seine Schrift, klar, schräg, unentrinnbar, war der letzte Knoten in der Schlinge gewesen. Seine

Briefe hatten mit einer zwingenden, unbeugsamen Klarheit zu mir gesprochen, absolut kompromißlose Forderungen an mich gestellt. Es wäre mir nicht mehr möglich gewesen, diese Forderungen zu ignorieren und ihn zu verlassen. Ganz gleich, wer er geworden war.

CLERMONT

Als ich in Clermont-Ferrand ankam, herrschte diesiges Abendzwielicht. Der Bahnhof war voll von gestrandeten Touristen, für die ein uniformierter Reiseleiter auf dem Parkplatz einen Bus herbeizuzaubern versuchte. Ich war einer der letzten, die aus dem Zug stiegen, und der Parkplatz war entmutigend leer. Clermont ist aus vulkanischem Gestein erbaut und liegt in einer Senke unterhalb einer Kette von Vulkanen. Es ist eine schwarze Stadt, mit einer riesigen schwarzen gotischen Kathedrale. Ich zog mit meinem Rucksack durch die Straßen und suchte ein Ein-Sterne-Hotel. Alle waren COMPLET. Schließlich erbarmte sich eine müde Frau, die in einer Pension hinter einem Trockenblumengesteck hockte. Sie streichelte einen bissigen Pudel, der bei meinem Eintritt knurrte.

»Sie sind Engländer? Es ist fast halb elf. Heute abend werden Sie nichts mehr finden. Nicht um diese Zeit. Einen Augenblick. Ich rufe meine Schwester an. Sie nimmt manchmal Touristen bei sich auf. Aber es ist ein ganzes Stück zu laufen. Sie wohnt draußen im Vorort. Soll ich es versuchen?«

Ich hatte mich mittlerweile an die französische Untergangsstimmung gewöhnt. Alles wird immer geschlossen haben, derjenige, zu dem man will, wird nicht zu sprechen, im Urlaub oder tot sein, das Restaurant wird für eine Privatveranstaltung reserviert, das Buch vergriffen sein und das Kinoprogramm wird sich gerade geändert haben. Ich nahm gleichmütig auf einem zu dick gepolsterten, fleckigen Sofa Platz und wartete. Und wie immer wurden Sturheit und Ausdauer belohnt. Ja, ihre Schwester würde mich aufnehmen. Ob ich ordentlich sei? Ja, einigermaßen. Ihr Mann würde mich auf dem Heimweg abholen. Hundertzwanzig Francs in bar, im voraus zu zahlen, mit Frühstück, Dusche im Zimmer, und wenn ich eine Woche bleiben wollte, würde sie mir etwas nachlassen. Sie möge Engländer. Sie nehme oft Engländer bei sich auf. Engländer und Holländer. Aber keine Deutschen. Ich blieb erschöpft und stumm bis fast gegen elf Uhr sitzen, dann trat ein beleibter, gebeugter Mann durch die Tür und hielt an der Schwelle nur kurz inne, um Tabak in den Staub zu speien.

Ich verstand sehr wenig von dem, was er sagte, weil er einen starken Akzent hatte, brachte aber immerhin ein paar passende Phrasen über die Schönheit der Vulkane und die Großartigkeit der Berge zustande. Es gelang mir auch, ihm zu erklären, daß ich nicht gekommen war, um an den Musikfestspielen oder dem Wettbewerb für Fallschirmformationsspringer teilzunehmen. Und es gelang mir, ihn zu überreden, eine meiner Zigaretten zu rauchen.

»Ich will einen Schriftsteller aufsuchen, der im Hôpital Sainte-Marie ist.«

»Sainte-Marie?« Er machte ein verblüfftes Gesicht.

»Ja. Wissen Sie, wo das ist?«

»Das Sainte-Marie kennt jeder. C'est en pleine ville.«

Er sah mich zweifelnd an und hielt vor einem Haus, an dessen Fassade überall Geranien prangten. Wieder sprang mir ein winziger Pudel knurrend um die Knöchel, als ich meinen Rucksack durch die Tür hievte. Am nächsten Morgen wachte ich zwischen Polyesterlaken in einem winzigen Zimmer auf, in dem jede verfügbare Oberfläche mit mehreren Arten Glas-, Kristall- oder Porzellantieren vollgestellt war; eine beängstigende Anhäufung von Bambis, Lassies und stolzierenden Kätzchen. Getier in allen Größen und Farben bevölkerte die Regale und Kommoden. Einige erwiesen sich bei näherem Hinsehen als Barometer, die sich bei schönem Wetter blaßblau verfärbten. Ich beschloß, meine Bücher gar nicht erst auszupacken. Meine klammen Socken und Unterhosen begannen bereits muffig zu riechen, deshalb riskierte ich es, sie auf der Fensterbank auszulegen, der einzigen geraden Fläche, die nicht von süßen kleinen Kreaturen überquoll.

Monsieur Louet war schon zur Arbeit fort, als ich aufstand, aber Madame, die ihrer Schwester bis hinab zum Pudel so sehr glich, daß ich fast zu glauben begann, ich hätte mir das Hotel nur eingebildet, platzte wegen des Sainte-Marie vor Neugier.

»Ist es jemand, den Sie gut kennen?« fragte sie, während sie mir Brötchen und Croissants aufdrängte.

»Nein«, sagte ich, dankbar jeden Krümel hinunterschlingend, »ich habe ihn noch nie gesehen.«

Sie war zutiefst enttäuscht.

»Er ist eingesperrt, ja?«

»Ich glaube schon.«

»Im service fermé? Es gibt ein service fermé in Clermont.«

»Ich denke, da wird er sein.«

»Hat er —«, sie zögerte, »jemanden tätlich angegriffen?«

»Ich fürchte, ja. Mehrere Leute.«

»Haben Sie keine Angst?«

»Doch. Ein bißchen.«

»Ich will Ihnen sagen, wie Sie hinfinden. Sie werden den Bus nehmen müssen.« Sie konnte es schon kaum noch aushalten, bis ich losfuhr und mit exakten Beschreibungen zurückkehrte.

Die Klinik war eine massive, von Mauern umgebene Anlage mit vielen Einzelgebäuden, wie ein Kloster oder ein

Gefängnis mitten in der Stadt. Später erfuhr ich, daß sie früher von Nonnen geführt worden war und daß diese auch heute noch im Leitungsgremium saßen. Die schmalen Fenster waren undurchsichtig, entweder durch doppelte Milchglasscheiben oder durch gemusterte Gitter und Stäbe maskiert. Die rue St Jean-Baptiste Torrilhon lag im Herzen eines dichten Netzes aus engen Innenstadtgassen. Ich sah mich an der Ecke der Voie Ste Geneviève zögernd um, weil ich den Haupteingang nicht finden konnte. Er lag direkt auf der anderen Seite der Einfriedung. Ich hatte ihn schlicht übersehen. Ich ging weiter die Straße hinunter, an den in zweiter Reihe geparkten Autos vorbei. Das Gebäude knickte nach innen ab, mit dem Rücken zur Straße. Die Wände waren an keiner Stelle niedriger als zehn bis fünfzehn Meter. Sie waren von oben bis unten mit Graffiti beschmiert, im wesentlichen Obszönitäten.

Dann sah ich über einer schmalen Tür einen riesigen, mit gigantischen schwarzen Buchstaben geschriebenen Spruch, der in einem Bogen über dem Eingang verlief.

J'AI LEVE MA TETE ET J'AI VU PERSONNE
(Ich hob den Kopf und sah niemanden)

Unter den Worten hing ein kleines Messingschild mit der Aufschrift:

CMP Ste Marie
Service Docteur Michel

und neben dem Schild war die Tür, schmal wie eine Schießscharte. Unter dem Schild hatte jemand ein Gedicht an die Wand geschrieben. Als wäre die offizielle Anzeige durch einen Kommentar ergänzt.

Qui es-tu point d'interrogation?
Je me pose souvent des questions.
Dans ton habit de gala
Tu ressembles à un magistrat.
Tu es le plus heureux des points
Car on te répond toi au moins.

(Wer bist du, Fragezeichen?
Ich stelle mir oft Fragen.
In deiner Festrobe
Siehst du aus wie ein Richter.
Du bist das glücklichste der Satzzeichen,
denn dir antwortet man wenigstens.)

Ich verstand das Französisch, aber nicht den Sinn, nicht richtig. Unmittelbar rechts von dem Gedicht war eine Klingel. Sonnette. Ich holte tief Luft und drückte auf das unschuldige weiße Quadrat. Hinter der dicken Glastür leuchtete das rote Auge einer Kamera auf und drehte sich. Dann ertönte der Summer, und ich wurde in eine Luftschleuse eingelassen, die der in Sainte-Anne aufs Haar glich. Auch drinnen gab es die gleichen cremefarbenen Wände, die gleichen stickigen, fensterlosen Gänge, die gleiche künstliche Beleuchtung, den gleichen gesicherten Glaskasten, aber zwei andere Frauen, mit der gleichen argwöhnischen Miene.

»Vous avez rendez-vous avec quelqu'un?« Eine der beiden Frauen sah mich an, während die andere in ihren Terminkalender blickte.

»Nein. Ich komme aus England. Ich bin hier, weil ich Paul Michel besuchen möchte.« Diesmal kam sofort eine Reaktion.

»Ah, lui.« Sie sahen sich an, dann richtete die Ältere der beiden, die ihre Bifokalbrille an einem Samtband um den Hals trug, ihren Blick mit unverhohlenem Mißmut auf mich.

»In welcher Beziehung stehen Sie zu Paul Michel?« fragte sie geschäftsmäßig. Ich sagte die Wahrheit.

»Ich bin sein Leser. Gekommen, um ihn zu finden.« Diesmal benutzte ich das französische Wort »lecteur«, aber mit so professioneller Sicherheit, daß sie keine weiteren Fragen stellte.

»Asseyez-vous. Füllen Sie diese Besucherkarte aus. Name, Anschrift in Clermont. Vous avez une pièce d'identité? Ich rufe Dr. Vaury.«

Ich nahm auf der Bank gegenüber dem Glaskasten Platz und begann die unvermeidliche Arbeit an meinem Dossier. Dann fiel mir auf, daß jemand auch die Außenseite des Glaskastens mit Graffiti bemalt hatte. Es war dieselbe Handschrift wie bei dem gewaltigen Spruch über dem Eingang. Und diesmal bildete sie eine Strahlenkrone über dem grauen Haupt der Frau im Verwaltungsbunker.

JE T'AIME A LA FOLIE
(Ich liebe dich wahnsinnig)

Der Text war energisch gewaschen und geschrubbt worden, aber die Buchstaben waren noch deutlich zu erkennen. Die ältere Frau sah, daß ich den Spruch las und zuckte die Achseln.

»Da haben Sie Paul Michel. Ein Vandale.«

Mich überlief ein Schauer. Er war hier, und die Schrift an der Wand war von seiner Hand.

»Darf ich rauchen?« fragte ich höflich. Es waren keine Aschenbecher zu sehen.

»Nein«, sagte sie.

Ich saß stumm, verängstigt, brodelnd vor Aufregung da.

Dann trat unangekündigt eine junge Frau im weißen Kittel auf mich zu, die kaum älter wirkte als ich. Sie wiederholte kommentarlos die Fakten.

»Sie möchten Paul Michel besuchen.«

Ich stand auf. Sie gab mir nicht die Hand.

»Bitte kommen Sie mit.«

Ich folgte ihr durch blitzsaubere, stille, leere Gänge, die nur von gedämpften gelben Leuchtröhren an der Decke erhellt wurden. Es herrschte vollkommene Stille. Alle Türen waren zu. Der Fußboden war mit teurem weißem Linoleum ausgelegt und roch stark nach Chlor. Es gab ein einziges, hochgehängtes Gemälde, eine banale grüne Landschaft, außerhalb normaler Reichweite. Sie öffnete eine Tür, an der Dr. Pascale Vaury stand, und ließ mich zuerst eintreten.

Ihr Büro war beängstigend sauber, aber an den Wänden hingen Poster, in einer Ecke stand eine schwarze Ledercouch, und ein riesiges vergittertes Gewölbefenster ging auf einen geometrischen Hof mit langen Reihen ordentlich gestutzter Linden an makellosen weißen Kieswegen hinaus. Durch die dicken Spitzengardinen sah ich fremde Gestalten vorbeigehen, einige in Ordenstracht, aufrecht mit flinken Schritten, andere schlurfend und gebeugt, als wären es windgepeitschte, schlecht beschnittene Bäume. Die Sonne schien nicht ins Büro, sondern nur außen auf den Fenstersims, so daß draußen ein greller Lichtstreifen blendete, während das Licht innen nüchtern, gedämpft und streng war. Das Büro war vollkommen schallgedämpft. Ich konnte nichts hören als ihre und meine Bewegungen. Sie setzte sich an die andere Seite des Schreibtischs und bot mir an, Englisch zu sprechen.

»Ich habe nicht oft Gelegenheit dazu«, sagte sie, »nur auf Kongressen. Was ziehen Sie vor, Englisch oder Französisch?«

»Na ja … ich studiere Französisch«, gestand ich, »ich arbeite über Paul Michel.«

»Ah«, sagte sie, als hätte ich damit alles erklärt, »Sie sind Wissenschaftler.«

»Gewissermaßen.«

»Verzeihung, aber Sie wirken sehr jung für ein eigenes Forschungsprojekt.«

»Das täuscht.«

»Wissen Sie, warum Paul Michel hier ist?«

»Ja. Er soll wahnsinnig sein.«

Sie zuckte die Achseln und lächelte verhalten.

»Wir benutzen solche Ausdrücke eigentlich selten. Vielleicht sollte ich das erklären. Paul Michel wurde nach Paragraph 64 des Strafgesetzbuches als Patient eingeliefert. Es wurde bei ihm eine paranoide Schizophrenie diagnostiziert. Er war ein sogenannter H.O.-Fall – Hospitalisation d'Office – das heißt, seine Rechte sind durch ein ordre préfectoral eingeschränkt. Er war in der Vergangenheit sehr gewalttätig, *en pleine crise* sogar gemeingefährlich. Aber jetzt hat er schon geraume Zeit gegen niemanden mehr Gewalt angewendet, nicht einmal gegen sich selbst.«

»Es ist seine Schrift, nicht wahr? An den Wänden.« Es kribbelte in meinen Fingerspitzen. Er war irgendwo über mir, ganz in meiner Nähe. Pascale Vaury lachte.

»Ah, ja, unverkennbar. Um Ihnen die Wahrheit zu sagen, wir waren recht angetan. Er ist ausgebrochen. Das tut er häufig. Es ist eine seiner Spezialitäten, aber diesmal hat er, anstatt zu fliehen, alle Wände bemalt. Sie sollten die Gedichte in den Männertoiletten sehen.«

»Kennen Sie ihn gut?«

»Ob ich ihn kenne? Ja, vermutlich schon. Ich bin seine Ärztin hier. Kennengelernt habe ich ihn vor ungefähr sechs Jahren, als er noch in Sainte-Anne in Paris war. Seitdem hat er sich sehr verändert.«

»Darf ich ihn sehen?«

»Ja, natürlich. Aber ich muß Sie bitten, nicht sehr lange zu bleiben. Es wird eine Aufsicht dabeisein. Das halte ich für das beste. Und ich muß Sie warnen, womöglich ist er nicht sehr kooperativ. Uns und die Klinik ist er gewöhnt, aber Fremden gegenüber ist er oft sehr schwierig. Seien Sie nicht enttäuscht. Er ist nicht der Schriftsteller, den Sie suchen. Oder der Mensch, über den Sie gelesen haben. Er ist sehr krank. Er leidet schrecklich, immer.«

»Leidet?« An Schmerzen hatte ich nicht gedacht. Sie sah mir direkt in die Augen, eiskalt, anklagend, und antwortete dann auf französisch.

»Ja. Leidet. Der Wahnsinn bringt schlimmeres Leid mit sich als jede andere Krankheit. Folie – das ist das traurigste Wort, das ich kenne. Keine physische Krankheit ist vergleichbar. Es ist das Schrecklichste, was einem zustoßen kann. Es zerstört Ihr ganzes Leben. Es zerstört Sie vollkommen.«

»Warum arbeiten Sie dann mit ihnen? Wenn es so schrecklich ist?« fragte ich verwirrt.

Ihre Haltung entspannte sich wieder. Und sie kehrte zum Englischen zurück.

»Es ist sehr anstrengend. Sehr ermüdend. Die Familien üben viel Druck aus. Es wird viel Druck ausgeübt, sie hinter Schloß und Riegel zu halten. Die Gesellschaft hat entsetzliche Angst davor, diejenigen, die sie wahnsinnig nennt, in ihrer Mitte leben zu lassen. Da ist man gegen das Verhalten von Alkoholikern viel toleranter, obwohl die Unterschiede häufig gar nicht sehr groß sind. Ich arbeite seit sieben Jahren in der französischen Psychiatrie. Das ist eine lange Zeit. Man wird angegriffen und beschimpft. Aber man lernt auch, die Dinge anders zu sehen.« Sie nahm einen Bleistift in die Hand und drehte ihn zwischen den Fingern.

»Man sieht die Dinge in ihren Relationen. Man akzeptiert mehr. Man wird offener. Toleranter. Wenn ich heute großzügiger und offener denke als in meiner Zeit als Medizinstudentin, dann verdanke ich das größtenteils Männern wie Paul Michel.«

Ich war bewegt, neugierig, verunsichert. Sie stand auf und griff zum Telefon.

»Hervé? Oui. Ecoute – ich habe hier einen Besucher für Paul Michel. Ist er auf? Gut. Sag ihm, daß er Besuch aus England hat. Wir sind in zwei Minuten oben. Ruf in der Verwaltung und beim Sicherheitsdienst an. Ich sag im Büro Bescheid. Ja. Er braucht vielleicht ein bißchen Aufsicht. Nein. Sie kennen sich nicht. Er ist Wissenschaftler. Okay. Bis gleich.« Sie sah mich an. Ich spürte, wie mir das Rot in die Wangen stieg. Ich war schrecklich aufgeregt.

»Kommen Sie mit. Starren Sie ihn nicht an. Aber Sie sind ja Engländer. Die Engländer starren andere Menschen nicht so an wie wir. Sie haben bessere Manieren.« Sie lächelte und sah plötzlich wie ein junges Mädchen aus. Ihr Haar raschelte auf dem Kragen, als ich dem Klimpern ihrer Schlüssel durch den Gang folgte. Sie hatte die Hand ständig an den Schlüsseln. Das Geräusch ließ nicht nach, ein leises metallisches Klingen, jedesmal wenn sich die Schlüssel in ihrem Griff bewegten. Sie wechselte ein paar Worte mit den Frauen im Glaskasten, dann ging sie nach links zum Aufzug.

Während der Fahrt nach oben, hinauf in das Labyrinth des Schweigens, erzählte sie ein wenig von der Station, der neuen Klinik, dem Kinderflügel. Mir ging auf, wie groß die Klinik war, daß ich mich mitten in einer kleinen Stadt befand, einer von jungen, mittelalten und sehr alten Leuten bewohnten Stadt, einer Stadt der Irren. Aber das Unheimliche war, daß wir keinem Menschen begegneten. Es waren keine Ärzte, keine Schwestern oder Pfleger, keine Patienten auf den Gängen. Der Flügel, den wir betraten, war absolut still. Ich sah nichts als grüne Gänge mit verschlossenen Türen. Dr. Vaury zückte ihre Schlüssel und schloß eine der grünen Türen auf. Hinter mir schloß sie wieder ab. An der nächsten Tür auf unserem Weg war ein handgeschriebener Zettel mit Tesafilm befestigt.

ST JEAN

Sie schloß die Tür vorsichtig auf und sah sich, als wir eintraten, um. Dann schloß sie die Tür wieder ab. Wir befanden uns in einem großen, offenen, spärlich möblierten Raum; hoch oben an der Wand murmelte ein Fernseher. Die Fenster waren vergittert und mit dickem, undurchsichtigem Sicherheitsglas getrübt. Der Fußboden war schmutzig, hinter den Stühlen lag zerknülltes Papier, der Geruch war unverwechselbar, Urin und Kot. Zwei Männer mit entsetzlich verzerrten violetten Gesichtern und leerem Blick schlurften unentwegt hin und her. Sie waren bleich, hager, ausgezehrt; einer hatte einen Arm verdreht und steif an die Brust gepreßt. Sie rochen ungewaschen, muffig und alt.

Dr. Vaury begrüßte beide mit Namen und schüttelte ihnen die Hand, als wären sie verständige, lebendige Wesen. Aber sie stellte mich nicht vor, sie nickte bloß, und ich folgte ihr in ein Büro, das gleichzeitig eine Küche war. Eine Frau sah von ihren Papieren auf.

»Pascale – bonjour ...« Sie begannen sich über einen anderen Patienten zu unterhalten.

Ich sah mir die Karteischränke und die Begonie an. Das Büro war menschlich, warm; aber der Gestank hing auch hier. Er war überall. Ich spürte eine Welle der Übelkeit, die aus meinem Magen aufstieg.

»Kommen Sie bitte mit.« Wir gingen weiter, tiefer und tiefer in das Innere des Leviathan. Noch zwei Türen, auf- und wieder abgeschlossen. Und dann befanden wir uns auf einem Gang mit Einzelzimmern. Der Geruch war unerträglich, ein beißender Schwall von frischem menschlichen Urin. Ich warf einen Blick durch eine der offenen Türen; in dem Zimmer herrschte Chaos, Kleider lagen wild durcheinander auf dem Fußboden und hingen an der Heizung, ein zerbrochener Plastiktopf kreiselte noch auf dem Fußboden, die Wände waren mit frischem Kot beschmiert.

Aus dem Zimmer trat ein großer blonder Mann in einem

makellosen, gestärkten weißen Hemd und begrüßte uns. Er schüttelte mir die Hand. Er war freundlich, fröhlich, beruhigend.

»Sie sind also gekommen, um Paul Michel zu besuchen? Er bekommt nicht viel Besuch.« Er lächelte herzlich. »Dies ist meine Station. Ich nehme nicht an, daß Sie schon einmal eine solche Abteilung gesehen haben. Keine Sorge. Ich habe ihm gesagt, daß Sie kommen. Würden Sie im Aufenthaltsraum am Ende des Gangs warten?«

Der Raum hatte keine Tür. Ich betrat wieder einen spärlich möblierten dunklen Raum mit einem plappernden Fernseher, der hoch oben an der Wand hing, außer jeder Reichweite. Der Raum enthielt vier schwere, gummibezogene Stühle mit Metallrohrgestell und ein Kickerspiel, das am Boden festgeschraubt war. Und sonst nichts. Keine Illustrierten, keine Bilder, keine Teppiche. Die Wände hatten einen mattgrünen Glanzanstrich. Das einzige Fenster war milchtrüb und vergittert. Das Sonnenlicht war gefiltert. Der Fäkalgeruch war überwältigend.

»Ich werde ihm sagen, daß Sie hier sind«, sagte der makellose weiße Pfleger mit einem breiten, strahlenden Lächeln. »Er kommt sofort. Dr. Vaury und ich sind in Hörweite etwas weiter auf dem Gang, falls Sie uns brauchen.«

Ich lehnte mich zitternd an die Wand. Es gab keinen Aschenbecher, keine Ventilation. Ich fragte nicht, ob Rauchen erlaubt war. Ich steckte mir eine Zigarette an. Ich hörte ihn nicht kommen. Erst war das Zimmer leer. Dann stand ein Mann entsetzlich dicht vor mir, zu dicht, und sah mir direkt ins Gesicht. Er war mager, blaß, unrasiert, sein T-Shirt hing schlaff und fleckig über seine Brust. Seine Augen leuchteten – flackernd, wild.

»Comment tu t'appelles, toi? Du bist Engländer, nicht?« Er wechselte mühelos, fehlerlos zwischen den Sprachen hin und her. »Wie heißt du?«

Ohne die Augen von meinem Gesicht zu lassen, nahm er mir die Zigaretten und das Feuerzeug aus der Hand, steckte sich eine an und nahm dann, immer noch ohne hinzusehen, zwei Zigaretten aus der Schachtel und gab sie mir wieder. Den Rest steckte er in die Gesäßtasche seiner Jeans. Das Feuerzeug drehte er eine ganze Weile in seinen Händen. Dann gab er es mir widerwillig zurück.

»Mm-mm. Das Feuerzeug kann ich nicht riskieren. Sie lassen mich nicht ohne Aufsicht rauchen.«

»Warum nicht?« Ich hatte schreckliche Angst vor diesem dünnen, unrasierten Gespenst.

Er lachte leise.

»Ich zünde die Station an.«

»Mit Absicht?« Ich klang dämlich, selbst in meinen eigenen Ohren.

»Stell dich nicht so dumm. Einen Brand kann man nicht unabsichtlich legen.«

»Aber Sie könnten darin umkommen.«

Das war seine geringste Sorge.

»Na, jedenfalls würde ich ein paar von den andern Arschlöchern mitnehmen. Wie war noch mal dein Name? Gesagt haben sie ihn mir. Nein, sag ihn nicht. Ich werd ihn sowieso nicht behalten können.«

Wir standen da und starrten uns konzentriert an. Er war so groß wie ich, mit zwei langen, senkrechten Falten rechts und links des Mundes. Aber die Stirn, die Kinnhaltung, die Augen waren dieselben geblieben. Ich hätte ihn noch erkannt.

»Ich wußte nicht, daß Sie Englisch sprechen.«

»Natürlich spreche ich Englisch. Ich habe es auf der Schule gelernt. Ich habe sogar Shakespeare gelesen. Sie haben mir gesagt, daß du meine Werke studierst. Warum hast du dich nicht lieber mit Shakespeare beschäftigt? Er war genauso wütend wie ich. Auf seine majestätische Art. Und genauso schwul.«

»Ich habe Französisch studiert.«

»Ach ja? Gib mir noch eine Zigarette.« Er schnappte sich eine der beiden, die er mir wiedergegeben hatte, steckte sie sich an seiner glühenden Kippe an und trat den Stummel mit dem Absatz auf dem Fußboden aus.

»Was hattest du noch gesagt, wie du heißt?«

»Ich hatte nichts gesagt.«

»Sag's mir nicht, petit. Ich frag euch nie nach dem Namen. Wenn du jemand in den Arsch fickst, fragst du ihn nicht nach dem Namen.«

Ich trat überrascht einen Schritt zurück. Er grinste boshaft.

»Hast du mal jemanden umbringen wollen? Seinen Tod so sehr begehrt, daß du weißt, du könntest töten, indem du einfach dieses Begehren entfesselst?«

»Nein.«

Ich biß mir auf die Lippe. Er sah mich funkelnd an.

»Du siehst aus wie ein Dummkopf. Was hast du gesagt, wie du heißt? Bist du wieder so ein Wissenschaftler?«

»Ja.«

»Und bist du hier, damit du mich in deiner kleinen Doktorarbeit über den Zusammenhang von Kreativität und Wahnsinn beschreiben kannst?«

Er stieß ein scheußliches Gackern aus, und seine Miene wurde grotesk. Ich wich ein Stück zurück. Er schoß unverzüglich grinsend hinterher und stieß mir die Nase ins Gesicht. Er roch mein Zögern und meine Angst und nutzte sofort seinen Vorteil.

»Also bist du wieder so ein jämmerlicher, verlogener Voyeur ohne Rückgrat. Du bist nicht der erste, mußt du wissen. Von eurer Sorte hab ich Dutzende gefickt.«

Instinktiv setzte ich mich zur Wehr.

»Ich schreibe nicht über Wahnsinn. Sie mögen schwierig sein, aber daß Sie wahnsinnig sind, glaube ich nicht. Ich schreibe meine Doktorarbeit über Ihre Texte. Ihre verfluchten Romane.« Mit einem Mal platzte mir der Kragen, und ich schrie: »Ich schreibe überhaupt nicht über Sie!«

Binnen Sekunden erschienen Pascale Vaury und der Pfleger in der Tür.

»Alles okay?« fragte sie.

Paul Michel wirbelte herum und sah sie verächtlich an. Dann äffte er: »O ja, Dr. Vaury. Natürlich, Dr. Vaury. Alles bestens. Absolut in Ordnung. Kein Problem. Ne t'inquiète pas. Tout va bien.«

Der Pfleger zuckte die Achseln, und die beiden verzogen sich wieder.

Paul Michel sah mich mit rachsüchtigem Respekt an. Er war endlich auf Widerstand gestoßen.

»Was hast du gesagt, wie du heißt?« fragte er in aufreizendem Ton, an seiner Zigarette ziehend.

»Das wissen Sie genau«, schnauzte ich.

Sein Gesicht verwandelte sich vollkommen. Die Falten tauschten die Plätze, seine Augen wurden größer. Er lächelte. »Aber ich vergesse es immer wieder.« Er nahm sanft meinen Arm und zog mich zu einem der gummibezogenen Metallstühle. »Komm, setz dich.«

Er grinste mich an, und sein Lächeln war unwiderstehlich heiter und einfach. Ich lachte entwaffnet. Wir setzten uns hin, noch näher jetzt als zuvor, Knie an Knie, und rauchten schweigend.

»Wie lange sind Sie schon hier?« fragte ich.

»Auf dieser Station? Ein Jahr.« Er studierte mich weiter mit schrecklicher Konzentration. Plötzlich erinnerte er mich an meine Germanistin. Er hatte die gleiche eulenhafte, bohrende Intensität. Ich wurde unter seinem Blick unruhig.

»In Paris haben sie mir erzählt, daß Sie immer wieder ausbrechen. Obwohl ich nicht verstehe, wie Sie das machen.«

Er lächelte erneut. Das gleiche wunderbare, alles verwandelnde Lächeln.

»Voilà«, sagte er. »Das ist mein Berufsgeheimnis. Man kann die Vorstellung in Ketten legen. Man kann sie mit Medikamenten abtöten. Man kann sie sogar in den Wahnsinn treiben. Aber einsperren kann man sie nicht. Was hast du noch gesagt, wie alt du bist?«

»Das hatte ich nicht gesagt. Aber ich bin zweiundzwanzig.«

»Du bist zu jung, um ein Buch über mich zu schreiben. Du bist zu jung, um meine Bücher zu lesen. Warum hat deine Mutter es dir nicht verboten?«

Ich lachte mit ihm.

»Vergessen Sie nicht – ich schreibe über Ihre Romane, nicht über Sie.«

Er lächelte wieder.

»Aber, mon petit, was in Gottes Namen willst du dann hier?«

Und ich spürte, wie eine Veränderung mit ihm vorging. Es war, als hätte er sich von mir in eine riesige abfließende Welle zurückgezogen und mir blieben nur noch der leere, freigespülte Sand und die Kieselsteine. Ich wußte plötzlich, wie gefährlich er war.

»Gib mir noch eine Zigarette.«

»Sie haben die Packung eingesteckt.«

Er sah mich unverwandt an, während er aufstand, um die Packung aus der Gesäßtasche seiner Jeans zu ziehen. Er war erschreckend mager. Wir rauchten noch eine Zigarette. Dann sagte er: »Wer bist du?«

Ich zögerte. Dann sagte ich: »Ich bin Ihr Leser. Ihr englischer Leser.«

Sein ganzer Körper loderte einen Moment auf, wie ein schwelendes Feuer, das vom Wind berührt wird, und erlosch dann vollkommen. Er saß stocksteif vor mir. Dann sagte er klar, langsam und, abgesehen davon, daß er die Stimme senkte, ohne jede Drohgebärde: »Hau ab. Bevor ich dich umbringe.«

Pascale Vaury erschien an der Tür. Der Geruch von warmem Kot durchzog den Raum.

»Ich glaube, das reicht für heute«, sagte sie, als wären wir ans Ende einer anstrengenden Physiotherapiestunde gekommen. Ich wich vor Paul Michels flackernden, beängstigenden Augen zurück. Ich war so mitgenommen und erschrocken, daß ich ihm weder die Hand schüttelte noch mich verabschiedete, sondern grußlos hinter Pascale Vaury durch die endlosen verschlossenen Gänge des Verstandes davonstolperte. Ihr weißer Kittel war das Zeichen des Orpheus, der zurückweicht zum Licht. Aber ich war derjenige, der sich nicht umblicken durfte. Der widerliche scharfe Gestank wurde schwächer, verschwand, wurde durch Chlor und Politur abgelöst. Die Ärztin sprach ruhig, über die Schulter hinweg, auf mich ein. Ich schnappte dann und wann einzelne Wörter auf, verstand aber nichts. Wir stiegen leere Treppen hinab, die unbetreten waren, endlos. Schließlich stand ich wieder vor dem Glaskasten. Weniger als eine Stunde war vergangen. Es war alles vorbei. Pascale Vaury hatte meine Hand ergriffen.

»Wir haben Ihre Anschrift in Clermont? Bleiben Sie länger?«

»Ich weiß nicht.«

»Rufen Sie mich an, wenn Sie noch einmal zu ihm wollen. Ich kann am besten beurteilen, ob es geht oder nicht. Auf Wiedersehen.«

Ich stand wieder auf der Straße, krank vor Angst, mit Übelkeit im Magen und ohne Zigaretten. Ich sah zu Paul Michels rätselhafter Botschaft auf.

J'AI LEVE MA TETE ET J'AI VU PERSONNE

Ich lief auf die leere helle Wand zu und schrie wütend:

»Du sagst, du hättest den Kopf gehoben und niemanden gesehen. Das ist nicht wahr. Du hast mich gesehen. Ich war hier. Ich bin gekommen, um dich zu finden. Du hast mich gesehen.«

Ein Auto fuhr vorbei. Der Fahrer glotzte. Ich stand weinend vor dem größten psychiatrischen Krankenhaus in Zentralfrankreich und schrie die Schrift an einer leeren, cremefarbenen Wand an.

Es war erst kurz nach elf Uhr vormittags. Ich bog in die engen Gassen ein, fast hysterisch vor Enttäuschung, Frustration und Zorn. Ich hatte ihn endlich gefunden, meinen verlorenen Autor, und er hatte mich abgewiesen, ohne mich anzuhören. Jetzt hatte ich nichts mehr. Als ich an der Place de la Victoire anlangte, ging ich schnurstracks ins Café und kaufte mir eine neue Packung Zigaretten und ein Bier. Ich aß nichts. Den ganzen Nachmittag wanderte ich durch die touristenerfüllten Straßen von Clermont, voll Haß auf die große, schwarze, laute Stadt, die Straßenhausierer und die Markthändler, den Wanderkirmes mit seiner Bumsmusik auf dem Rathausplatz. Ich zog von einem Café zum nächsten, wusch mir das Gesicht an einem öffentlichen Brunnen, schwatzte mit zwei Drogendealern, stöberte an den Buchständen, rauchte trübsinnig zahllose Zigaretten, bis mein Mund wie ein Aschenbecher schmeckte. Es war fast sechs Uhr, als ich in Romagnat aus dem Bus kletterte.

Ich kämpfte noch mit den Schlüsseln, die meine Wirtin mir gegeben hatte, als die Tür auffog. Sie stand vor Aufregung bebend vor mir, den knurrenden Pudel auf dem Arm.

»Schnell! Schnell! Er ist am Telefon. Ihr Verrückter ist am Telefon. Er hat schon zweimal angerufen. Er klingt nicht verrückt. Schnell!«

Ich stürmte unter Umgehung ihrer vielen Möbel, Nippes und Spitzendeckchen in den Flur. Ich nahm den Hörer.

»Bonsoir, petit. T'es rentré? Ecoute, je m'excuse. Es tut mir leid. Ich war nicht sehr hilfsbereit. Ich fand es schön, dich kennenzulernen. Komm morgen wieder. Und bring mir wieder Zigaretten mit.«

Es war seine Stimme. Ich war überglücklich.

»Drohen Sie immer, Ihre Besucher umzulegen?«

Er lachte ein warmes, wundervolles Lachen.

»Eh bien, oui, tu sais ... meistens schon. Aber es ist nicht ernst gemeint.«

»Mir klangen Sie ernst genug.«

»Du solltest dich geschmeichelt fühlen, petit. Es gibt nicht viele Leute, die ich ernst nehme.«

»Wollen Sie mich wirklich wiedersehen?«

Es entstand eine Pause. Dann sagte er: »Ja, sehr gern. Ich begegne nicht oft einem meiner Leser. Komm morgen wieder. Versprochen?«

»Ich verspreche es.«

Ich legte auf und küßte meine erstaunte Wirtin. Der Pudel bellte und bellte, völlig außer sich. Wir saßen bei unserem zweiten Aperitif zur Feier meines Glücks, als ihr Mann nach Hause kam. Ich hatte ihr in meiner Aufregung alles erzählt, was geschehen war, bis ins kleinste Detail, mehrmals, und sie war hingerissen.

Der nächste Tag war außergewöhnlich heiß. Es war ein Sonntag. Madame Louet begoß ihre Geranien um acht Uhr morgens. Um halb zehn waren die Tropfen auf den Steinen bereits verdampft. Der Bus fuhr nicht, aber ich erklärte, ich würde den Weg hinunter in die Stadt laufen. Madame Louet meinte, das sei Unfug, nahm sich das Auto, und wir fuhren los, durch lauter menschenleere Straßen, zum Klang der großen Glocken hoch oben in der Kathedrale, bis vor den schmalen Eingang von Sainte-Marie.

Ich stand kläglich vor dem wachhabenden Drachen im Glaskasten. Diesmal war der Gang nicht ganz leer. Zwei ältere Frauen saßen nebeneinander auf der Bank und beobachteten jede meiner Bewegungen. Der Drachen nahm die Brille ab.

»Vous encore?« schnauzte sie. Ich nickte.

»Sie haben nicht angerufen. Dr. Vaury hat Sie gebeten, vorher anzurufen, wenn Sie kommen wollen.«

»Ja, aber Paul Michel hat mich angerufen.«

»Er ist kein Arzt. Er ist Patient. Er kann sich nicht einfach jemanden einladen, verstehen Sie. Sie haben keine offizielle Erlaubnis.«

»Könnte ich jetzt mit Dr. Vaury sprechen?« Ich geriet in Panik.

»Sie ist nicht im Dienst.«

»Aber es muß doch irgendwer Dienst haben.«

Die Frau sah mich ungehalten an. Ich war ein irritierendes Phänomen. Sie wählte eine Nummer und stritt mit jemandem am anderen Ende. Ich wanderte verzweifelt im Gang auf und ab, jeder Schritt von den beiden Parzen kritisch observiert. Ihre Hände zupften an ihren Röcken.

»Setzen Sie sich«, befahl die Frau im Glaskasten wütend und knallte den Hörer auf die Gabel.

Alles wartete. Meine Handflächen waren schweißnaß vor Angst, daß man mich davon abhalten würde, ihn zu sehen. Ich saß in der warmen, unbewegten Luft und der künstlichen Beleuchtung und stierte niedergeschlagen auf meine schmuddeligen Turnschuhe. Dann geschah das Wunder. Eine Hand tippte mir sanft auf die Schulter. Ich blickte auf und sah den grinsenden Paul Michel und hinter ihm den makellosen weißen Pfleger. Ich sprang auf, und zum erstenmal küßte mein Autor mich, dreimal, erst auf die eine, dann auf die andere und dann wieder auf die erste Wange.

»Bonjour, petit. Du bist ein Zauberer. Wir haben die Erlaubnis, im Park spazierenzugehen.«

Sein Aufseher lächelte breit. »Er ist auf Bewährung. Aber

nur im Park, hören Sie.« Der Pfleger verschwand mit lautem Schlüsselklimpern.

»Schau. Ein sauberes Hemd.« Paul Michel richtete sich auf. Er trug ein gut gebügeltes weißes Hemd, das einen schwachen Geruch von Mottenkugeln verströmte. Er sah aus wie ein verblichener Cricketchampion. Sein Gesicht war angespannt, krank, hager, aufgeregt. Aber es strahlte dieselbe funkelnde anarchische Energie aus, die ich so bezaubernd gefunden hatte, und so verstörend. Er inspizierte mich kritisch.

»Du wirst dich besser anziehen müssen, wenn du mit mir ausgehen willst, Junge.« Ich stand da und grinste ihn idiotisch an. Er lachte laut auf, ein unbändiges, spöttisches, klingendes Lachen.

»Wenn Sie in den Park wollen, dann gehen Sie«, brüllte der Drachen.

»Calme-toi, mon amour«, gurrte Paul Michel höhnisch in den Glaskasten und grinste. Er schlenderte davon. Während ich ihm nacheilte, nickte ich der Anmeldung und den gelben, glotzenden Gesichtern der Parzen entschuldigend zu. Paul Michel wußte genau, wo er hinwollte. Wir erreichten eine zweite schmale Tür mit einer Sprechanlage daneben in der Wand. Er drückte auf den Summer und lehnte das Gesicht ans Sprechgitter.

»Libera me, mon amour«, flüsterte er, ganz Charme und Subversion. Mir wurde klar, daß der Zugang zum Park von der Anmeldung kontrolliert wurde. Über den gepflasterten Hof hinweg konnte ich den Drachen am Fenster erkennen. Die Tür summte, und wir traten hinaus in die Sonne.

Paul Michel streckte sich wie eine Katze, er schloß die Augen und hob sein abgezehrtes weißes Gesicht ans Licht. Er nahm meinen Arm und führte mich zu den von Linden gesäumten Kieswegen. Eine der Nonnen schritt vorüber, nickte ihm zu und blieb dann stehen, um mich aggressiv anzustarren.

»Wen haben Sie da zu Besuch, Paul Michel?« fragte sie gebieterisch.

»Meinen Leser«, sagte er ruhig, »aber ich habe keine Ahnung, wie er heißt.«

»Benehmen Sie sich«, sagte die Nonne mit einem kleinen Lächeln, »und tun Sie nicht verrückter, als Sie sind.«

»Yes sir«, sagte Paul Michel auf englisch.

Die Nonne, eine winzige Frau, streckte den Arm aus und zauste ihm das Haar wie einem Kind.

»Benehmen Sie sich«, wiederholte sie, »und rauchen Sie nicht, bis Sie hysterisch werden.« Sie schritt davon.

»Das ist Schwester Marie-Marguerite«, sagte er zur Erklärung, als wir unter den Lindenbäumen wandelten. »Sie ist großartig. Sie speist mich nicht mit Mist ab. Sie sagt immer, was sie meint. Ich mag die Nonnen. Sie sind direkter als die Ärzte. Offener für neue Ideen, neue Methoden. Und sie sind sehr tolerant. Als ich einmal während einer Krise ein paar Sachen demoliert hatte, haben sie mich auf starke Medikamente gesetzt und in die Zelle gesperrt. Sie war die einzige, die mich füttern und mit mir reden konnte. Ich habe fast keine Erinnerungen an die Zeit. Aber an ihr Gesicht erinnere ich mich, dicht vor meinem, das den Rosenkranz betete, glaube ich. Immer wieder dasselbe Gebet. Ich glaube nicht, daß es das Gebet im besonderen war, aber die Wiederholung wirkte beruhigend. Es ging mir danach sehr schnell wieder besser.«

»Wodurch wurde die Krise ausgelöst? Kommt es in Schüben?«

»Hmmm? Ja, ich denke schon. Komm, wir setzen uns hin.«

»Sie haben nichts gegen die Nonnen?« Ich dachte an den starken antiklerikalen Zug in Paul Michels Büchern.

»Nein, nein«, sagte er nachdenklich. »Schwester Marie-Marguerite erwähnte einmal mir gegenüber, daß die meisten Heiligen zu Lebzeiten als wahnsinnig galten. Und daß ihre Ansichten oft nicht sehr weit von meinen entfernt waren.«

»Wirklich?«

»Ja, wenn man darüber nachdenkt, stimmt es. Die Heiligen waren immer Visionäre, Randgestalten, verbannt aus ihren eigenen Gesellschaften, Propheten, wenn du so willst. Sie liefen herum und prangerten andere an, träumten von einer anderen Welt. Wie ich früher. Sie wurden oft eingesperrt und gequält. Wie ich jetzt.«

Seine Miene verfinsterte sich. Ich streckte plötzlich den Arm aus und nahm seine Hand. Es war mein erster wirklicher Schritt auf ihn zu. Er sah mich an und lächelte.

»Bin ich eine große Enttäuschung für dich, petit?«

»Nein.« Ich sagte die Wahrheit. »Ich bin nicht enttäuscht. Ich war am Boden zerstört, als ich dachte, Sie wollen mich nicht kennenlernen. Ich war überglücklich, als Sie anriefen. Wie haben Sie das hier hingekriegt?«

»Ich habe mit Vaury gesprochen. Sie ist in Ordnung. Meistens. Sie hat meine Bücher gelesen. Ich habe sie überredet, mich rauszulassen. Ich habe haufenweise Versprechungen gemacht. Sie stand jedesmal hinter mir, als ich bei dir anrief. Mir ist das Telefonieren verboten.«

»Warum?« Ich verstand seine Welt der Gitter und Verbote nicht.

»Eh bien, petit – um die Wahrheit zu sagen: das letztemal, als ich telefonierte, hab ich die Feuerwehr gerufen.«

»Sie haben was?«

»Mmmm. Sie kommen mit Leitern und Brecheisen, schlagen die Fenster ein und lassen uns alle raus.«

Ich lachte und lachte. Kein Wunder, daß der Drachen Paul Michel haßte. Dieser Mann kannte keine Grenzen, ihn hielt nichts zurück. Sie hatten ihn nicht unter Kontrolle. Sie fanden keinen Zugang zu seinem Denken, aber er verstand ihres vollkommen. Er war ein freier Mann.

»Mais, t'es fou«, lachte ich unbeherrscht.

»Exactement«, lächelte Paul Michel.

Wir saßen schweigend nebeneinander und rauchten, zum erstenmal völlig entspannt.

»Nun, petit … sag mir, welches von meinen Büchern dir am besten gefällt. Ich nehme an, du hast sie alle gelesen, wenn du ordentlich forschst.«

Ich nickte.

»Nun, welches also?« Plötzlich war er wie ein Kind, das gelobt werden wollte. Ich zögerte.

»*La Fuite*, glaube ich. Das hat mich am meisten bewegt. Aber technisch ist *La Maison d'Eté* das beste. Bisher. Es ist dein Meisterwerk.«

Er sagte nichts, war aber offensichtlich hochzufrieden. Nach einer Weile sagte er nachdenklich: »Ja, du hast recht. *La Maison* ist ein perfekter Text. Aber er ist kalt, kalt, kalt. *La Fuite* liest sich wie ein Erstling. Es ist nicht der erste Roman, den ich geschrieben habe, aber er hat die Gefühlsstärke eines ersten Romans. Und natürlich konnte ich nicht anders und mußte wie jeder unerfahrene Idiot einfach alles hineinbringen. Alles, was ich je gedacht hatte, war bedeutend und wichtig. Man schreibt seinen ersten Roman mit der Verzweiflung der Verdammten. Man hat Angst, daß man danach nie wieder etwas schreiben wird.«

Er wirkte normal, meditativ, ein Autor, der sich ausruht. Sonne und Schatten lösten sich auf seinem Gesicht ab, je nachdem, wie der Wind in den Linden spielte. Ringsum die hohen, nackten, cremefarbenen Mauern des Irrenhauses, die hohen Tore, die versiegelten Fenster. Ich glaube, das war der Moment, an dem ich meine Entscheidung traf. Wenn ich sonst nichts für den Mann tun konnte, den ich so bewunderte, ich würde ihm doch helfen, aus diesem Gefängnis zu entkommen.

Wir streiften durch die geometrischen Anlagen aus Rosenbeeten mit Buchsbaumhecken, wunderbar sauber beschnitten wie die Gärten eines Châteaus. Der Wind lag frisch und heiß auf unseren Gesichtern.

»Wie hältst du es aus? Oben, meine ich. Den Geruch?«

»Nun, petit, ich merke davon nicht viel. An dem Tag, als du da warst, war es schlimm. Marc hatte eine Krise. Er hatte keine Ahnung, wer und wo er war. Aber«, er sah mich diabolisch an, »da ich in jungen Jahren oft Sex in Pissoirs hatte, ist der Geruch von Urin für mich eher erotisch.«

Ich kam mir bieder, prüde und spießig vor. Er stieß mich in die Rippen.

»Du bist so leicht zu schockieren, petit. Und versuchst es nicht zu zeigen. Wie alle Engländer. Ich hatte auf euren literarischen Parties immer Lust zu furzen.«

Ich sah ihn kläglich an, bis ich merkte, daß er mich aufzog.

»Du bist einfach ein Exhibitionist. Du würdest furzen und Sachen kaputtschlagen, nur um zu schockieren.«

»Ja.«

Er setzte sich auf den Brunnenrand und rauchte noch eine Zigarette. Mir fiel auf, daß er nicht sehr weit laufen konnte. Er war schrecklich schwach und unsicher in seinen Bewegungen. Doch verglichen mit den Leuten, die ich um uns herum über die Wege humpeln sah, war er in erstaunlich gutem Zustand. Ich sagte ihm das.

»Mmmm«, nickte er. »Ich nehme weniger Medikamente und gehe größere Risiken ein. Ich will lieber weiterhin wissen und sehen, was ich tue – meinen Wahnsinn, wie sie es hier nennen, und sie haben damit nicht unrecht –, als nur noch unauffällig, friedlich dahinzuvegetieren. Den meisten Männern auf meiner Station geht es wie mir. Aber wir zahlen einen hohen Preis, Tag für Tag.«

Ein leichter Sprühregen vom Brunnen legte glitzernde Tropfen auf die Härchen auf seinen Armen.

»Versuch, nicht wahnsinnig zu werden, petit«, sagte er leise.

»Könnte ich etwas dagegen tun?« fragte ich.

Er lachte.

»Nein. Wahrscheinlich nicht. Einige Leute behaupten, es ist eine Erbkrankheit. Oder eine chemische Reaktion im Gehirn. Die Franzosen behandeln es mit starken Medikamenten. Aber sie stochern auch in der Kindheit herum, um Ursachen zu finden. Es gibt keine Ursachen.«

»Wie ist es denn?« Ich bereute sofort, die Frage gestellt zu haben.

Er hob hilflos die Schultern.

»Na ja. Wie ist es? Willst du es wirklich wissen?«

»Antworte nicht, wenn du nicht kannst. Oder wenn es dich zu sehr mitnimmt.«

Er lachte sein unbändiges, warmes Lachen und sah mich an. Da ging mir der eigentliche Unterschied zwischen ihm und all den anderen Patienten auf, deren Gesichter ich gemieden hatte. Er lag in seinen Augen; seine seltsamen, funkelnden Augen waren absolut klar, schnell, sein Blick noch immer stetig, unbarmherzig, urteilend.

»Nein. Es wird mich nicht mitnehmen, davon zu sprechen. Und auch keine schreckliche Krise auslösen. Es ist ein Zustand der Unruhe, echter Qualen, extremer Ängste. Zuerst rannte ich unwillkürlich los, gehetzt, als ob jemand hinter mir her war. Du glaubst, daß du gesucht, verfolgt wirst. Dann fängst du an, dein Leben nach dem zu richten, was du glaubst. Am schlimmsten ist aber, wie sich die Farben verändern. Ich sah die ganze Welt in Violett-, Rot- und Grüntönen. Keine Nuancen mehr; nur noch brutale Primärfarben. Du kannst nicht essen. Überall sitzen Schmerzen, nichts als Schmerzen. Du verlierst jedes Zeitgefühl. Als bewegtest du dich in einem Tunnel aus Farben … Ich spiele Theater. Das weißt du. Du hast recht. Ein geborener Exhibitionist. Aber als ich wahnsinnig war, habe ich kein Theater gespielt. Ich konnte mich nur noch durch Gewalt ausdrücken. Ich hatte das Gefühl, mich verteidigen zu müssen. Es war, als würde ich ständig angegriffen. Und ich hatte das Gefühl, keine Substanz zu haben. Ich war durchlässig.«

Paul Michel sah mich unverwandt an, während er sprach; ich hielt die Luft an.

»Kurz bevor ich zum erstenmal wahnsinnig wurde, erlitt ich eine Angstkrise, quälende Angstzustände. Ich war zu keinem Kontakt mit anderen Menschen fähig, in keiner Form. Ich hätte nicht reden können, so wie jetzt mit dir. Dann begann ich zu halluzinieren. Ich sah Panzer auf den Straßen von Paris. Mit der Zeit konnte ich nicht mehr zwischen meinen Wahnvorstellungen und der Realität unterscheiden. Ich war mir selbst ein Fremder. Ich war ein Fremder in der Welt.«

Er sah hinauf in die Bäume. Dann sagte er leise: »Du kannst dir nicht vorstellen, wie grauenhaft ein solcher Alltag ist. Ich stellte irgendwann fest, daß ich geschrieben hatte – auf meine Knie, meine Hände, meinen rechten Innenarm. Als ich die Schrift sah, wußte ich, daß ich wahnsinnig war.«

Er stand auf und ging von mir fort, einen der schattigen Wege hinunter. Ich sah zu, wie sich auf seinem Weg unter den Bäumen die Muster auf dem Rücken seines weißen Hemdes veränderten. Ich ließ ihn gehen. Ich wartete.

Schließlich kehrte er zurück, blieb vor mir stehen und sah mir in das ängstliche Gesicht. Er sah sich meine Angst einen Moment lang an. Dann hob er den Arm und nahm mein Kinn in die linke Hand.

»Hab keine Angst, petit. Es ist vorbei.«

»Ich weiß. Du bist nicht wahnsinnig. Nein. Warum gehst du hier nicht weg?«

Mir kamen fast die Tränen. Er lachte und setzte sich neben mich.

»Wohin soll ich gehen?«

»Gibt es denn keine – ich weiß nicht – Tageskliniken oder so?«

»Doch, natürlich, das Centre d'Accueil und, mein Gott, das Hôpital de Jour. Wo man Englisch und Töpfern lernen kann. Ecoute, petit – an meinem Englisch ist nichts auszusetzen, und Töpfe interessieren mich einen Dreck.«

Wir lachten beide. Dann sagte ich heftig: »Ich hol dich raus. Komm mit mir.«

Paul Michel glühte einen Moment lang auf. Das gleiche Aufflackern wie tags zuvor, das mich entsetzt hatte. Aber es verflog.

»Für den Augenblick wirst du zu mir kommen müssen, petit«, sagte er. »Ich muß jetzt zurück und mich wieder einschließen. Kommst du morgen wieder?«

»Jeden Tag«, sagte ich. »So lange wie nötig.«

Wir sahen uns an. Ich erklärte nichts. Er verstand mich.

Und so begann jener bizarre Rhythmus, der nach und nach halluzinatorische Züge annahm. Tag für Tag warf ich die Fensterläden vor den in der Hitze flimmernden Vulkanen der Auvergne auf und sah das aggressive, ungebrochene Kobaltblau des Himmels, das sich im Lauf des Tages weißlich verfärbte. Ich wandte die Augen von den stillen, pockigen Kuppeln ab und ließ sie auf der militärischen Ordnung der Porzellanfiguren ruhen. Tag für Tag nahm ich den Bus nach Sainte-Marie und verbrachte meine ganze Zeit mit Paul Michel. Manchmal unterhielten wir uns Stunde um Stunde ohne Pause, manchmal saßen wir schweigend nebeneinander und rauchten. Ich kaufte ihm belegte Brote, Kaugummi, Dosenbier und Coca-Cola, Schokolade, Kuchen aus der Patisserie um die Ecke, unendliche Mengen Zigaretten. Ich gab das ganze Geld, das ich bekommen hatte, um seine Schriften zu studieren, für ihn aus. Ich forderte ihn auf, in der Sonne spazierenzugehen.

»Du mußt zu Kräften kommen«, drängte ich.

Ich hatte bereits begonnen, die Flucht zu planen.

Und jeden Abend käute ich vor meinem faszinierten Publikum, bestehend aus Monsieur und Madame Louet, meinen Tag mit Paul Michel wieder. Sie hatte sich ein Buch über Schizophrenie gekauft und entdeckt, daß es allein in Frankreich 500 000 diagnostizierte Fälle gab.

»Es könnte jeden treffen, jederzeit«, sagte sie und warf einen finsteren, wissenden Blick auf ihren Mann.

Pascale Vaury überwachte meine Besuche aufmerksam, aber ohne sich einzumischen. Ich ging nie wieder nach oben in die geschlossene Station. Ich besaß die Erlaubnis, jeweils den ganzen Tag mit ihm zu verbringen. Wir gingen immer in den Park. Der Drachen assoziierte mich mittlerweile fest mit Paul Michels Unverschämtheit und seiner wachsenden Energie. Sie machte mir das Kompliment, ihren Haß auf mich auszudehnen. Nach einer guten Woche brachte ich ihr, allein wegen des Vergnügens, ihre Wut zu erleben, wenn sie sich bedankte, einen Blumenstrauß mit.

Manchmal sprachen wir über das Schreiben.

»Ich stelle die gleichen Anforderungen an Menschen und fiktionale Texte, petit – daß sie offen enden, daß sie in sich eine Möglichkeit zu sein enthalten und diejenigen zu verändern vermögen, denen sie begegnen. Dann funktioniert etwas – die notwendige Dynamik – zwischen dem Autor und dem Leser. Dann muß man sich nicht fragen, ob etwas schön oder gräßlich ist.«

»Aber das gilt nicht für das, was du geschrieben hast«, unterbrach ich.

»Denk daran, was die Leute von dir sagen. Sie sprechen von deiner Strenge, deinem klassischen Stil. Du bist in deinen Texten nirgends zu finden. Dort gibt es nur diese kalte, abstrakte, gesichtslose Stimme. Selbst da, wo du von Dingen sprichst, die andere Leute – na – schockierend finden.«

»Und du findest sie nicht schockierend, petit?« Er sah mich ironisch an, aus einer unermeßlichen Ferne.

»Nein. Doch, vielleicht ein bißchen. Aber nicht annähernd so schockierend – jetzt wo ich dich kenne – wie die eiskalte Perfektion deiner Texte – diese absolute Distanz.«

»Dann soll ich so sein, wie ich schreibe?«

»Nein, nein.« Ich war außer mir. Ich hatte das Gefühl, daß wir den Sand am Grund des Flusses berührten. »Nur, wenn du meinst, Fiktion sollte ein offenes Ende haben, dann müßtest du rauhe Oberflächen schaffen, nicht diese glatten, perfekten Monumente. Sie sind schön, sehr schön. Ich liebe sie. Das weißt du. Ich habe Jahre damit zugebracht, sie wieder und wieder zu lesen. Aber sie enden nicht offen. Nein. Es sind geschlossene Texte.«

Er senkte den Blick.

»Und du spürst einen kalten Hauch. Ist es das, petit?«

»Ja. Ja, ich spüre ihn. Das ist nicht das Problem, nur eine Tatsache. Dieser Schönheit, diesem Zynismus, dieser Distanz liegt eine Kälte zugrunde. Eine erschreckende Gleichgültigkeit. Skrupellosigkeit, fast.«

Er sah mich forschend an. Ich hatte das Gefühl, zuviel gesagt zu haben. Aber jetzt, da ich ihn kannte, konnte ich nicht glauben, daß er diese Bücher geschrieben hatte.

»Verzeih mir. Ich meine es nicht kritisch. Es ist nur, daß du der leidenschaftlichste Mann bist, dem ich je begegnet bin. Und du bist ganz anders als das, was du schreibst.«

»Vielleicht«, sagte er und warf seine Zigarette in den Sand, »vielleicht, wenn dich der Zustand der Welt schrecklich schmerzt, und du dir nichts sehnlicher wünschst als totale, radikale Veränderung, vielleicht schützt du dich dann mit Hilfe von Abstraktion und Distanz. Vielleicht ist die Unnahbarkeit meiner Texte das Maß meiner inneren Anteilnahme? Vielleicht ist die Kälte, die du beschreibst, eine notwendige Illusion?«

Wir blieben eine Weile stumm sitzen, dann gingen wir um den Brunnen.

Einmal unterhielten wir uns über Einsamkeit.

»Sie ist eines deiner Hauptthemen«, sagte ich wie ein Richter, der sich seinem Angeklagten auf einer Bank aus dichtstehenden Geranien zuwendet, »aber du sprichst sie nie direkt an. Außer in L'Evadé, und das ist das einzige Buch, in dem du in der ersten Person erzählst. Das einzige Mal überhaupt.«

Ich verzichtete darauf zu erwähnen, daß es das letzte war, was er geschrieben hatte, abgesehen von seinen Wandinschriften. Er betrachtete den Sand zwischen seinen Schuhen.

»Fragst du mich, ob ich ein einsamer Mann bin, petit? Oder bittest du mich, dir mehr von meinem Schreiben zu erzählen?«

Mir ging auf, daß die beiden, die ich im Geiste immer sauber auseinandergehalten hatte, nun nicht mehr zu trennen waren. Paul Michel und das versteckte, in seinen Texten gelebte Drama waren verschmolzen. Und dieser Prozeß war nicht von ihm ausgegangen, sondern von mir. Er war das Ende meiner Suche, mein Ziel, mein Gral. Er war selbst zu dem Buch geworden. Und jetzt bat ich das Buch, all seine Geheimnisse preiszugeben.

»Ich weiß nicht«, sagte ich zögernd. Er merkte sofort, daß ich bei der Wahrheit Zuflucht gesucht hatte. Wir grinsten uns an, der Augenblick der Verlegenheit löste sich in Komplizenschaft auf.

»Du bist ein ehrliches kleines Miststück«, lächelte er. »Nun denn – es gibt zwei Arten von Einsamkeit, nicht? Einmal die Einsamkeit des absoluten Alleinseins – das schlichte Faktum, daß man allein lebt und allein arbeitet, wie ich es immer getan habe. Die muß nicht schmerzlich sein. Für viele Schriftsteller ist sie notwendig. Andere brauchen einen Stab weiblicher Familienangehöriger, die ihnen dienen, ihre elenden Bücher tippen und ihr Ego hätscheln. Wenn man den größten Teil des

Tages allein verbringt, hört man automatisch auf andere Rhythmen, die nicht von anderen Menschen bestimmt sind. Das halte ich für gut. Aber es gibt eine andere Art von Einsamkeit, die schwer zu ertragen ist.«

Er hielt inne.

»Und das ist die Einsamkeit, die daraus resultiert, daß man eine andere Welt sieht als die Menschen ringsum. Ihr Leben verläuft fern von deinem. Du kannst die Kluft sehen, und sie nicht. Du lebst unter ihnen. Sie haben den Erdboden unter den Füßen. Du gehst auf Glas. Sie verschaffen sich Bestätigung durch Konformität, durch sorgfältig konstruierte Ähnlichkeiten. Du bist maskiert, deiner absoluten Andersartigkeit bewußt. Deshalb habe ich soviel in den Bars gelebt – les lieux de drague –, einfach um unter den anderen zu sein, die waren wie ich.«

»Aber ist es in der – äh – Schwulenszene nicht auch so, daß alle Leute versuchen, sich möglichst gleich zu sein?«

Ich war erst einmal in einer Schwulenkneipe gewesen. Mike und ich waren aus Versehen hineingeraten, weil wir sie für ein gewöhnliches Lokal hielten. Alles starrte uns an. Wir schienen die einzigen Leute zu sein, die nicht in weißem T-Shirt und Jeans waren. Mike geriet in Panik, als er begriff, wo wir waren, und die Blicke eindeutig und zugleich belustigt wurden. Wir tranken vor Schreck rasch unser Bier aus und flüchteten so schnell wie möglich, den starren und interessierten Blicken ausweichend.

Paul Michel lächelte ironisch.

»Tout à fait, petit. Und sie waren mir immer böse, daß ich mich der Feindseligkeit der Differenz aussetzte. Daß ich auf der Perversität beharrte.«

»Aber«, ich konnte nicht widerstehen, »wenn es so schrecklich und so schwierig ist, warum soll man denn nicht versuchen, sich einer Gruppe anzuschließen? Akzeptiert zu werden?«

Er funkelte mich einen Moment an, dann sagte er: »Da wäre ich lieber wahnsinnig.«

Ich gab auf.

»Ich verstehe dich nicht.«

Wir schwiegen lange. Ich hatte das Gefühl, die Hieroglyphen an der Wand berührt zu haben. Paul Michel würde mich nicht weiter in seine geheime Welt eindringen lassen. Aber er hatte etwas außerordentlich Großzügiges an sich. Mir wurde klar, daß er durch nichts zu beleidigen war und daß er niemals einen Groll hegte. Jedesmal, wenn ich verstimmt oder verwirrt war oder keinen Zugang zu ihm fand, kam er mir sofort entgegen. Wenn ich Ausflüchte machte, war er direkt. Wenn ich einen Gedanken halb aussprach, vollendete er meinen Satz. Ich war derjenige, der empfindlich, reizbar, leicht verletzlich war. Er wußte sogar Dinge über mich, von denen ich noch nie etwas gesagt hatte. Er ging stets auf meine wirklichen Fragen, mein eigentliches Verlangen ein, mit geradezu unheimlicher Intuition. Hinter seiner Schroffheit war er von einer Aufgeschlossenheit und Toleranz, die mich völlig entwaffnete. Ich begann zu verstehen, was Jacques Martel gemeint hatte: daß in den Tiefen seines Wahnsinns eine Größe und Klarheit des Geistes wohnte, die keiner Lüge, keines kleinlichen Haders und keiner nichtigen Eifersucht fähig war. Er war ein Mann der elementaren Gefühle, der wesentlichen Dinge. Paul Michel lebte Tag für Tag am Rand seiner geistigen Gesundheit. Das war es, was ihn so unheimlich machte, und so gefährlich. Er würde immer fähig sein, mich zu töten. Oder sich selbst.

Unsere Tage im Park der Anstalt gewannen eine düstere Schönheit. Wir saßen im hellen Licht und grünen Schatten, scharrten mit den Füßen im Sand und lauschten den Brunnen und den weit entfernt heulenden Sirenen der Notfallwagen. Zeit wurde unmeßbar – und verlor jede Bedeutung.

»Weißt du, ich bin froh, daß wir immer draußen sind«, sagte

ich. »Ich habe noch nie ein Foto von dir gesehen, das innen aufgenommen wurde.«

»Du bist manchmal sehr scharfsichtig, petit, ohne es zu merken. Ich leide schrecklich unter Klaustrophobie. Und ich scheine mein Leben hinter Gittern und in kleinen Dienstbotenkammern zugebracht zu haben. Wenn ich träume, dann von den Meeren, den Wüsten, endlosen Weiten. Alle alptraumhaften Szenen in meinen Büchern finden in geschlossenen Räumen statt. Selbst in *La Maison d'Eté*. Die ganze Familie hockt dort zusammen hinter geschlossenen Läden, die die Hitze aussperren sollen, und jeder möchte dem nächsten an die Gurgel.«

»Könnten wir denn raus? Für einen Tag, meine ich. Würde man dir Ausgang geben?«

»Frag doch Pascale Vaury«, sagte Paul Michel ohne aufzublicken.

Ich wußte nicht, ob er der Anstalt einmal für einen Tag wirklich entfliehen wollte, oder ob er bloß meinetwegen mitkommen würde. Sein Ton verriet nichts weiter als betonte Gleichgültigkeit. Als ich an dem Abend die Klinik verließ, verabredete ich einen Termin mit Dr. Vaury.

Wieder in ihrem kalten, sauberen Zimmer, wo die schwarze Couch im Hintergrund lauerte, fühlte ich mich plötzlich zu jung, zu amateurhaft, um in diesem Spiel die Verantwortung zu übernehmen. Ihre Schlüssel verstummten, als sie sich setzte. Sie war die Herrin des Labyrinths, und ich war der Diener des Minotaurus.

»Sie wollten mich sprechen?« Sie verriet nichts.

»Ja. Ich überlege – das heißt – Paul Michel macht einen so – na ja, gesund kann ich nicht sagen – das kann ich nicht beurteilen – auf mich hat er nie einen gestörten Eindruck gemacht – oder zumindest nicht wirklich. Deshalb wollte ich fragen, ob er einen Tag Ausgang mit mir bekommen könnte. Ich würde ihn selbstverständlich wieder abliefern.«

Pascale Vaury lachte laut auf.

»Paul Michel läßt man nicht raus«, sagte sie lächelnd. »Er bricht aus.«

Ich machte ein dummes Gesicht.

»Hören Sie«, erklärte sie, »seine Krankheit ist in der Tat eine, die sich über die Jahre stabilisiert, so daß die Schübe weniger heftig werden. Aber sie bleibt gefährlich, selbst wenn er durchaus vernünftig wirkt. Sie haben bei ihm wahre Wunder bewirkt. Das will ich nicht leugnen. Ich war anfangs gar nicht überzeugt. Ich dachte nicht, daß Sie durchhalten würden. Er auch nicht. Aber Sie haben durchgehalten. Er hängt an Ihnen.«

Sie nahm ihren Bleistift wieder auf und schlug einen völlig anderen Ton an.

»Ich bin absolut nicht überzeugt, daß das, was Sie tun, am Ende wirklich gut für ihn ist. Wenn Sie mich nicht um einen Termin gebeten hätten, hätte ich Sie meinerseits zu einer Unterredung gebeten. Sie sind seit über zwei Wochen jeden Tag den ganzen Tag hier. Die meisten Leute haben Angst vor Paul Michel. Selbst etliche Pfleger sind ziemlich auf der Hut vor ihm. Er kann sehr gefährlich sein. Jetzt ist er wie ausgewechselt. O ja, der Humor, die Energie sind wieder da und werden stärker. Aber seine Aggressivität scheint völlig abgeklungen. Und das macht mir Sorgen. Wir haben seine Medikation nicht verändert. Sie kommen her und umwerben ihn wie ein Liebender. Was soll aus ihm werden, wenn Sie abreisen? Haben Sie darüber mal nachgedacht?«

Ich errötete unwillkürlich. Ich sah, daß mir die Hände zitterten. Aber ich behauptete meinen Standpunkt.

»Wäre es besser gewesen, wenn ich nicht gekommen wäre? Und er hiergeblieben wäre – gewalttätig, verzagt, gefangen? Können Sie das wollen?«

»Der Mann ist krank. Er ist kein Gefangener. Er ist krank. Und beantworten Sie meine Frage. Haben Sie überlegt, was geschehen wird, wenn Sie abreisen? Wie wird sein Leben sein – nach all dieser Zuwendung? Sie werden nicht Ihr Leben in einem chambre d'hôte in Clermont-Ferrand verbringen.«

Plötzlich stiegen alle Fragen, die ich bislang nicht gestellt hatte, vor mir auf. Aber mittlerweile war auch ich nicht mehr rational. Seit Jahren beherrschte Paul Michel mein Leben. Ich trieb diese Bindung einfach bis zur letzten Konsequenz. Ich ging zum Angriff über.

»Es ist nicht Ihr Ziel, Ihre Patienten für immer hinter Schloß und Riegel zu halten. Das kann nicht sein. Wenn er krank ist, arbeiten Sie auf seine Heilung hin. Sie haben gesagt, ich hätte einen guten Einfluß auf ihn gehabt. Selbst ich kann den Unterschied erkennen. Wie kann er hier raus, wenn er niemanden hat, der ihm hilft? Und nicht weiß, wohin? Geben Sie ihm Ausgang mit mir. Für einen Tag. Und später für einen Monat vielleicht? Als Urlaub. Irgendwohin. Wann hat er zuletzt Urlaub gehabt? Dies ist seine Chance. Ich bin seine Chance. Wollen Sie ihm diese Chance verweigern?«

Sie sah mich an, als brächte ich sie zur Verzweiflung.

»Ich bräuchte eine irgendwie geartete Garantie von Ihnen, das ist Ihnen hoffentlich klar. Er müßte in jedem Ort, an dem Sie sich aufhalten, bei der Klinik oder dem Hôpital de Jour registriert werden. Und bei der Polizei. Es ist ein ziemlicher Papierkrieg zu bewältigen, um seine Beurlaubung durchzusetzen. Es könnte eine ganze Weile dauern. Ich muß sie bei der Préfecture beantragen. Er muß vor den medizinischen Untersuchungsausschuß. Und der muß seine Entscheidung einstimmig treffen. Er kann nicht einfach gehen. Es ist vorher einiges zu tun.«

»Dann tun Sie es.« Mein Ton war fast grob. »Tun sie es. Lassen Sie ihn gehen.«

Sie verschluckte etwas, das ihr schon auf der Zunge lag. Ich nutzte meinen unerwarteten Vorteil aus.

»Und geben Sie ihm einen Tag Ausgang mit mir. Morgen. Wir werden Clermont nicht verlassen. Wir werden nur einen Spaziergang durch die Stadt machen. Und essen gehen. Brauchen Sie dafür eine ministerielle Genehmigung?«

Pascale Vaury erhob sich mit ernstem Gesicht.

»Na schön. Gehen Sie jetzt zu Paul Michel. Ich verspreche Ihnen nichts, also machen Sie ihm keine Hoffnungen. Ich werde sehen, was ich tun kann.«

Ich dankte ihr mit kalter Förmlichkeit und entfloh ängstlich durch die stickigen cremefarbenen Gänge, auf der Suche nach den richtigen Türen.

Als ich an dem Tag nach Hause aufbrach, fand ich bei der Anmeldung eine Nachricht für mich vor, die der Drachen mir äußerst widerwillig übergab. Sie enthielt zwei knappe Zeilen in Englisch, auf einem Blatt mit dem Briefkopf der Klinik.

Bekomme erst in 48 Stunden einen Passierschein für Paul Michel. Sie können Samstag mit ihm raus. Ich werde es ihm sagen. Vaury.

Ich tanzte die rue St Jean-Baptiste Torrilhan hinunter. Ich feierte meinen ersten echten Sieg.

Als wir unter den ungläubigen Blicken der Frauen zusammen zum Anstaltseingang hinausschritten, holte ich tief, tief Luft, als wäre ich derjenige, der eingesperrt gewesen war. Paul Michel ging schlicht über die Straße und drehte sich bedächtig zum Graffito an der Wand um; der Autor, der eine nicht überarbeitete Rohfassung begutachtet.

»Hmmm«, sagte er, »niemand hat versucht, meine Schrift zu entfernen. Nicht ganz mittig über der Tür. Aber ich stand auf zwei Stühlen, und es war finstere Nacht.«

»Wann warst du das letztemal draußen?« fragte ich.

»Vor einem Jahr. Als ich von Paris hierhergekommen bin. Den Spruch habe ich im März an die Wand gemalt.«

»Warum bist du da nicht geflohen?«

Er betrachtete mich amüsiert. Und sagte nichts.

»Komm, petit«, er nahm meinen Arm, und wir setzten uns zusammen in Bewegung, »wir gehen.«

Paul Michel blickte distanziert auf die urbane Welt, von der er so lange ausgeschlossen gewesen war, auf eine Weise, die keine Neugier verriet. Er hatte den Blick des neutralen Beobachters, den Gleichmut eines Mannes, der nicht mehr am Tisch saß, seinen Einsatz machte, ins Spiel vertieft war. Er stand rauchend an der Straßenecke und betrachtete die jungen Männer, als wären es wilde Tiere, die hinter einer Glaswand eingesperrt waren. Sein Verhalten enttäuschte mich, ja, es machte mich wütend. Er war weder dankbar noch glücklich, aus seinem Gefängnis entkommen zu sein. Was ich für ihn erreicht hatte, zählte nicht. Er trug die Mauern in sich. Wir tranken in einem Café ein Bier. Er redete nicht mit mir. Gekränkt beschloß ich, eine Geste zu machen, die meine Unabhängigkeit bewies. Ich ging los und kaufte mir den *Guardian* und versuchte, Anschluß an das Tagesgeschehen in England zu finden. Er stand am Flipperautomaten und spielte. Er war nun vollkommen absorbiert. Die blitzenden Lichter, die elektronischen Abprallgeräusche und die hin- und herschießenden Silberkugeln schienen seine Konzentration so zu fesseln, daß alles andere ausgeblendet war. Ich blickte von den Auslandsnachrichten auf, als ich Applaus vernahm. Eine kleine Gruppe von Jungen hatte sich um ihn versammelt. Sein Punktestand war so hoch, daß er den Jackpot gewonnen hatte. Ein Strom von Zwei- und Fünf-Franc-Münzen regnete um seine Knie nieder. Er lachte und drehte sich zu mir.

»Tu vois, petit. Je suis quand même gagneur. Ich kann immer noch gewinnen. Was möchtest du trinken?«

Ich taute ein wenig auf und trank noch ein Bier. Mir fiel

auf, daß er fast nichts trank. Nach einer Weile sagte ich: »Du gewinnst, aber es ist dir völlig egal, ob du gewinnst oder verlierst. Gibt es überhaupt noch etwas, das dir wichtig ist?«

Es kam schärfer heraus als beabsichtigt. Ich konnte seine totale Gleichgültigkeit gegen die Welt und alles in ihr nicht ertragen. Und wenngleich mir meine eigenen Motive nicht klar waren, befürchtete ich, daß seine Gleichgültigkeit sich blind auf mich erstreckte. Jeder hätte ihn finden können. Ich war bloß eine Schachfigur in einem größeren Spiel. Ich war nicht auserwählt.

Er gab lange keine Antwort. Er sah lediglich den Menschenmassen in der Sommersonne zu, wie sie sich durch den Straßenverkehr und über die Bürgersteige schoben. Dann sagte er: »Komm. Ich möchte dir etwas kaufen.«

Wir bogen in die Fußgängerzone ein, und er blieb vor einem Herrenausstatter stehen, der unter anderem unglaublich teure, handgearbeitete Lederjacken verkaufte.

»O nein«, widersprach ich sogleich. »Das kann ich nicht zulassen.«

»Was seid ihr Engländer immer schrecklich ungnädig«, sagte Paul Michel lächelnd und schob mich in das Geschäft.

Ich hatte bisher für alles bezahlt, weil ich annahm, daß er abgesehen von den Münzen, die er dem Automaten entlockt hatte, kein Geld hatte. Wir brachten eine Stunde damit zu, uns in immer teurere Kreationen gehüllt in riesigen Spiegeln zu betrachten.

»Wir müssen beide zum Friseur«, meinte er. »Das machen wir als nächstes.«

Ich hatte noch nie in meinem Leben Interesse dafür aufgebracht, was ich auf dem Leib trug. Früher hatte meine Mutter für Kleidung gesorgt. Als ich zu Hause auszog und im College über mein eigenes Geld verfügte, kaufte ich irgendwelche neutralen Sachen, die paßten. Die Germanistin trug immer Jeans und schwere schwarze Doc Martens mit Schnürsenkeln, die sie dreimal um die Knöchel wickelte. Im Sommer trug sie weite weiße Hemden. Ich hatte sie noch nie im Rock gesehen und glaube nicht, daß sie einen besaß. Paul Michel dagegen fand jedes Detail der äußeren Erscheinung wichtig. In seinen Kommentaren über einzelne Aspekte der um uns ausgebreiteten Jacken, Hemden und Hosen klangen so exakte Standards durch, daß er wirkte wie Yves St Laurent bei der Begutachtung der neuen Sommerkollektion.

»Sind dir meine Sachen auf die Nerven gegangen?« fragte ich kläglich, während ich meine Transformation vom Frosch zum Prinzen beobachtete.

»Nein«, sagte er. »Bei deinem zweiten Besuch habe ich etwas dazu gesagt. Aber um die Wahrheit zu sagen, hatte ich aufgehört, darauf zu achten. Doch da du heute mit mir ausgehst, möchte ich, daß du umwerfend aussiehst. Okay?«

Den Verkäufer trieben Paul Michels Wünsche und Beanstandungen nicht etwa zur Verzweiflung, er war vielmehr entzückt. Aber ich war wie vom Donner gerührt, als Paul Michel ein Scheckbuch und seinen Personalausweis zückte und einen Scheck auf über 4000 Francs ausstellte. Ich war sprachlos. Ich stand unter dem Eindruck, daß er mittellos war, keine Bürgerrechte besaß und ganz bestimmt kein gültiges Reisedokument und kein Scheckbuch.

»Ich wußte nicht, daß du Geld hast«, brachte ich schließlich hervor.

»Ich bin ziemlich reich.« Er lächelte ironisch. »Hast du nicht selbst gesagt, daß meine Bücher Pflichtlektüre sind, petit? Im service fermé gibt es keine Geschäfte. Ich komme selbst für meinen Aufenthalt in Sainte-Marie auf, weißt du. Ich falle dem Staat nicht zur Last.«

Wir standen mit Plastiktüten, die unsere alten Kleider enthielten, auf der Straße. Paul Michel lachte mich laut aus.

»Na, petit? Und du hast mir diese ganze Liebe und Aufmerksamkeit geschenkt, ohne je an eine Entschädigung zu denken? Niemand kann dir nachsagen, daß du ein Glücksritter bist.«

Er nahm mir die Plastiktüte aus der Hand, ohne daß ich mich wehrte, und schleuderte sie zusammen mit seiner eigenen in einen riesigen grünen städtischen Müllcontainer. Der Deckel schlug zu.

»Jetzt lassen wir uns die Haare schneiden, trinken im Café vor dem Dom einen Apéritif und genießen die Blicke. Dann gehen wir in der Crêperie essen.«

Ich überließ mich seiner Führung.

Das Quinze Treize lag in einem uralten Gebäude im Dombezirk. Das Restaurant hatte viele kleine Nebenräume. Drinnen war es dunkel und heiß. Sämtliche Türen und winzigen bleiverglasten Fenster, die auf die beiden kleinen Terrassen unterhalb des dicken Treppenturms hinausgingen, waren weit geöffnet. Der Eingang lag fast unsichtbar in einem niedrigen Bogengang hinter zwei dicken, mit Nägeln beschlagenen Türen. Um halb acht war das Restaurant bereits fast voll. Unten im Gewölbekeller gab es offenbar eine Bar mit einem Klavier. Wir hörten, wie eine Sängerin sich einsang. Ich schaute die schiefe Treppe hinauf und hörte von oben Lachen. Paul Michel plauderte mit dem Mann hinter der Bar wie mit einem alten Bekannten, und wir wurden unverzüglich zu einem ausgezeichneten Tisch am Fenster geleitet. Der Kellner ließ das kleine Schild mit der Aufschrift »Reservé« verschwinden.

»Kanntest du ihn?« fragte ich beeindruckt.

»Nein«, lächelte Paul Michel.

»Der Tisch war reserviert. Hattest du vorher angerufen?«

»Nein.« Er grinste einen Augenblick. »Aber ich habe ihm erklärt, daß wir aus dem Rathaus sind und daß ich ein Referent des Bürgermeisters bin und daß der Bürgermeister persönlich später zu uns stoßen wird. Deswegen haben wir einen Tisch für drei Personen.«

Ich sah ihn mit offenem Mund an.

»Was? Das hast du ihm alles erzählt?«

»Mais bien sûr. Denn wenn er herausbekommt, daß wir aus Sainte-Marie entlaufen sind, dann ist die Geschichte absolut glaubhaft. Wenn ich verrückt bin, denke ich vermutlich wirklich, daß ich für einen wichtigen Mann arbeite.«

»Du bist unmöglich.« Ich versteckte mich hinter der Speisekarte. Ich wollte nicht, daß er sah, wie ich lachte.

Geradezu entzückt war ich über die Art, wie er von uns beiden als entlaufenen Irren gesprochen hatte. Zum Essen genehmigte er sich ein Glas Wein und begann dann, mir Geschichten zu erzählen. Er redete, als wären wir alte Freunde; er erzählte mir Geschichten aus seiner Kindheit. Er dachte über die Bedeutungen des Wahnsinns nach. Ich lauschte gebannt. Hier ist alles, woran ich mich erinnere.

»Selbst in Toulouse war das Quartier wie ein Dorf. Es gab eine kleine spanische Bevölkerungsgruppe und eine noch kleinere arabische. Jetzt leben dort natürlich mehr. Das war in den fünfziger Jahren. Während des Algerienkrieges. Ein arabischer Greis, der immer ein frisches weißes Gewand trug, saß auf einer Bank vor seinem Haus und sang den Koran. Er sang schön; er verströmte Tag für Tag alle Poesie der Lobpreisung. Und alle Kinder sammelten sich um ihn, um zuzuhören. Bis es sechs Uhr läutete. Dann schlugen seine Stimmung und der ganze Diskurs vollständig um, und er geiferte über nichts als Sex und Ficken; in einem einzigen langen Strom von Obszönitäten. Die Kinder wurden sofort verjagt, wenn seine Enkeltochter um sieben Uhr von der Arbeit kam und ihn ins Haus holte. Aber bis dahin hatten wir eine ganze Stunde falsch ausgesprochener französischer Schweinereien genießen dürfen, die uns vor Glück fast platzen ließen. Sie sperren ihre Verrückten nicht ein. Sie geben ihnen frische weiße Gewänder und setzen sie vor die Tür, daß sie weissagen …

Und in unserem Dorf in Gaillac gab es einen Mann mit sehr langen Fingernägeln, der oft zwischen der Bäckerei und der Kneipe hin und her lief und zehn Francs von jedem verlangte, der vorbeikam, und drohte, einem das Gesicht abzureißen, wenn man ihm das Geld nicht gab. Wir sind nicht alle eingesperrt, weißt du …

Ich war ein Einzelkind. Ich wanderte oft bei Sonnenuntergang durch die Weingärten über unserem Haus. Dann redete ich mit den mit Schals behangenen Vogelscheuchen in ihren zerbeulten, gestopften Hosen und ihren alten flachen Mützen. Mein Großvater ertappte mich, wie ich um eine Vogelscheuche tanzte und sie aufforderte, mit mir zu tanzen. Und er brüllte mich an, wenn ich mir Dinge einbildete, würde ich wie meine Großmutter enden, die in jungen Jahren ihren Verstand verloren hatte. Sie summte und murmelte in einem fort vor sich hin. Aber ich bin nicht wie sie. Ich bin wie er …

Alle Schriftsteller sind irgendwie verrückt. Nicht les grands fous wie Rimbaud, aber verrückt, im wahrsten Sinne verrückt. Weil wir nicht an eine stabile Realität glauben. Wir wissen, daß sie zerspringen kann, in tausend Scherben wie eine Glas- oder eine Windschutzscheibe. Aber wir wissen auch, daß die Realität erfunden, neu geordnet, konstruiert, neu geschaffen werden kann. Das Schreiben an sich ist ein Akt der Gewalt gegen die Realität. Findest du nicht, petit? Wir tun es, lassen es dort geschrieben stehen und schleichen uns unerkannt davon … Weißt du, was sie mit mir in der Anstalt zu machen versuchen, petit? Sie versuchen mich für meinen eigenen Wahnsinn verantwortlich zu machen. Das ist eine sehr ernste Sache. Was für eine Beschuldigung …

Eine meiner Halluzinationen ist, daß ich der letzte Mensch bin und daß vor mir nichts liegt außer einer Wüste, in der wahrscheinlich alle tot sind …

Ich erzähle Geschichten. Wir erfinden alle Geschichten. Ich erzähle dir Geschichten, die dich zum Lachen bringen. Ich liebe es, dich lachen zu sehen. Ich werde niemals aus diesem Gefängnis endloser Geschichten entkommen … Magst du noch einen crêpe sucré mit Grand Marnier und Sahne? Komm schon, du willst doch einen …

Hast du gelesen, was Foucault über das Irrenhaus schreibt? Wahnsinn ist Theater, ein Schauspiel. Wir haben im Französischen kaum Worte für das, was wir unter Wahnsinn verstehen. Andere Sprachen haben ein ganzes Kaleidoskop von Wörtern für Geisteskranke: irr, töricht, einfältig, idiotisch, toll, umnachtet, manisch, debil, schwachsinnig. Es ist wichtig, über all diese Begriffe hinauszugehen. Sieh dich an, petit, nur ein Irrer würde sich auf die weite Reise nach Clermont machen, um einen Mann zu finden, der seit fast zehn Jahren eingesperrt ist – und mit so wenig Hoffnung, mich jemals zu finden. Ohne zu wissen, wen du finden würdest.«

Er studierte sorgfältig mein Gesicht.

»Wahnsinn und Leidenschaft waren schon immer austauschbar. In der ganzen literarischen Tradition des Abendlandes. Wahnsinn ist eine Überfülle des Daseins. Wahnsinn ist eine Art, sich schwierigen Fragen zu stellen. Was meinte er, der machtlose, hochfahrende König? O Narr, ich werde rasend!

Vielleicht ist Wahnsinn der Exzeß der Möglichkeit, petit. Und im Schreiben geht es darum, die Möglichkeit auf eine Idee, ein Buch, einen Satz, ein Wort zu reduzieren. Wahnsinn ist eine Form sich auszudrücken. Er ist das Gegenteil von Kreativität. Wenn du wahnsinnig bist, kannst du nichts schaffen, das von dir loszulösen ist. Und doch, sieh dir Rimbaud an – und euren wundervollen Christopher Smart. Aber du darfst keine romantischen Vorstellungen davon hegen, was es heißt, wahnsinnig zu sein. Meine Sprache war mein Schutz, meine Sicherung gegen den Wahnsinn, und als niemand mehr da war, der zuhörte, erlosch meine Sprache mit meinem Leser.«

Ich konnte nicht widerstehen. Ich riskierte es.

»Darf ich dich nach Foucault fragen?«

Seine Antwort kam wie aus der Pistole geschossen, voll Zorn.

»Nein.«

Ich konnte meinen Fehler nicht widerrufen. Ich suchte nach Worten, bat murmelnd um Verzeihung. Seine Miene hatte sich vollkommen verändert, sein Gesicht verzerrte sich vor Schmerz, und entbrannte gleich darauf in grausamer, unbändiger Wut. Er stand auf.

»Du enttäuschst mich, petit. Ich fing schon an zu glauben, du könntest vielleicht kein Dummkopf sein.«

Was dann geschah, ging so schnell, daß ich nicht genau sah, was passierte. Als Paul Michel aufstand, tauchte ein Mann hinter ihm auf und rempelte ihn leicht an. Der Mann machte eine Bemerkung. Ich konnte die Worte nicht verstehen, aber der Ton war boshaft, wissend, anzüglich und unmißverständlich aggressiv. Der Mann machte eine Kopfbewegung in meine Richtung, und was er sagte, war selbst ohne Worte eindeutig.

Paul Michel versetzte ihm unversehens zwei Schläge, einen in den Magen und einen ins Gesicht. Er polterte krachend gegen den Tisch hinter uns. Die Frauen sprangen auf, umklammerten ihre Handtaschen und schrien. Der ganze Raum löste sich in Chaos auf, als irgend jemand Paul Michel am Hemdkragen packte. Ich warf mich auf den Mann, der ihn angefaßt hatte, und spürte kurz darauf, wie meine Schultern zwischen die Töpfe mit roten Geranien fuhren, die auf der Fensterbank aufgereiht waren. Zwei davon stürzten auf einen der draußen stehenden Tische und begruben das darauf befindliche Essen unter feuchter Erde und Wurzeln. Unterdessen war der Mann, der den Vorfall ausgelöst hatte, wieder auf den Beinen, und es war ihm ziemlich gleichgültig, wen er attackierte, sofern er nur seine Rache bekam. Er ging auf mich los. Ich duckte mich aus seiner Reichweite. Paul Michel schlug ihm mit einer Flasche den Schädel blutig. Das Blut spritzte auf die zerbrochenen, leeren Steingutteller. Alle im Raum schienen zu schreien.

Und genauso rasch war alles wieder vorbei. Ein Mann mit riesigen nackten Armen und einer Schürze, der offensichtlich aus den dampfenden Tiefen der Küche emporgestiegen war, schleppte Paul Michel und den Aggressor auf den Korridor hinaus. Ich nahm unsere Jacken und lief hinterher. Überraschenderweise bestand niemand auf Erklärungen. Die Geschäftsleitung wollte uns alle so schnell wie möglich aus dem Restaurant haben. Eine laut schnatternde Frau bedrängte mich. Ich verstand kein Wort von dem, was sie sagte. Irgend jemand entführte sie in Richtung der Toiletten. Um uns herum gingen das samstägliche Tellergeklapper und die dröhnende Musik weiter, als wäre nichts geschehen. Ich hörte Paul Michel mit großem Aplomb sagen: »Ich werde selbstverständlich den Bürgermeister unterrichten …«

Und der Geschäftsführer des Quinze Treize entschuldigte sich überschwenglich. Ich stolperte hinter Paul Michels würdevoll gestrafftem Rücken durch den Bogengang und hinaus auf die Straße.

»Hast du bezahlt, petit?« fragte er und legte den Arm um mich.

»Nein.«

»Gut. Ich auch nicht. Du bist nicht verletzt?«

»Nein, ich glaube nicht.«

Er staubte mich ab und rückte meine Kleidung zurecht. Ich hatte Blumentopferde an meinem neuen weißen Hemd.

»Das läßt sich auswaschen. Weich es heute abend ein. Komm. Wir gehen in eine Bar.«

Wir gingen durch die dunkel werdenden Straßen bergab. Er hatte immer noch den Arm um meine Schultern.

»Hör zu«, sagte ich, »es tut mir leid …«

»Pscht …« Er hielt mir den Mund zu und zog mich so zu sich herum, daß ich ihm gegenüberstand. Wir sahen uns eine schreckliche Sekunde lang an. Dann sagte er: »Dich würde ich niemals schlagen.«

Er zog mein Gesicht zu sich heran und küßte mich, ohne die Passanten zu beachten, auf offener Straße heftig auf den Mund. Wir liefen weiter bis zur Place de la Victoire. Paul Michel war die Ruhe selbst, und ich zitterte vor Angst.

Drei Tage darauf saßen wir rauchend, wie üblich nebeneinander, draußen im Garten. Ich las, und Paul Michel lag ausgestreckt auf einer langen Steinbank und betrachtete mit halbgeschlossenen Augen das Spiel von Licht und Schatten oben in den Linden. Keiner von uns beiden hörte Pascale Vaury kommen. Sie muß eine ganze Weile dagestanden und uns beobachtet haben. Ich hatte keine Ahnung, was bevorstand, aber ich glaube, er schon.

Paul Michel unterschied sich grundlegend von allen anderen Menschen, die ich je kennengelernt hatte, ob Mann oder Frau. Er hatte keine spezifischen Ansprüche an mich gestellt, und dennoch forderte er alles, was ich hatte; all meine Zeit, Energie, Kraft und Konzentration. Denn seit dem katastrophalen Abend im Quinze Treize hatte sich irgend etwas gründlich zwischen uns geändert. Das Gleichgewicht der Macht hatte sich verschoben. Ich hatte die Sache nicht mehr unter Kontrolle, und der Ausgang war ganz und gar zweifelhaft.

»Ich habe Neuigkeiten für Sie beide«, sagte Pascale Vaury mit ausdrucksloser Miene. Ich zuckte beim Klang ihrer Stimme zusammen und blickte auf. Paul Michel gab durch nichts zu erkennen, daß er sie bemerkte. Er sah weiter in die Bäume hinauf. Trotzdem sprach sie ihn an, nicht mich.

»Ich habe für Sie in der Préfecture eine zeitweilige Beurlaubung beantragt. Ich sollte dazu sagen, daß ich unter einigem Druck stand, den Antrag zu stellen. Ich bin von Ihrem gesetzlichen Vormund mit Anrufen bombardiert worden. In Anbetracht des Prestiges, das er in Medizinerkreisen genießt, blieb mir keine Wahl. Meine Zweifel habe ich geäußert. Dennoch, der Antrag ist genehmigt worden, unter der Bedingung, daß der medizinische Untersuchungsausschuß ebenfalls zu einer positiven Entscheidung gelangt. Sie werden morgen vor den Ausschuß kommen. Wenn alles gutgeht, können Sie Samstag abreisen, spätestens Montag. Ich gehe davon aus, daß Sie diesmal wirklich raus wollen.«

Sie hielt inne und sah Paul Michel kritisch an. Er richtete sich auf.

»Ich werde darüber nachdenken«, sagte er trocken.

»Tun Sie das«, sagte sie, »und falls Sie wirklich entlassen werden wollen, benehmen Sie sich vor dem Ausschuß besser als beim letzten Mal.«

Ich war schrecklich aufgeregt und besorgt, und entmutigt von Paul Michels Mangel an Begeisterung. Pascale Vaury fuhr fort: »Ich habe Ihren erfolgreichen Ausflug vom letzten Samstag erwähnt.« Ich hielt den Atem an. »Der sollte zu Ihren Gunsten zählen.«

Die Prügelei im Quinze Treize war unentdeckt geblieben. Das einzige ungelöste Rätsel blieb, wie Paul Michel mir zufrieden erzählte, ein unerklärlicher Brief der Geschäftsleitung des Quinze Treize an den Bürgermeister von Clermont. Bis zum Ende der Woche machten sich darüber die Journalisten der Lokalzeitungen lustig.

Paul Michel stand auf, streckte sich und gähnte ihr ins Gesicht.

»Und was schlagen Sie vor, wo ich hin soll, Dr. Vaury?«

Sie lächelte ironisch.

»Wohin Sie wollen, innerhalb der Landesgrenzen. Sie dürfen Frankreich nicht verlassen. Aber Sie müssen sich bis Samstag entscheiden, damit wir Sie bei der Polizei und der örtlichen Klinik anmelden – und ihnen Ihre Unterlagen zufaxen können.«

»Na, wie gesagt, ich werde darüber nachdenken.« Paul Michel legte sich arrogant und vollkommen beherrscht wieder hin, als wäre sie entlassen. Mit einem Mal beugte sie sich zu ihm hinunter und strich ihm mit der Zärtlichkeit einer Mutter sanft über die Wange.

»Ecoute-moi. Sois sage«, sagte sie, drehte sich auf dem Absatz um und marschierte davon. Ich blickte ihr nach.

Paul Michel lag da, sah in die Bäume hinauf und lachte leise. Zum erstenmal ging mir auf, daß seine Unverschämtheit ihr gegenüber eine Form von Theater war. Zwischen ihnen herrschte vollkommenes Vertrauen, sogar eine Art Komplizenschaft. Die Klinik war sein Zuhause. Dies waren die einzigen Menschen, denen er vertraute, die einzigen Menschen, die er liebte. Ich hatte nichts zu sagen.

Es war, als hätte Paul Michel gemerkt, was in mir vorging. Als wüßte er, daß ich eifersüchtig, beunruhigt, unsicher war. Er stützte sich auf einen Ellbogen auf und sah mich direkt an.

»Es hat keinen Sinn, zuviel Begeisterung an den Tag zu legen, petit. Deshalb war ich so zurückhaltend. Aber ich will gehen. Und mit dir.«

Ein Wort von ihm, und meine ganze Enttäuschung verwandelte sich in Freude. Ich schämte mich, so von einem anderen Menschen abhängig zu sein.

»Was hast du vor dem Ausschuß gemacht das letzte Mal?« fragte ich mißtrauisch.

»Ich hab sie zum Tanzen aufgefordert, sie beschimpft, als sie nicht wollten, und ihnen dann etwas vorgetanzt.«

»O Gott. Sie werden dich für immer einsperren.«

»Ja.« Er seufzte. »Ich hatte Lust zu tanzen, und darauf haben sie das getan, wozu sie sich verpflichtet fühlten.«

Er rauchte zwei Zigaretten an, gab mir eine und sagte dann: »Ich wußte damals wirklich nicht wohin, petit.«

Mir ging sofort auf, wie schrecklich das war, was er da sagte.

»Aber dein Vater lebt doch noch ...«

»Er hat Alzheimer.«

»Hast du sonst keine Familie?«

»Und die wird sich darum reißen, einen homosexuellen Schriftsteller bei sich aufzunehmen, der seinen Beruf aufgegeben hat?« Die Verachtung in seiner Stimme war schneidend.

Ich holte tief Luft.

»Du hast mich.«

»Ich weiß.«

Es entstand eine Pause zwischen uns.

»Hast du einen Führerschein, petit?« fragte er beiläufig, und die Spannung wich.

»Ja.«

»Kennst du dich mit Autos aus?«

»Nicht sehr gut. Ein bißchen.«

»Okay. Ich gebe dir einen Scheck über zwanzigtausend Francs. Kauf ein kleines Auto, das fährt. Das Ehepaar, bei dem du wohnst, hilft dir bestimmt. Ich mache ein paar Anrufe und sage dir, was du tun mußt. Du wirst die Zulassung in der Préfecture und die Versicherung selbst regeln müssen. Geh zur Mutuelle. Sie ist die billigste. Ich werde Vaury dazu bringen, dir meinen Ausweis zu geben, damit du alles unterschreiben kannst. Du kannst die Zulassung in meinem Namen ausschreiben lassen, aber die Versicherung muß auf deinen Namen laufen. Ich darf nicht Auto fahren. Denk daran, deine Adresse in Clermont als deine Daueranschrift anzugeben. Sag, du wohnst seit einem Jahr dort. Und erwähne Sainte-Marie mit keinem Wort. Du wirst deinen Führerschein und deinen Paß brauchen. Hast du beides? Gut. Du wirst das Auto bar bezahlen müssen. Aber für alles weitere gebe ich dir ein paar Blankoschecks mit. Kauf einen 2CV oder einen R 4, wenn du einen finden kannst. Sag mir Bescheid, falls du mehr Geld brauchst. Ich stelle eine Liste der Dinge zusammen, die du kaufen mußt.«

Das Unternehmen begann nach einem militärischen Feldzug zu klingen. Zweifel hatte ich nur wegen des medizinischen Untersuchungsausschusses. Mir war plötzlich klar, daß Paul Michel ebenfalls besorgt war.

»Was ist, wenn wir diesen ganzen Aufwand treiben und sie dich nicht entlassen?« fragte ich.

»Es ist keine große Sache. Man wird von drei Ärzten begutachtet. Vaury wird auch da sein. Sie muß ziemlich sicher sein, daß sie es schaukeln kann.«

»Dann tu, was sie sagt, und benimm dich. Du hast Jahre damit zugebracht, zu tun, als wärst du wahnsinnig …«

»Und damit, wirklich wahnsinnig zu sein«, unterbrach Paul Michel grimmig.

»Dann tu jetzt, als wärst du gesund.«

»Wie mache ich ihnen vor, daß ich gesund bin, petit? Was ist gesundes Verhalten? Sag es mir.«

»Sag nichts.«

»Aber ich habe einmal ein ganzes Jahr lang nichts gesagt. Nichts. Absolutes Schweigen. Sie haben mich in die geschlossene Abteilung gesteckt.«

»Ein ganzes Jahr? O Gott, das ist verrückt.«

Er grinste wie ein gerissener Spaßvogel.

»Auf wessen Seite bist du?«

Ich packte ihn bei den Schultern und schüttelte ihn.

»Auf deiner, du Mistkerl. Deiner.«

Ich lächelte hilflos. Er hatte entsetzliche Angst, daß es nicht klappen würde.

»Hör zu. Antworte einfach ruhig auf ihre Fragen. Sie wollen dich doch rauslassen. Ich habe mit Dr. Vaury gesprochen. Du bist nicht HIV positiv ...«

»Erstaunlicherweise.«

»... und du warst eine sehr lange Zeit nicht mehr gewalttätig.«

»Wenn man von letztem Samstag absieht.«

»Du bist provoziert worden. Und ich auch. Hör zu. Du bist nicht drogenabhängig, du mußt nur ein paar Medikamente schlucken. Du kommst gut mit mir aus. Wir können mindestens einen Monat bekommen. Vielleicht mehr. Vielleicht zwei Monate. Dann werde ich dich vermutlich zur Beobachtung oder zur Untersuchung zurückbringen müssen. Aber wenn du das überstehst, lassen sie dich wieder gehen.«

»Bleibst du bei mir, wenn ich vor den Ausschuß muß?« fragte er mit starrem Gesicht. Mein Herz zuckte vor Mitleid.

»Das geht nicht. Das weißt du. Das lassen sie nicht zu. Du mußt es allein durchstehen. Paß gut auf. Laß dir Zeit.«

Wir sahen uns an.

»Um Himmels willen, Paul Michel. Bitte, bitte, provoziere sie nicht.«

Er lachte. Und ich hatte das Gefühl, daß ich die Mauern überwunden hatte und nun mit Schwester Marie-Marguerite und Pascale Vaury in einer Reihe stand. Jetzt war unsere Komplizenschaft perfekt.

Und wenn dies eine Oper wäre, würde ich nun das Vorspiel zum letzten Akt geben. Ich habe diesen Sommer, dieses Jahr, in allen Sommern seither so oft im Kopf durchgespielt, daß es jetzt mehr ist als eine Erinnerung. Es ist zu einem Scheideweg, einer Warnung geworden. Meine Erinnerung ist eine Geisterstadt, immer noch voll von Hitze und Farbe, beherrscht von Paul Michels Stimme. Ich werde oft von Leuten gebeten, ihn zu beschreiben. Dann sage ich, daß er auch in

Wirklichkeit so gut aussah wie auf den alten Fotos. Er war meistens geradezu unheimlich still. Er saß mit seiner Zigarette wie in einer Pose erstarrt da. Er fiel den Leuten auf, weil er bereits aussah wie eine Fotografie oder ein Gemälde. Seine dunkelgrauen Augen waren erstaunlich leidenschaftslos, ja kalt. Und sein Blick auf die Welt war der eines Außerirdischen auf einer Forschungsexpedition. Sie war da, um beobachtet, verstanden und analysiert zu werden. Er sammelte Daten. Aber er spielte nicht mit, er hielt sich raus. Woran ich mich noch intensiver erinnere, ist seine Stimme und sein maßloses, außergewöhnliches Lachen. Die meisten Fotos zeigen einen Mann ohne Lächeln. Und das ist auch richtig, so war er, launisch, ehrfurchtgebietend, der König in einem Exil eigener Wahl. Aber wir wurden Freunde. Und er redete viel mit mir; oft, wenn wir nebeneinander saßen, im Auto, in Bars, in Parks, auf der Strandmauer. Wir saßen immer nebeneinander. So daß ich mir am stärksten seiner Hände, seines Gesichts im Profil bewußt war. Aber ich werde nie den Klang seiner Stimme vergessen, und die Art, wie er mit mir redete.

Ich werde nie genau wissen, was vor dem medizinischen Untersuchungsausschuß geschah. Ich weiß nur, daß er sich danach mit Pascale Vaury stritt, und daß sie auf dem Gang sogar die Stimme erhob. Aber sie hatten beschlossen, ihn rauszulassen. Man hatte uns eine Frist von zwei Monaten gewährt, vom 9. August bis zum 4. Oktober, der Woche, in der mein Semester in Cambridge anfangen sollte. Ich verbrachte zwei Tage bei Gebrauchtwagenhändlern, Banken und Versicherungen. Monsieur und Madame Louet halfen mir mit den Formalitäten. Ich durfte ihr Telefon benutzen. Sie kannten jemanden, der jemanden kannte, der mir ein gutes Auto beschaffen konnte, günstig. Die Reise bereitete ihnen Sorge. Ich brach ohne festes Ziel auf, und mit Paul Michel. Madame Louet war überzeugt, daß er zu Unrecht eingesperrt worden war, schon allein deshalb, weil er am Telefon immer so reizend war. Sie las eines seiner Bücher, war von der ersten Seite an gefesselt und tauchte zwei Tage später schockiert und beeindruckt wieder daraus auf. Ich wurde in der Phantasie der beiden zu einer Figur aus einer Heldenromanze. Aber es fiel ihnen ziemlich schwer, Paul Michel in die Rolle der verfolgten Jungfrau zu pressen. Immerhin sagte Madame Louet laut, was ich schon immer gedacht hatte, nämlich daß er, wenn er dem Bild auf dem Schutzumschlag nur annähernd ähnelte, mehr als gutaussehend war, er war schön.

Ich hatte der Germanistin zuletzt aus Paris geschrieben. Sie hatte kurze, nur auf einer Seite beschriebene Briefchen geschickt, in denen sie mir über den Fortgang ihrer Forschungsarbeit berichtete. Aber dann geschah etwas Seltsames. Sie rief mich bei den Louets an. Sie rief aus einer Telefonzelle an, deshalb fragte ich nicht, wie sie an die Nummer gekommen war. Wir brüllten einander über eine weite Kluft hinweg an. Zu meiner Überraschung log ich sie an.

»Mir geht es gut. Ja … Ich hab ihn kennengelernt. Er ist erstaunlich. Wir führen ungewöhnliche Gespräche …«

Aber sie stellte keine Fragen. Ihr gingen die 50-Pence Münzen aus, und das letzte, was ich hörte, waren die folgenden Worte:

»Vergiß nicht. Ich bin auf deiner Seite. Paß gut auf dich auf. Vergiß nicht, wozu du bei ihm bist. Vergiß nicht …«

Dann wurde ihre Stimme von dem elektronischen Brummen abgeschnitten. Ich schrie meine Versprechungen ins Leere.

Ich hatte aufgehört, nach Hause zu schreiben. Ich hatte ihnen gar nicht erst meine Adresse in Clermont geschickt. Die Briefe, die meine Eltern nach Paris schickten, mußten an den Absender zurückgegangen sein. Ich schickte ihnen am letzten Tag eine Postkarte, auf der ich schlicht mitteilte, daß ich mit einem Freund auf Reisen ginge und daß ich mich telefonisch melden würde, falls wir irgendwo länger zu bleiben beschlossen. Von ihrem seltsamen Anruf verwirrt, kaufte ich eine Postkarte für die Germanistin. Ich klebte eine Marke darauf. Ich trug die Anschrift in Maid's Causeway ein. Dann wußte ich nicht, was ich schreiben sollte. Also steckte ich die Karte in eines meiner Bücher, unabgeschickt, ungeschrieben.

Montag morgen um zehn Uhr wartete ich vor der Tür der Klinik auf ihn. Er kam pünktlich heraus und wirkte munter, fröhlich.

»Und«, sagte er, »wo soll es hingehen?«

»In die Ferien. Wohin sonst, du Idiot? Es ist August. Außerdem denke ich, du mußtest Dr. Vaury angeben, wohin wir fahren. Die Entscheidung habe ich dir überlassen.«

Er stieß einen lauten Schrei aus.

»Nach Süden. Nach Süden in den Midi. Welches Auto ist unseres?«

Er sprang auf den 2CV zu und machte sich sogleich fachmännisch daran, das Dach zurückzurollen, während ich seine Taschen zu meinen in den Kofferraum stopfte. Ich sah ihn mir genau an. Er war gut rasiert, leicht gebräunt. Er hatte zugenommen. Er wirkte wie ein Mann, der dem Grab entkommen war.

DER MIDI

Wir fuhren in einer Hitzewelle nach Süden. Ich hatte verschiedene Straßenkarten gekauft, aber wir brauchten sie nicht. Paul Michel sagte mir einfach, wie ich fahren sollte. Wir fuhren durch die Schluchten der Ardèche zur A1 hinunter. Es gab eine Menge Urlaubsverkehr auf der Straße, und ich war noch nie auf der rechten Seite gefahren. So kurvten wir sehr langsam durch die grünen Berge talwärts, vorbei an Pinienwäldern, die in der heißen Luft flimmerten, vorbei an schroffen weißen Felsen, Erdrutschen, Rastplätzen mit überquellenden Mülleimern und zu Rinnsalen geschrumpften Flüssen, und sammelten hinter uns eine wütende Schlange gefährlicher Autofahrer, die den 2CV mitsamt dem zitternden Neuling am Steuer am liebsten in den Abgrund gestoßen hätten. Paul Michel ließ das vollkommen kalt. Er stieg auf den Sitz und beschimpfte sie alle durch das Sonnendach. Er spielte Rockmusik auf seinem großen Transistorradio. Er warf sogar eine Cola-Dose auf einen frustrierten Mercedes.

Dann sagte er: »Halt ab und zu an und laß sie alle vorbei, petit. Sonst kriegen wir alle einen Herzinfarkt.«

Wir umfuhren Aubenas und schossen plötzlich aus den Bergen in das Rhônetal hinab. In Montélimar hielten wir an, um etwas zu trinken. Mein T-Shirt war vor Hitze und Angst schweißnaß.

»Zieh es aus«, sagte Paul Michel. Ich zögerte. Wir standen auf einem Platz voller Menschen und kleiner Cafés. Es waren fast 37 Grad im Schatten. »Komm schon. Sei nicht so schüchtern.«

Ich zog zutiefst verlegen mein T-Shirt aus. Er betrachtete mich anerkennend und wusch dann mein ohnehin nasses Hemd im Brunnen aus.

»Wenn ich so bezaubernd wäre wie du, petit«, sagte er sanft, »würde ich keine Hemden tragen. Ich glaube, ich würde mir nicht einmal welche kaufen.«

Ich saß triefnaß, angenehm abgekühlt unter einer Platane, trank Espresso und rauchte. Paul Michel war entspannt, ganz in sich ruhend. Offensichtlich liebte er das Reisen. Ich begriff in diesem Moment, daß er jeden Hafen hinter sich gelassen hatte. Er besaß kein Haus, keine Wohnung, kein Zimmer. Es gab keinen Speicher mit seiner Habe, irgendwo in irgendeiner Stadt. Er hatte keine Adressen. Er lebte in der Gegenwart. Wir verdösten fast den ganzen Nachmittag auf einer schattigen Wiese. Nach sechs machten wir uns auf nach Süden, immer nach Süden. Das kleine Auto ratterte symphonisch.

»Bleib auf der Autobahn, und wir fahren durch die Nacht. Dann ist weniger Verkehr«, sagte Paul Michel, »und kühler ist es auch.«

Er hatte mir immer noch nicht gesagt, wohin wir fuhren. Wir hielten an der Autobahnraststätte südlich von Salon-de-Provence, und er machte einen Anruf. Ich sah zu, wie er die ersten Zahlen wählte 93.91 … Eine Nummer in Nizza.

»Alain? Oui, c'est moi … Oui, comme tu dis … Evadé encore une fois … Non, j'ai la permission … suis pas si fou que ça … Ecoute, j'arrive avec mon petit gars … T'as une chambre? D'accord … On verra … Vers minuit? Ou plus tard … ça te dérange pas? … Bien, je t'embrasse très fort … ciao.«

»Aha«, sagte ich, als er die Tür des gläsernen Infernos aufstieß, »wir fahren nach Nizza.«

»Ungefähr fünfundzwanzig Kilometer hinter Nizza, mein

kleiner Detektiv.« Er umarmte mich. »Komm, wir gehen duschen.«

»Duschen?«

Die Straßen waren an diesem Tag so heiß gewesen, daß Leute in ihren Autos gestorben waren. An allen Tankstellen hatte man draußen Duschen eingerichtet; ein feiner kalter Sprühregen ging aus kräftigen Düsen auf eine riesige gepflasterte Fläche nieder. Manche Leute tanzten mit Badezeug im Sprühregen, manche splitternackt, manche in voller Kleidung. Paul Michel nahm seine Uhr ab und packte seelenruhig seine und meine Geldbörse in den Kofferraum, steckte die Schlüssel in die Tasche, zog seine Espadrilles aus und trat in den Sprühregen. Es war acht Uhr abends. Es waren immer noch 35 Grad. Ich zögerte am Rand und spürte, wie sich auf meinen Armen die ersten feinen Tropfen bildeten. Paul Michel schloß sich einer Horde kreischender, tanzender Italiener an und forderte eines der jüngsten Mädchen zum Tanzen auf, ein schlaksiges Kind von ungefähr vierzehn Jahren, deren schwarze Zöpfe ihr klatschnaß über den Rücken des durchweichten Kleides hingen. Die ganze Familie klatschte und johlte, während sie lachend über die dampfenden Steine wirbelten.

Wenn ich die Augen schließe, sehe ich das Bild wieder vor mir. Ich sehe, wie sehr er sich verändert hatte, wie leicht er Kontakt zu anderen Leuten fand, wie jeder Moment seit seiner Flucht zu einem Fest wurde, einem Tanz. Er war kein Mann, zu dem man leicht Zugang fand. Er war schwer zu durchschauen. Offene Weiten wechselten mit verschlossenen Räumen. In der ersten Zeit, während der täglichen Besuche im Park der Klinik, war ich voller Angst vor seinen Launen, seinen plötzlichen Rückzügen, seiner potentiellen Gewalt auf ihn zugegangen. Jetzt hatte er sich vor meinen Augen verwandelt. Er sah jünger aus, als er war. Er war in jedem Augenblick, in dem wir zusammen waren, präsent, mir nahe, mir zugewandt. Er schenkte mir seine volle Aufmerksamkeit. Aufmerksamkeit ist eine Form der Leidenschaft. Ich war nicht mehr von meiner *mission impossible* besessen, der Rettung Paul Michels. Ich war nicht mehr derjenige, der Geduld übte, der Wartende und Gebende. Auf der Reise nach Süden wandte er mir sein Gesicht zu.

Mal tanzten sie im Kreis, mal in einer langen Schlange. Sie zogen alle Anwesenden mit unter die Dusche, zwei nackte Jungen, eine dicke alte Frau mit einem Tuch um den Kopf, einen Mann, dessen tropfnasse Brille gerade noch auf der Nase saß. Paul Michel streckte den Arm aus und zog mich in den wunderbaren, kalten Sprühregen und in den Tanz hinein. Autos bremsten an dem verbrannten Grasstreifen. Leute versammelten sich, um zuzuschauen, und wir brüllten, klatschten und tanzten in einem ständig wachsenden Kreis unter dem gelben Licht, das die Welt vergoldete.

Es war fast zwei Uhr morgens, als wir vor den riesigen weißen Toren des Studio Bear hielten. Es war einmal eines der modernsten Aufnahmestudios von ganz Europa gewesen. Hier hatte Pink Floyd *The Wall* aufgenommen, wenngleich, wie Alain Legras mir später erzählte, die eigentliche Aufnahme schließlich in dem Betonpilz mit der Chloranlage für das Schwimmbad gemacht worden war, weil dort die Akustik besser war. Paul Michel meinte, er sollte ein Schild am Tor anbringen und Führungen anbieten. Das Studio war während der großen Brände von 1986 ausgebrannt. Alain Legras und seine Frau, die ein Restaurant in Monaco besaß, hatten das gesamte Gelände gekauft und die gewaltigen Restaurationsarbeiten auf sich genommen, endlose Umbauten, neue Dächer, neue Fliesen, neue Anstriche. Viele der riesigen, länglichen Räume, Galerien, Korridore waren noch unvollendet.

Ich war so erschöpft, daß ich kaum sprechen konnte. Als die Tore aufsprangen, wurde ich von einem gigantischen schwarzen Schäferhund namens Baloo umgerannt, dem das Wasser von den gelben Zähnen tropfte und der von einer zügellosen Zuneigung für alle Welt angetrieben wurde. Paul Michel goß mir eine Flasche Badoit in die Kehle und brachte mich in einem riesigen Balkonzimmer zu Bett. Ich hörte ihn noch die Läden schließen, aber da schlief ich schon fast.

Als ich aufwachte, war die Luft im Zimmer schon schwül, ein warmer Wind bauschte die langen durchsichtigen weißen Gardinen, aber die Läden waren noch geschlossen. Paul Michel mußte neben mir geschlafen haben, denn ich sah seine Armbanduhr noch auf dem Tisch an der anderen Seite des riesigen Bettes. Aber ich war allein. Weit entfernt hörte ich Stimmen. Ich rollte mich mit beiden Laken quer über das Bett und sah auf die Uhr. Es war Mittag. Ich fühlte mich, als hätte mir jemand Betäubungsmittel ins Wasser gemischt. Ich stand auf und machte mich auf die Suche nach einer Dusche.

Die Batterien in meinem Rasierapparat hatten ihren Geist aufgegeben. Ich stand splitternackt inmitten eines traurigen Haufens dreckiger Wäsche, als Paul Michel, ohne zu klopfen, eintrat. Er sah aus wie ein frisch gestriegelter Panther, feucht, geschmeidig und glänzend. Er nahm mir den Rasierapparat aus der Hand und küßte mich flüchtig auf die Nase.

»Bonjour, petit. Der geht nicht mehr. Nimm dir einen Plastikrasierer aus meiner Packung. Und komm dann nach unten, um Alain und Marie-France kennenzulernen. Du weißt vermutlich nicht einmal, wo du bist. Vielen Dank für das Fahren. Du bist ein Held.«

Es war das erste Mal, daß er mir für etwas dankte.

Wir waren hoch oben in den Bergen kurz hinter Nizza. Vom Balkon sah ich die Täler am Rand der Alpen, die sich zu einer Reihe kahler Steilhänge zusammenschoben. Bei näherem Hinsehen konnte ich an allen niedrigeren Hängen Terrassen ausmachen. Häuser klebten an den unwahrscheinlichsten Senkrechten. In der schmalen Schlucht tief unten am Saum der Falten lag weit entfernt eine graue Zementfabrik, und über ihr hing eine Staubwolke. Der grelle, weiße Dunst ringsum machte es unmöglich, Entfernungen einzuschätzen. Die Pinien verbreiteten in der Hitze bereits einen würzigen Geruch. Auf der Terrasse unter mir sah ich Baloo auf den Fliesen liegen, die Beine weit von sich gestreckt.

Ich fühlte mich nicht wie der einzige Fremde in einem Haus, in dem sich alle anderen kannten, denn es stellte sich heraus, daß Paul Michel Marie-France auch noch nie gesehen hatte. Alain kannte er seit fünfundzwanzig Jahren, aber Alain hatte sie während der Zeit seiner Einkerkerung im Irrenhaus geheiratet. Ich mochte sie auf Anhieb. Sie war groß, sehnig, über vierzig, aber ungezwungen und natürlich. Sie trug kein Make-up und band sich das ergrauende blonde Haar unter einem großen Tuch zurück. Sie rauchte in einem fort und wanderte mit irgendwelchen Gegenständen in der Hand herum, als wüßte sie nicht, wohin damit. Sie waren offensichtlich reich. Das Studio war jetzt ein gigantischer, nicht beheizbarer Raum mit riesigen Kaminen, hochgewachsenen Kakteen in Kübeln, einem herrschaftlichen Eßtisch und drei Quadratmeter großen abstrakten Gemälden in grellen Primärfarben an den Wänden. Ich erriet sofort, daß sie von ihr waren.

»Sie sind Malerin?« fragte ich.

»Ja«, sagte sie vage, »meistens.«

Sie hatte einen Sohn aus einer früheren Ehe, dem gerade das Auto gestohlen worden war. Deshalb telefonierte sie ständig mit ihm oder der Polizei, während wir unter dem Sonnendach saßen und uns gierig über Kaffee und Brioches hermachten. Marie-France wanderte mit dem Telefon umher und sagte zwischendurch ab und zu, wie sehr sie sich freue, daß wir da seien, und was für Sorgen sie sich wegen des gestohlenen Autos machte.

»Sie dürfen keine Wertsachen im Citroën lassen, wenn Sie in die Stadt fahren«, sagte sie zu mir. »Nichts. Keine Flasche Sonnenmilch. Ich weiß nicht, warum es so schlimm geworden ist. Haben Sie Lust zu schwimmen? Ich hab das Thermometer im Wasser kontrolliert. 27 Grad. Sie können die Luftmatratze nehmen, wenn Sie wollen. Ich hab sie aufgepumpt. Mögen Sie Pizza zum Mittagessen? Ach, aber Sie haben ja eben erst gefrühstückt …«

Bis heute kann ich, wenn ich die Augen schließe, die Terrasse sehen, den glänzenden Stahl hinter ihr in der Küche, die gleißende Hitze jenseits der scharfen Schattengrenze auf den bunten Fliesen. Ich rieche die Pinien. Ich sehe Paul Michels nackte Zehen in den Lavendelblüten, als er auf der Mauer saß. Ich höre Marie-France friedlich plappern, über alles, was ihr durch den Kopf ging. Es war, als hätten wir schon immer dort gelebt.

Wir schliefen jede Nacht im selben Bett. Paul Michel legte die Karten gleich auf den Tisch, ohne zu zögern und ohne Verlegenheit.

»Hör zu, petit. Sex ist kein Problem zwischen uns. Ich schlafe gewöhnlich nicht mit meinen Freunden. Gewöhnlich nicht. Du brauchst also keine Angst vor mir zu haben. Komm ins Bett.«

Seit seinem ersten Kuß nach der Schlägerei im Quinze Treize war Sex für mich ein Problem gewesen. Ich war zugleich erleichtert und enttäuscht. Ich zeigte beides. Ich setzte mich mit dem Rücken zu ihm aufs Bett und stierte mit den Ellbogen auf den Knien trübsinnig auf meine Feinde, die Mücken, die über der Lampe kreisten.

»Und ich hab dazu wohl nichts zu sagen?«

Paul Michel platzte laut heraus.

»Tiens! Ich hab noch nie einen so deutlichen Fall von enttäuschter Jungfräulichkeit gesehen. Komm her.«

Ich drehte mich gereizt um. Er hielt die Arme auf.

Ich war den Geruch seines Körpers gewöhnt: warmes Gras, Zigaretten, Chlor vom Swimmingpool, aber sein Gewicht und die Kraft, die in ihm steckte, waren mir nicht vertraut. Er war so mager gewesen, als ich ihn zum erstenmal gesehen hatte; zerbrechlich, die Haut schuppig, das Gesicht weiß, unrasiert, geisterhaft. Jetzt war er schwerer, sonnengebräunt, ein sexuell attraktiver Mann. Er packte mich, immer noch lachend, bei den Schultern und warf mich der Länge nach rücklings aufs Bett. Dann drückte er mich mit seinem ganzen Körper nieder und schob mir das rechte Knie zwischen die Beine.

»Laß locker«, Paul Michel schüttelte sich vor Lachen.

Er richtete sich etwas auf und grinste mir aus nächster Nähe ins Gesicht. Dann hielt er, katzenhaft aufmerksam, einen Moment inne. Er küßte mich sehr vorsichtig, sehr sanft.

»Du hast noch nie …?«

»Nicht seit der Schule. Und da war es nicht so wie jetzt …«

»Ah, Masturbation unter der Dusche?«

»Ab und zu …«

Er knöpfte mir die Hose auf und bog dazu meine Gürtelschnalle so hoch, daß sie mir in den Bauch kniff.

»Hast du Narben? Oder Tätowierungen?« Er lächelte noch immer wie ein böser Kobold, der vergiftete Früchte anbietet.

»Ich glaube nicht …«

Er nahm meinen Hoden in die rechte Hand. Mein Kopf wurde leer.

»Eine Tätowierung würdest du nicht vergessen, petit.« Paul Michel blieb absolut praktisch, seelenruhig. »Ich werde dich nicht ficken, weil ich keine Kondome habe. Haben die Großen euch in der Schule durchgevögelt?«

Ich sank in seine Arme, alle Nerven vor Angst überwach.

»Nicht, daß ich wüßte.«

Meine Stimme kam von weit, weit her, kaum zu erkennen. Ich spürte den Hauch seines Lachens in meinem Ohr.

»Auch das wüßtest du doch noch, wenn es so gewesen wäre, mein Schatz.«

Ich hatte das Gefühl, nicht mehr warten zu können. Paul Michel nahm sich Zeit. Er redete leise mit mir. Ich hatte keine Ahnung, was er sagte. Ich verstand nichts mehr außer seinen Händen auf meiner Haut. Dann verlor ich jede Kontrolle über mich. Ich stürzte kopfüber in einen Tunnel ohne Ende. Paul Michels Stimme drang durch einen Schacht zu mir herunter.

»Ruhig, petit, ruhig, vergiß das Atmen nicht.«

Ich spürte seine Hände an meinem Rücken. Ich war am Rand eines Abgrunds. Ich konnte das Zimmer noch sehen, die heiße Nacht riechen, seinen Atem auf meinem Gesicht spüren. Dann verschwand alles, als ich an seinen nackten Bauch gepreßt kam. Er fing mich mit der Zärtlichkeit eines Wellenbrechers aus Beton auf. Ich tauchte auf der anderen Seite schwindlig, erschrocken und überglücklich wieder auf.

Als ich in sein Gesicht sah, lachte er immer noch.

»Da«, sagte er, »das hätten wir schon vor Wochen tun sollen. Nur, daß Pascale Vaury uns beide hätte verhaften lassen.«

Wir zogen aus, was wir noch anhatten, und löschten das Licht. Er zog mir das Laken bis über die Ohren und fragte mich, ob ich die elektrische Mückenfalle angeschlossen hätte. Ich fühlte mich gekränkt.

»Wie kannst du an so was denken?«

Sein Lachen erfüllte die warme Nacht.

»Okay. Aber gib mir nicht die Schuld, wenn deine Schönheit unter hunderten Mückenstichen leidet.«

Er hielt mich in seinen Armen und legte sein ganzes Gewicht auf mich. Dann sagte er: »Schlag du dich mit den Mücken rum, und ich kauf Kondome. Ihr seid phantastisch, ihr Engländer. Ihr braucht lange, bis ihr da seid, aber wenn ihr kommt, dann ganz.«

Ich befürchtete, daß sich etwas zwischen uns ändern würde. Ich hatte entsetzliche Angst, ihn zu verlieren. Ich hielt mich in dieser Nacht an ihm fest, als würde ich ertrinken.

Er hatte solche Freude an Dingen, die außer ihm kaum jemandem auffielen. Als wir die endlosen Stufen zur Bar am Marktplatz hinaufstiegen, lehnte er sich plötzlich an eine ramponierte Tür und fing an zu lachen. Ich folgte seinem Blick und sah auf den glasierten Kacheln neben einem rosaroten Hauseingang ein paar Noten.

Mir sagten die Noten nichts.

»Sing es, petit«, drängte er und umschlang mich.

Ich sang die Noten an der Wand langsam ab. DO-MI-SI-LA-DO-RE. Ich verstand noch immer nichts.

»Domicile adoré, Dummkopf«, übersetzte er. »Perfekt. Perfekter Kitsch. Ich als SDF genieße die hemmungslose Häuslichkeit meiner Mitmenschen.«

»Was ist ein SDF?«

»Sans domicile fixe«, lachte er. »Für dich, die Obdachlosen.«

»Solange ich ein Zuhause habe, hast du auch eins«, schnaubte ich wütend. Mir war die Selbstverständlichkeit verhaßt, mit der er davon ausging, daß er all der Strukturen ledig war, die uns an das Leben binden. Er legte den Arm um mich.

»Ich liebe die Engländer. Ihr seid so unerwartet romantisch. Wußtest du das, petit?«

»Sei nicht so herablassend«, gab ich zurück.

»Du lieber Himmel. Aggressiv obendrein«, sagte Paul Michel liebenswürdig. »Da, nimm eine von meinen Zigaretten. Es ist so schön, daß sie nicht mehr rationiert sind.«

Während wir in der Abendkühle treppauf stiegen, immer weiter treppauf, spürten wir, wie wir von Frauen hinter den Fensterläden beobachtet wurden, und von einer schwarzen Katze mit goldenen Augen hoch in einem Alkoven. Irgendwer hatte sein Fenster mit geschmacklosen erotischen Nymphenstatuetten dekoriert, die mit gespreizten Fingern ihr Geschlecht gerade nicht bedeckten. Vor dieser dreidimensionalen Pornographie in orangem Stein ergossen sich üppig hängende Geranien.

Paul Michel blieb stehen, um die Frauen mit roten und grünen Girlanden zu umwinden, bis ihre Brüste und Schenkel von Blattwerk verborgen waren. Ich war entsetzt darüber, daß er sich einfach an anderer Leute Blumenkästen zu schaffen machte.

»Komm. Laß … Bitte … Die zeigen uns noch an.«

Er stieg mir nach und nahm zwei Stufen auf einmal.

»Ich verhülle immer die Frauen, petit. Aber ich bringe Stunden damit zu, Herkules' Feigenblätter abzuzupfen.«

»Erinner mich daran, daß ich nie mit dir in ein Museum gehe. Du würdest wahrscheinlich die Statuen schänden.«

Er lachte und hob ein Stück Kohle auf, das unter einer Kellertür hervorgerutscht war. Ehe ich ihn daran hindern konnte, hatte er mit Bravour an die Wand geschrieben:

VIVE MOI

Es sprach mir zu sehr aus der Seele, als daß ich dagegen etwas hätte einwenden können.

Er wußte immer, welchen Weg er einschlagen mußte. Ich vermute, wenn Gebäude, Straßen, Geschäfte sich ändern, dann ist es trotzdem nur eine oberflächliche Veränderung. Die Landschaft selbst bleibt unverändert. Ende August stieg die unnatürliche, unheimliche Hitze noch an. Viele Urlauber fuhren nach Hause. Paul Michel nahm mich mit an einen Strand am östlichen Ende der Stadt. Er lag ziemlich versteckt hinter dem Hafen. Auf den Treppen über dem Hafen lebte eine Reihe Obdachloser. Sie bettelten nie um Geld. Sie schienen sich behaglich zwischen Lumpen und Pappkartons eingerichtet zu haben, die aussahen wie die Pantomime eines Armenviertels. Paul Michel kletterte ohne Zögern an ihnen vorbei. Es gab keine Wegweiser zum Strand. Man mußte auf den Wellenbrecher steigen, erst dann sah man die Treppe und das von großen Felsen begrenzte schmale weiße Sandband. Dicht über dem Strand, zwischen den überhängenden Felsen, lag ein kleines Café mit einer Terrasse aus ausgeblichenen Holzbohlen, die über große Teerfässer gelegt waren. Die Preise waren erschwinglich. Zum erstenmal in all den Wochen im Midi bestellte ich ohne Gewissensbisse ein Bier, obwohl ich längst aufgehört hatte, für größere Dinge zu bezahlen. Wir stritten im Auto. Paul Michel fegte meine Einwände beiseite.

»Hör zu, petit, ich habe seit fast zehn Jahren kein Geld ausgegeben. Du bist ein armer Student. Ich bin ein reicher Prinz. Lehn dich doch einfach zurück und laß mich die Schecks ausstellen. Ich schulde dir ohnehin einiges für all den Kuchen und die Zigaretten, die du mir in die Klinik mitgebracht hast.«

Ich gab nach. Am Ende gab ich immer nach.

Es war die erste Woche im September, und die Hitze umschloß uns wie eine riesige feuchte Glocke warmer Luft. Wir gingen jeden Tag an den Strand und verbrachten unsere

Zeit mit Baden, Im-Sand-Dösen oder Nichtstun im Café. Mir fiel auf, daß es ihm vollkommen egal war, was andere Leute dachten. Er legte mir den Arm um die Schultern, wenn wir über die Promenade gingen, küßte mich immer, wenn ihm danach war, verbrachte viel Zeit damit, mich so aufmerksam anzusehen, als wollte er sich jeden Muskel und jeden Knochen einprägen.

Ich war derjenige, der die Fragen stellte. Wir saßen, die Füße durch das Geländer gesteckt, und blickten auf die Wellen und die Surfer hinaus, die in beängstigenden Schieflagen vorüberschossen. Ich war sehr abrupt. Ich wußte nicht, wie ich es diplomatischer machen sollte.

»Was soll werden, wenn der Sommer vorbei ist? Ich muß dich zurückbringen. Aber sie werden dich wieder rauslassen. Da bin ich sicher. Was sollen wir tun?«

Paul Michel blickte mich einen Moment an. Aber er trug eine dunkle Brille, deshalb konnte ich seine Augen nicht sehen.

»Das ist noch lange hin, petit.«

»Noch drei Wochen.«

»Eben. Lange hin.«

»Das ist nicht lange.«

Er zuckte die Achseln. Dann sagte er: »Was möchtest du von mir hören? Es gibt keine Zukunft. Du versuchst etwas zu leben, das es nicht gibt.«

»Aber wir müssen eine Vorstellung haben. Einen Plan machen«, beharrte ich. Er drehte sich zu mir um, nahm aber die Brille nicht ab. Er nahm meine Hände in seine.

»Sois raisonnable, mon amour. Du hast eine Doktorarbeit zu schreiben. Ich wünsche in ein Monument gelehrsamer Autorität verwandelt zu werden, und diese Aufgabe hast du übernommen.« Er grinste jetzt wieder.

»Deshalb ... wirst du mich der liebevollen Pflege Pascale Vaurys und ihrer sadistischen Kohorten übergeben. Und anschließend nach England abmarschieren und pünktlich deine Forschungsarbeit wieder aufnehmen. Du wirst mir schreiben, wenn es dein Stundenplan erlaubt, gewöhnlich, um mir wissenschaftliche Fragen zu meinen Texten zu stellen. Ist das klar?«

Ich explodierte.

»Nein. Das ist nicht klar. Ich werde unter keinen Umständen zulassen, daß du wieder in dieses Inferno eingesperrt wirst. Wir werden den medizinischen Untersuchungsausschuß dazu bringen, dich ganz zu entlassen, und dann nach Paris gehen. Wir suchen uns eine Wohnung. Ich besorge mir Arbeit. Du mußt wieder anfangen zu schreiben.«

Er stieß ein gackerndes Gelächter aus und ließ meine Hände los.

»Aha … na, in dem Fall …« Er steckte sich eine Zigarette an. »Mein Gott, petit, du solltest auf einem Schimmel reiten und eine Standarte tragen. Du nimmst deine Rolle als Retter viel zu ernst.«

Ich stand auf und ließ ihn im Café zurück. Ich wollte nicht, daß er sah, wie ich weinte, vor Wut, Frustration und Kummer. Er ließ mich gut eine Stunde am Strand allein. Dann kam er zu mir und rieb mir nassen Sand auf den Rücken. Ich hatte ihn nicht kommen hören.

»Hör zu, petit«, sagte er sanft, »du bist zweiundzwanzig und sehr verliebt. Ich bin sechsundvierzig und ein erklärter Geisteskranker. Aber wahrscheinlich bist du im Moment verrückter als ich.«

Ich mußte wider Willen lachen.

»Ich bin lieber auf meine Art verrückt als auf deine«, sagte ich. Er trug immer noch seine dunkle Brille. Ich konnte seine Augen nicht sehen.

»Du hast keinen Respekt«, sagte er leichthin. »Komm mit. Wir gehen noch mal schwimmen, bevor wir nach Hause fahren.«

Als wir an dem Abend auf der Terrasse saßen und aßen, wurde die Hitze drückend wie eine Hand, die mir den Mund zuhielt. Marie-France hatte den Wetterbericht gehört. Ein Unwetter war vorausgesagt worden. Wir konnten es regelrecht kommen sehen. Im Tal hinter der Stadt stieg eine riesige dunkle Wand auf. Das Licht wurde violett, gespenstisch. Es war, als säßen wir plötzlich auf einer Bühne, die für den letzten Akt beleuchtet war. In der schwülen Luft war der Regen förmlich zu riechen.

»Macht alle Fenster zu – die Läden auch«, rief Marie-France und nahm hastig irgendwelche Dinge vom Tisch. Wir liefen so schnell wir konnten durch das Studio und knallten alle Fenster zu.

Ich hatte unser Zimmer erreicht, als die erste kräftige Bö mir den Laden aus der Hand riß und ihn krachend gegen die Hauswand warf. Ich sah, wie Alain Legras draußen am Swimmingpool mit den Sonnenschirmen kämpfte. Die Luft war aufgeladen, apokalyptisch. Ich hatte gerade die Läden gebändigt, als über uns ein krachender Donnerschlag niederging. Auf dem Nachtschrank klingelten die Gläser gegeneinander, und alle Lichter erloschen. Vollkommen benommen stand ich da, hielt die weiße Spitze der wehenden Gardinen in der Hand. Paul Michel tauchte in der Tür auf und leuchtete mit seinem Feuerzeug ins Zimmer.

»Komm mit nach unten, petit«, sagte er sanft. »Da haben wir Kerzen. Hast du Angst vor Gewitter?«

»Nein. Nicht besonders.«

Aber ein Unwetter wie dieses hatte ich noch nie erlebt. Wir saßen um drei Kerzen am Küchentisch, um uns ein Crescendo aus Donnerschlägen. Die Blitze verwandelten alle Gegenstände in leuchtende, unheimliche Formen. Alain Legras holte eine Flasche Eau de vie, damit wir uns Mut antrinken konnten. Dann durchschnitt beängstigend nahe ein langer zerrissener Gabelblitz das Tal. Wir alle schrien erschrocken auf, als seine Kraft uns berührte und Tausende Volt in die Erde fuhren. Dann kam der Regen.

Innerhalb weniger Sekunden schwamm die Terrasse, Wasser strömte aus den Regenrinnen, Sturzbäche bildeten sich im Garten, in Marie-France' großem Irisbeet wurden alle Wurzeln freigelegt, als ein Schlammstrom die Erde mit sich fortriß. Wir sahen, wie Äste aus den Bäumen gebrochen wurden, hörten, wie etwas in das Schwimmbassin fiel. Baloo, der an der Tür lag, hob den Kopf und fing an zu heulen. Wir machten uns Sorgen um die Autos, die draußen vor dem Tor in einer Parkbucht unter einem Walnußbaum standen. Alain zog die Stecker des Fernsehers und des Videorecorders aus der Wand, für den Fall, daß ein Blitz ins Haus einschlug. Paul Michel saß ruhig da und rauchte, er hielt meine Hand. Er sah der Welt zu, wie er dem Gewitter zusah, beobachtend, gleichgültig; mit dem kalten Blick, den ich inzwischen fürchtete.

Es dauerte mehr als eine Stunde, bis das Unwetter ins Binnenland weiterzog und uns ohne elektrisches Licht in der tropfenden Dunkelheit zurückließ. Alain und ich gingen mit Anoraks und Gummistiefeln zur Straße hinunter, um zu sehen, was mit den Autos war. Auf den Stufen lagen eine Menge Äste, und auf der Straße strömte das Wasser durch die Schlaglöcher und über die Fahrbahn. Die Autos standen noch an ihrem Platz und hatten allem Anschein nach keinen Schaden genommen. Wir hatten im Citroën ein Fenster offengelassen, die Sitze waren durchnäßt. Auf dem Boden stand eine Wasserpfütze. Später hörten wir, daß auf einem Zeltplatz in der Nähe von Cagnes-sur-Mer drei Menschen umgekommen und mehrere Wohnwagen fortgeschwemmt worden waren. Schlimmerer Schaden war in einem Dorf im Departement Var entstanden, wo eine der Brücken vom plötzlich einsetzenden Hochwasser mitgerissen und die Schlammassen in alle Häuser an der Hauptstraße eingedrungen waren. Die ältere römische Backsteinbrücke mit ihrem eleganten Bogen hatte standgehalten und erhob sich noch über den dahinrasenden braunen Fluten. Dort hatte es acht Todesopfer gegeben, und etliche Menschen, die auf dem Campingplatz am Ort Urlaub gemacht hatten, wurden vermißt. Im Fernsehen sah man tragische Bilder der Verwüstung. Die Gegend wurde zum Katastrophengebiet erklärt. Wir waren glimpflich davongekommen.

Aber mit dem Gewitter hatte sich auch die Jahreszeit verändert. Es war jetzt unübersehbar September. Wir gingen noch an den Strand, aber wir kehrten abends früh nach Hause zurück. Auch zwischen uns hatte sich wieder etwas verändert. Paul Michel begann nun mit mir zu reden, wie er es bis dahin noch nie getan hatte. Es war, als hätte er einen Entschluß gefaßt. Er versteckte sich nicht mehr hinter seiner zynischen Maske. Wir saßen Seite an Seite im Strandcafé und sahen auf das Meer hinaus. Es war der sechsundzwanzigste September.

»Du hast mich nach Foucault gefragt, petit. Und ich habe dir nie eine Antwort gegeben.«

Er wartete. Ich hielt die Luft an, weil ich mit einem neuen Ausbruch rechnete.

»Ich sollte das erklären. Ich habe ihn gekannt, vielleicht besser als die meisten anderen. Wir sind uns begegnet. Aber nur ein einziges Mal. Es war während einer Studentenrevolte an der Universität von Vincennes, wo er Philosophie lehrte. Er wußte nicht, wer ich war. Damals gab man sich nicht mit Namen und Titeln ab. Es war schwer zu erkennen, wer Student und wer Professor war, wenn sie auf unserer Seite waren. Zu der Zeit hatte ich *La Fuite* bereits veröffentlicht. Und er war der erste, der meine Arbeit kommentierte, auf dessen Meinung ich etwas gab. Es ist selten, daß man einen anderen Menschen findet, dessen Denken nach den gleichen Codes abläuft, dessen Arbeit genauso anonym und dennoch genauso persönlich und klar ist wie die eigene. Vor allem unter den

Zeitgenossen. Es kommt eher vor, daß man das Echo der eigenen Stimme in der Vergangenheit findet. Man wartet, glaube ich, beim Schreiben ständig auf eine Stimme, die antwortet. Ganz gleich, wie indirekt die Antwort ausfällt. Foucault hat nie versucht, mit mir Kontakt aufzunehmen. Er hat etwas Beängstigenderes, Provokativeres, Profunderes getan. Er hat mit seinem Schreiben geantwortet, in seinen Veröffentlichungen. Es ist vielen Leuten aufgefallen, daß unsere Themen sich auf verstörende Weise ähneln, unsere Schreibstile sich aber grundlegend unterscheiden. Wir lasen einander mit der Leidenschaft von Liebenden. Dann begannen wir einander zu schreiben, Text für Text. Ich ging in alle seine öffentlichen Vorlesungen am Collège de France. Er sah mich dort. Er gab mir kein Zeichen. Er lehrte in Kalifornien, als ich anläßlich der Veröffentlichung von *Midi* in Amerika war. Ich besuchte seine Seminare. Es waren über hundertsiebzig Leute da. Einmal kam ich etwas zu spät. Er stand stumm am Pult und blickte auf seine Notizen, als ich mir hinten im Saal einen Platz suchte. Er blickte auf, und wir sahen einander an. Dann begann er zu sprechen. Er gab nie zu erkennen, daß er mich sah. Aber er wußte immer, wenn ich da war.

In Paris kreuzten sich unsere Wege häufig. Wir wurden oft zu denselben Veranstaltungen eingeladen. Wir gingen in dieselben Clubs und Bars. Wir ignorierten einander. Wir mieden uns sorgfältig. Einmal sollten wir zufällig gemeinsam für eine Sendung über Schreiben und Homosexualität bei France Culture interviewt werden. Wir sagten beide mit der gleichen Begründung ab: Wir seien gern bereit, uns allein interviewen zu lassen, aber wir lehnten es ab, in eine Diskussion mit dem anderen gezogen zu werden. Als man ihm von meiner Absage erzählte, soll er sich vor Lachen ausgeschüttet haben. Sein Lachen war berühmt. Der Entschluß, an- und füreinander zu schreiben, war intim und schrecklich. Es war ein Geheimnis, das niemals geteilt werden konnte. Es war eine merkwürdige, versteckte Geste einer stillschweigenden Vereinbarung. Die Dispute, die wir führten, waren indirekt, subtil, verzerrt. Aber darum nicht weniger leidenschaftlich. Seine Geschichte der Sexualität war wie eine Herausforderung an mich, eine drohend erhobene Faust. *L'Evadé* sollte eigentlich der erste Roman einer Trilogie sein, ein neuer Aufbruch für mich. Da er sich meiner Strenge, meiner Abstraktion näherte, wandte ich mich einem Schreiben zu, das weniger perfekt war. Ich begann nach einem Stil zu suchen, der brutal war, aggressiv, und jede Serenität abschüttelte. Ich begann neue Forderungen zu stellen, an ihn und an mich.

Er war der Leser, für den ich schrieb.«

Paul Michel sah hinaus in die blaue Leere. Ich hörte fröhliches Geschrei unter uns am Strand. Paul Michel sprach weiter.

»Er hat das Geheimnis gewahrt. Er hat mich nie verraten.«

Ich konnte mich nicht mehr zurückhalten.

»Aber es war kein Geheimnis. Jeder kann es sehen. Man muß euch nur beide lesen. Nebeneinander, Seite für Seite.«

»Ich weiß. Das ist der Witz. Sie reden von Einfluß, von Zusammenhängen, gemeinsamen Themen. Sie wissen nichts von dem unausgesprochenen Pakt. Wir kannten alle unsere Geheimnisse, Schwächen und Ängste, petit. Die Dinge, die vor der Welt verborgen waren. Er sehnte sich danach, literarisch zu schreiben. Es quälte ihn, daß er kein schöner Mann war. Daß die Jungen ihn nicht umschwärmten und umwarben. Dieses Leben lebte ich für ihn, das Leben, auf das er neidisch war und nach dem er sich sehnte. Ich hatte keine Autorität, keine Position. Ich war nur ein schlauer, charismatischer Bursche mit einem großen Talent, Geschichten zu erzählen. Er war immer berühmter als ich. Er war das französische Kulturdenkmal. Ich war nie angesehen. Aber ich schrieb für ihn, petit, allein für ihn. Die Liebe zwischen einem Schriftsteller und einem Leser wird nie wirklich gefeiert. Ihre Existenz ist nicht zu beweisen. Aber er war der Mann, den ich über alles geliebt habe. Er war der Leser, für den ich schrieb.«

Ich schwieg. Ich sagte ihm nicht, daß ich seine Briefe an Foucault gelesen hatte. Ich glaube, er wußte es ohnehin.

Der letzte Tag, an dem wir zum Strand gingen, war der dreißigste September. Wir beschlossen, Freitag nach Norden aufzubrechen und uns Zeit zu lassen, in Avignon oder Orange haltzumachen und Sonntag abend in Clermont anzukommen. Ich beschloß, die nächste Runde erst in Sainte-Marie zu eröffnen. Ich hatte meinen Entschluß gefaßt, aber ich hatte ihm nichts gesagt. Für mich stand außer Frage, daß ich nicht nach England zurückgehen würde. Nichts auf der Welt war mir wichtiger als Paul Michel. Das änderte sich nie. Ich erinnere mich gut daran, wie naiv, wie ahnungslos, wie glücklich ich war. Ich hatte bis dahin alle Schlachten gewonnen, ich hatte ihn gefunden, ihn befreit. Ich würde auch die nächste Schlacht gewinnen. Und die nächste. Aber ich hatte nicht vorausgesehen, was er mir noch zu sagen hatte. Er war den ganzen Tag besonders liebevoll zu mir. Wenn ich mich zu ihm umdrehte, ruhten seine grauen Augen auf mir, und der Blick verbarg nichts mehr. Er war ohne Maske, ohne Verstellung. Er selbst war verschwenderisch in seiner Liebe, zügellos in seinem Begehren. Ich weiß, daß er mir nun die Wahrheit sagte, die ganze Wahrheit.

Ich legte meine Füße auf das Geländer und sah zu, wie der Sand aus einem Loch in der Spitze meiner Turnschuhe rann. Ich spürte, wie Paul Michels mittlerweile dunkelbraun gebrannter Arm die Rücklehne meines Stuhls im Gleichgewicht hielt. Wir sahen den Surfern zu, die im warmen Wind durch die träge Dünung kreuzten. Es war später Nachmittag, und der Strand begann sich zu füllen, Leute, die von der Arbeit kamen. Einige trugen noch ihre Bürosachen und stiegen vorsichtig mit ihren Plastiktüten und ihren Stadtschuhen die Treppe herunter. Zum erstenmal fiel mir auf, daß die riesigen Betonblöcke, die die Hafeneinfahrt schützten, allesamt wie Särge geformt waren. Jeder von ihnen trug ein Kreuz aus verblichener, abblätternder schwarzer Farbe. Aber sie waren gigantisch, gut fünf Meter lang und zwei Meter breit, ein unheimliches, in einen Wellenbrecher verwandeltes Memento mori. Ich wies Paul Michel auf sie hin. Er nickte bloß.

»Sie liegen seit Jahren so da, petit. Die Hafenmole ist auf eine natürliche Felsbank gebaut, die von den Särgen verstärkt wird. Wenn du auf die andere Seite kletterst, findest du einen Weg zu einem Felsvorsprung, auf dem es eine Reihe sehr schöner Gezeitentümpel gibt. Früher habe ich mich da oft in die Sonne gelegt.«

Gegen das helle Licht blinzelnd drehte ich mich um und sah ihn an.

»Du kennst den Strand also? Ich wußte nicht, daß du schon einmal hier warst.«

Er lächelte schwach.

»Du kriegst eine herrliche Farbe.« Er strich mir liebevoll über den Rücken. »Du bist wie ein polierter Nußbaumtisch. Ich auch. Du wirst mich als restaurierte Antiquität verkaufen können.«

Wir beobachteten ein paar Kinder unten am Strand, die Sand in Flaschen füllten und sie dann ins Meer hinausschoben.

»Sind Briefe in den Flaschen?« fragte Paul Michel.

»Ich glaube nicht.«

»Wenn welche drin sind, mußt du schnell runterlaufen und sie holen. Das war mein Schreiben auch. Flaschenpost.«

»Und du hast keine Botschaften mehr zu verschicken?«

»Nein.«

Ich schwieg einen Moment. Dann fuhr er fort, als hätte ich gesprochen. Fragte und antwortete selbst.

»Und was bleibt einem Schriftsteller zu tun, wenn er alle Botschaften verschickt hat? … Rien que mourir.«

Ich richtete mich wütend auf.

»Wie kannst du bloß so reden, verflucht? Es geht mir auf die Nerven. Du bist nicht verrückt. Oder todgeweiht. Du bist dabei, gesund zu werden. Du bist gesund. Du wirst wieder schreiben. Besser als vorher.«

Er sah mich an, gleichmütig, belustigt. Ich fühlte mich wie der Stier, der gebannt auf die spitzen Stöcke in den Händen des Toreadors sieht.

»Hast du je eine Frau geliebt, petit?«

Die Frage traf mich unvorbereitet, und wie immer wich ich ihr zugleich aus und sagte doch die Wahrheit.

»Ich habe noch nie einen Mann geliebt. Bis ich dich gelesen habe.«

Er lächelte über die Absonderlichkeit des Verbs im Kontext unseres Gesprächs.

»Nein? Na … ich fühl mich geschmeichelt. Laß mich dir etwas erzählen, was ich erlebt habe. Es hat nie aufgehört, mich zu verfolgen. Es war vor fünfzehn Jahren. Im August, um die Zeit, zu der du und ich im Midi ankamen. Die Strände waren überfüllt, deshalb suchte ich nach einer ruhigeren Stelle zum Denken und Schwimmen. Ich fand eine leere, heiße Felsplatte weit weg von allen anderen Menschen. Da draußen, auf der anderen Seite der Wellenbrechersärge. Dort war alles kahl und leer, eine Kette scharfkantiger Felsen und Gezeitentümpel. Ich machte Notizen, schlief während der heißesten Stunden des Tages. Ich reiste immer allein und lebte allein. Ich habe seit meiner Kindheit nicht einmal das Zimmer mit jemandem geteilt. Es ist nachts manchmal komisch, dich atmen zu hören, wenn ich nicht schlafe. Du bringst den Geschmack meiner Kindheit zurück, petit. Ich entschied mich für die Einsamkeit und die tieferen Konsequenzen dieser Entscheidung, die unumgänglich und notwendig sind. Ich verurteilte mich zu

Isolation und Alleinsein. Es war die einzige Art, wie ich arbeiten konnte, es war meine Art, mich zu schützen. Ich schrieb immer in vollkommener Stille. Ich brachte viel Zeit damit zu, der Stille zu lauschen.

Selbst hier im Midi verbrachte ich die Tage allein. Aber ich hatte nur einen Tag meditierend wie Prometheus an seinem Felsen verbracht, als meine Zuflucht gestört wurde. Als ich morgens früh ankam, fand ich einen Jungen dort, einen blaßhäutigen, mageren Jungen, der nichts am Leib trug als ausgefranste abgeschnittene Jeans und der die Gezeitentümpel inspizierte. Wir starrten uns an, beide offensichtlich verstimmt. Er hatte die Felsen zu seinem Königreich erklärt und in den Tümpeln kleine Netze aufgestellt, die abgesehen von wenigen Algen alle leer waren. Wir stellten die Netze neu auf, und ich machte ein paar Vorschläge. Er hatte riesige Augen, einen eulenhaft funkelnden Blick. Ich war von der Intensität des Kindes fasziniert, von seinem stockenden Französisch und seiner absoluten Furchtlosigkeit.

Zwischen uns ergab sich eine seltsame Freundschaft. Er spielte den Vormittag über in den Felsen oder tauchte nach Schätzen. Er brachte mir alles, was er fand. Ich teilte mein Salamibrot und meine Äpfel mit ihm. Um eins verschwand er, um seinen Vater zu suchen, kam aber später noch einmal wieder, um seine Netze zu kontrollieren. Ich liebe die Ehrlichkeit und Klugheit von Kindern. Er erzählte mir, daß er fast elf Jahre alt war – diese dramatische Zeit des Fragens und Erwachens. Er fragte mich, was ich schrieb, entzifferte ganze Sätze in meinem Heft und kämpfte mit unglaublicher Konzentration darum, sie zu verstehen. Ich erinnere mich daran, daß er mir erzählte, wie gerne er las. Alles, was er gelesen hatte, klang zu erwachsen für sein Alter; eigenartige, für Kinder kaum geeignete Texte. Zola, Flaubert, T. E. Lawrence, Oscar Wilde. Er freute sich darüber, daß wir die gleichen Bücher gelesen hatten. Ich fragte ihn, welches der Bücher von

Oscar Wilde ihm am besten gefallen habe. Er antwortete, ohne zu zögern: *Das Bildnis des Dorian Gray*. Dann sah er mich argwöhnisch an. ›Nicht jeder, der schön ist, ist auch ehrlich.‹

Ich bemühte mich sehr, ernst zu bleiben. Es wäre ein Beweis meiner Unehrlichkeit gewesen, wenn ich jetzt gelacht hätte.

Aber ich fragte, wer ihm die Bücher zu lesen gab. Ich erfuhr, daß er keine Mutter hatte und daß sein Vater keine Kinderbücher kaufte. Er hatte dem Kind einfach Zugang zu seinen Regalen gegeben.

Er hat mir nie seinen Namen gesagt. Er hat nie nach meinem gefragt.

Ich begann zu hoffen, daß er schon da sein würde, wenn ich morgens über die Felsen kletterte.

Er fragte mich, warum ich immer alleine war. Ich sagte ihm, daß ich Schriftsteller sei. Und daß die meisten Schriftsteller alleine arbeiten. Er fragte mich, ob ich ein berühmter Schriftsteller sei. Ich sagte, ich sei ziemlich berühmt und hätte den Prix Goncourt gewonnen. Er fragte mich, ob das ein bedeutender Preis sei und ob ich ein großes Haus mit Garten hätte. Ich erzählte ihm, daß ich zur Miete in einem ehemaligen Dienstbotenzimmer im Dachgeschoß eines Hotels wohnte. Und ich sehe noch deutlich vor mir, wie er darauf die Nase rümpfte. Und mich fragte, warum ich wie ein verarmter Eremit lebte, wenn ich eigentlich ein reicher Mann war. Da fiel mir auf, daß ich sämtliche Klischees der Askese mit mir herumtrug.

Und ich erinnere mich an seine Antwort. Er sagte: ›Warum sich mit so wenig zufrieden geben? Warum von so wenig leben? Wenn ich du wär, würde ich alles wollen. Ich wär nicht mit so wenig zufrieden.‹

Und ich erinnere mich, wie seltsam das klang, aus der Ruhe dieses knochigen, unschuldigen Gesichts, dem das Salz in den kurzen, nassen Locken klebte. Und ich lachte und sagte: ›Du meinst, ich sollte ein großes Haus und ein Auto und eine Frau und Kinder haben?‹

Sein Gesicht alterte vor Verachtung. Er stellte sich vor mich hin wie ein Zwerg und antwortete mit vernichtendem, schrecklichem Ernst: ›Nein. Das meinte ich nicht. Das kann jeder haben. Du solltest – alles haben wollen. Dies alles.‹ Und er streckte den Arm aus, der mittlerweile von der Sonne gerötet war, reckte ihn hoch über den Kopf und zeigte auf die grenzenlose blaue Kuppel über uns, den unendlich zurückweichenden Horizont des Meeres, das sich bis Afrika erstreckte.

Ich folgte staunend der Geste und lachte. Er drohte mir mit dem Finger wie ein Kobold. Dann wiederholte er mit biblischer Feierlichkeit die Lektion des Tages: ›Mir scheint, daß du ein ärmliches und einsames Leben führst. Du solltest auf größerem Fuß leben. Du solltest dich nie mit Scheiße abfinden, wenn du Kuchen haben kannst.‹

Ich war vollkommen bezaubert.

Und ich weiß, was du denkst, petit. Daß ich mich in dieses Kind verliebte, das von Sodomie und Kastration, vom Klassenkampf, von gewalttätigem, perversem Sex gelesen hatte und sich bis zur letzten Seite seine atemberaubende, romantische Unschuld bewahrt hatte, und diese Arroganz, die unbeirrt auf einer eigenen Sicht der Welt beharrt. Du denkst, daß ich von meiner ersten Liebe erzähle. Du hast recht. Dieser Junge war meine erste Liebe. Und ich seine.

Er hatte seinen eigenen Kopf. Er hatte sogar Vorstellungen davon, was für Bücher ich schreiben sollte. Er sah *La Maison d'Eté* an und sagte mir, es sei viel zu kurz. Ich solle mir größere Dinge vornehmen.

›Große. Viel länger als die Bücher, die du jetzt schreibst. Sie sollten gigantisch sein. Nicht perfekt. Nichts ist perfekt. Wenn du versuchst, es perfekt zu machen, ist es nur Heuchelei.‹

Ich sagte, er sei ein literarischer Megalomane. Er kannte das

Wort nicht. Ich mußte es ihm buchstabieren und in allen Bedeutungen erklären. Ich mußte es ihm aufschreiben. Er bat mich, ihm die Geschichte von *Midi* zu erzählen, an dem ich damals gerade schrieb. Ich glaube, ich machte es im Nacherzählen aufregender, als es war. Er fragte mich, warum die Romanfiguren niemals glücklich sein konnten, niemals vereint. Ich erklärte, ohne zu zögern und ohne zu überlegen, daß ich die Geschichte als eine Allegorie der Homosexualität geschrieben hätte. An diesem Punkt erstaunte er mich.

›Was ist eine Allegorie?‹ fragte er. ›Und warum muß Homosexualität in Büchern immer unglücklich sein? Sie ist es doch sonst auch nicht.‹

Ich schlug vor, nach den Gezeitentümpeln zu sehen, und in seinem anklagenden Blick las ich den Tadel für meine Ausflüchte.

Er gab sich nie mit sinnlosen Spielen und ziellosen Gesprächen ab. Er verfolgte immer ein Ziel, suchte immer eine Information. Daran erinnerte ich mich, an die beängstigende Entschlossenheit eines Einzelkindes. Ich war genauso unfähig zur Zeitverschwendung. Tag für Tag durchstreiften wir die Felsen, inspizierten die algenbedeckten Spalten und Tunnel, schwammen im klaren, warmen Wasser. Ich erinnere mich noch, wie ich einmal seinen gekrümmten Rücken betrachtete, als er hockend in die wiegende, atmende See hinausspähte. Und wie mir auffiel, daß jeder Wirbel einzeln aufgehängt war, zu einer langen knochigen Kette, die zart, aber unglaublich stabil war. Er war außergewöhnlich stark.

Ja, vermutlich verliebte ich mich wirklich in das Kind. Aber außerdem geschah etwas noch Wichtigeres. Wir wurden Freunde. Welches Gleichgewicht ist zwischen einem elfjährigen Kind und einem Mann von über dreißig möglich? Freundschaft, Verschworenheit, Vertrauen gleichen alles aus. Du erinnerst mich an ihn.

Aber es war nur eine Frage der Zeit, bis der Vater nach seinem Kind suchte, das sich so rar machte. Eltern vermuten zu Recht, daß die Schlangen der Korruption an jeder Straßenecke lauern. Oder sich – wie in diesem Fall – auf sommerlichen Felsen rekeln.

Die Szene, die er vorfand, war friedlich und unschuldig genug. Wir saßen Karten spielend und Badoit trinkend im Schatten eines riesigen grauen Felsens, eines überhängenden Sporns, der wie ein Elefantenrüssel aussah. Dann war der Vater plötzlich da, stand als der Dritte im Dreieck über uns. Er trug eine Jeans und eine leichte, helle Jacke. Ich sah nur den farbigen Umriß, als wäre er eine Zeichnung des Kindes. Ich glaube, ich rechnete damit, daß er eine Pistole ziehen würde. Der Junge blickte kurz auf. Dann konzentrierte er sich auf sein Blatt.

Er sagte bloß: ›Das ist mein Vater.‹

Der Vater hockte sich zu uns und sah uns in die Karten.

›Du mußt ablegen. Unbedingt‹, sagte er zu dem Jungen und schirmte die Augen gegen die Sonne ab. Er war ungefähr zehn Jahre älter als ich, smart, gutaussehend. Mir fiel ein goldener Siegelring am kleinen Finger seiner linken Hand ins Auge. Wir spielten die Runde zu Ende. Das Kind gewann.

›Hoffentlich hast du nicht geschummelt‹, sagte sein Vater beiläufig.

›Ich schummle nie, wenn es nicht sein muß‹, lautete die Antwort. Dann sprach der Vater mich an.

›Darf ich Sie heute abend zum Essen einladen? Wir fahren morgen nach Italien weiter.‹ Wir sahen uns in die Augen. Ich nahm die Einladung an. Und im selben Moment ging mir auf, daß er homosexuell war.

Sie wohnten im besten Hotel von Nizza. Zum Umschwung, oder wenn du so willst, zur Offenbarung kam es an dem Abend auf den Stufen vor dem Hotel. Das Kind saß auf der Balustrade neben einer riesigen Palme in einer römischen Urne und wartete auf mich. Er hielt Ausschau, wach und sprungbereit wie eine Katze. Aber ich sah ihn zuerst, und da fielen mir die frisch gebürsteten, von Gold durchzogenen Locken, die von der Sonne geröteten Wangenknochen und die Sommersprossen, die langen, um die Knie geschlungenen Arme auf. Seine Ambiguität brach plötzlich über mich herein, so gewaltig wie das Meer gegen die großen Felsen. Ich hatte mich nicht im Wesen dieses Kindes geirrt. Aber in ihrem Geschlecht hatte ich mich gründlich getäuscht. Sie schwang sich von ihrem einsamen Sitz und lief mir in die Arme.

Als wir an dem Abend auseinandergingen, sagte sie etwas, das ich nie vergessen werde. In erster Linie weil nur Kinder, Kinder wie ich selbst, Kinder wie dieses Mädchen, immer ihre Versprechen halten. Sie sagte: ›Wenn du jemanden liebst – dann weißt du, wo er ist und was mit ihm geschehen ist. Und du rettest ihn, wenn du kannst, auch wenn du dich selbst aufs Spiel setzt. Ich verspreche dir: Wenn du in Not gerätst, komm ich und rette dich.‹

Ich glaube, das ist die merkwürdigste, romantischste Liebeserklärung, die mir je gemacht wurde.

›Das willst du tun?‹ fragte ich.

›Ja, und wenn ich besser französisch kann, werde ich jedes Wort lesen, das du schreibst. Ich werde dein Leser sein.‹

War das nicht ein ungewöhnliches Versprechen, petit? Sie waren Engländer. Ihr Vater war ein charmanter Mann. Er war bei der Bank von England beschäftigt. Ich frage mich manchmal, ob sie noch an mich denkt.«

Ich starrte Paul Michel an, sprachlos vor Entsetzen. Dann sagte ich: »Sie hat dich nie vergessen. Sie hat ihr Versprechen gehalten. Sie hat mich geschickt.«

Er schwieg einen Augenblick. Es war mittlerweile nach sieben Uhr, und das Licht auf den Fässern, den Felsen, den Tauen, die das Café über dem Strand hielten, wurde sanfter. Die Welt verwandelte sich in leuchtendes Gold.

»Tatsächlich?« war alles, was er sagte.

In der Nacht fand er wieder einmal keine Ruhe. Ich schlief schon fast, als ich ihn aufstehen hörte.

»Was hast du?«

»Schhh, petit. Ich geh nur eben unten was trinken.«

Er küßte mich aufs Ohr und streichelte mir einen Augenblick den Kopf. Ich schlief ein.

Es war nach vier Uhr morgens, als ich ein aufgeregtes Klopfen an der Tür hörte. Ich richtete mich zitternd auf. Paul Michel war nicht zurückgekommen. Ich war allein.

An der Tür war eine Frauenstimme. Durch einen Nebel aus Schlaf und Angst erkannte ich Marie-France Legras. Sie rief meinen Namen. Aber sie wartete die Antwort nicht ab, sie war schon im Zimmer und rief und rief.

»Was ist los?« stotterte ich.

»Die Polizei ist hier.«

»Paul Michel?«

»Ich fürchte, sie haben schlimme Nachrichten.«

Ich schrie seinen Namen und begann unkontrolliert zu weinen. Ich hatte auf diesen Moment gewartet, das leere Bett, das Rufen in der Nacht. Ich hatte gewußt, daß er nicht auf mich warten würde. Marie-France nahm mich in die Arme und sagte leise all die sanften, beruhigenden Worte, die sie ihrem Sohn gesagt hätte. Ich merkte, daß sie ebenfalls weinte. Es dauerte einige Stunden, bis ich in der Lage war, mit den Polizisten zu sprechen.

Die Umstände seines Todes waren sonderbar. Er hatte das Auto genommen, obwohl er keinen Führerschein besaß, und war über die Küstenstraße von Esterel Richtung Cannes gefahren. Auf dieser Straße kann man nicht schnell fahren, auch nicht mit einem Auto, das einen stärkeren Motor hat als ein 2CV, sie ist zu schmal, zu kurvenreich. Sie war nicht sehr befahren. Eine gigantische weiße Eule wurde von den gelben

Scheinwerfern und dem schlingernden Auto angezogen, starrte ihm ins Gesicht und stürzte sich auf den Citroën. Der Vogel durchschlug die Windschutzscheibe und grub seine Krallen in Paul Michels Gesicht und Hals. Das Auto raste in die Felswand. Er war sofort tot. Sie legten ihn auf eine Bahre, das Gesicht noch unter dem großen toten Vogel begraben. Wochen später wurde das Ergebnis der gerichtsmedizinischen Untersuchung bekanntgegeben; die durch den Aufprall entstandenen Verletzungen hätten zum Tod geführt. Doch die Autopsie ergab, daß er genug Alkohol und Paracetamol im Blut hatte, um das Leben mehrerer Hollywood-Stars auszulöschen. Er hatte alle Tabletten in unserem Badezimmerschrank geschluckt, alle, selbst die Pillen gegen Reisekrankheit, und hatte sie mit einer Flasche Whisky heruntergespült. Es war ein Wunder, daß er überhaupt so weit fahren konnte. Es war kein Unfall. Er wollte sterben. Er hatte die große weiße Eule auf der schmalen Grenze zwischen den Bergen und dem Meer gesucht.

Und mir ging auf, was er gesehen hatte – seine letzte Vision, bevor die Finsternis sich über ihn gesenkt hatte: den Bauch einer großen weißen Eule mit ausgebreiteten Schwingen, von unten beleuchtet, die riesigen gelben Augen, deren Pupillen sich zu Schlitzen verengten, als die Krallen nach dem Glas griffen und dem weißen Gesicht dahinter, verschwommen und wie durch eine starke Linse vergrößert.

Marie-France ging zur FNAC und kaufte alle seine Bücher. »Ich lese normalerweise nicht viel. Und so etwas schon gar nicht. Ich mag historische Romane. Aber ich hab das Gefühl, daß wir es ihm schuldig sind. Sie haben gesagt, Le Seuil bringt eine neue Gesamtausgabe mit sämtlichen politischen Essays heraus. Ich glaube, ich werde nur die Romane lesen.«

Die Polizei verhörte mich stundenlang. Ich brach immer

wieder weinend zusammen wie ein Kind. Sie flößten mir flaschenweise Evian ein. Der Gendarm an der Schreibmaschine korrigierte mein Französisch. Er mußte im Lexikon nachschlagen, wie Schizophrenie geschrieben wird.

Frühmorgens am zweiten Tag erhielt ich einen Anruf. Ein sehr bemühter englischer Akzent verwirrte mich zunächst.

»Hallo? Sind Sie das? Hier ist Dr. Jacques Martel. Ihre Freunde in London haben mich in Paris angerufen. Auch die Polizei hat die Sache in Sainte-Anne gemeldet. Ich komme also im Auftrag von Sainte-Anne und im Namen von Paul Michels Vater. Er ist zu krank und zu alt, um zu begreifen, daß sein Sohn tot ist … Ich bin am Flughafen … Machen Sie sich keine Gedanken, ich nehme ein Taxi. Ich bin gekommen, um Ihnen mit den Formalitäten zu helfen … Ja … die Bürokratie ist unglaublich. Und wir müssen uns ziemlich beeilen. Die Leiche soll Ende nächster Woche freigegeben werden.«

»Haben Sie die notwendige Vollmacht?« Ich schluckte hilflos. »Mir haben sie gesagt, ich könne sie nicht bekommen.«

»Ich denke schon. Ich bin Paul Michels Vormund. Ich bin in etwas mehr als einer Stunde bei Ihnen.«

Ich setzte mich neben das Telefon, vor Schock und Angst am ganzen Leib bebend. Die Geschichte enthielt zu viele Elemente, die ich nicht gesehen hatte, zu viele Verbindungen, die nie aufgedeckt worden waren. Der Mann mit dem Wolfslächeln und den spitzen Zähnen war der Eremit in der Höhle gewesen, der mich vor den auf mich zukommenden Gefahren gewarnt hatte. Ich war beobachtet und geführt worden, auf jedem Schritt meines Weges. Ich war ihr Kreuzritter, den sie ausgeschickt hatten, um die verlorene Seele zu finden. Ich hatte nie das Wesen und die Bedeutung meiner Aufgabe verstanden, und nun war ich besiegt. Ich saß noch auf dem Fußboden neben dem Telefon, als ich Baloo an den Eisentoren heulen hörte. Jacques Martel stand in einem hellen Anzug, das Jackett über dem Arm, die Aktentasche und die Reisetasche

in der anderen Hand, gerade und ungebeugt wie eine Berg-
pinie auf der anderen Seite der weißen Gitterstangen.

Ich preßte mein Gesicht an das kalte Tor.

»Warum haben Sie mir nichts gesagt, als wir uns kennengelernt haben?« Ich schrie fast.

»Ich habe Ihnen alles gesagt, was Sie wissen mußten.« Seine
Haltung war kühl, vollkommen selbstsicher.

Ich dachte an meine Germanistin, ihre Locken und ihren
durchdringenden, eulenhaften Blick. Ich fühlte mich wie das
Opfer einer Verschwörung.

»Wußte sie es auch? War sie eingeweiht? Sind Sie alle betei-
ligt?«

Baloo heulte den blauen Himmel an.

»Fragen Sie sie selbst.« Jacques Martel trat ruhig durch das
Tor, und der Hund umkreiste schnüffelnd seine Beine.

»Haben Sie keine Angst.« Er reichte mir seine Reisetasche
und nahm mit routinierter Bestimmtheit meinen Arm. »Jetzt
bin ich hier. Ich bin hier, um mich um Sie zu kümmern.«

Ich blickte zu ihm auf, die Angst schnürte mir die Kehle
zu. Was geschah mit den Menschen, die unter seine Obhut
kamen? Aber es war so leicht, mich zum Schweigen zu bringen, meine Hysterie aufzufangen. Marie-France sagte ständig,
du bist krank, du hast einen schrecklichen Schock erlitten, du
hast deinen Freund verloren. Sie brachte mich zum Arzt. Ich
konnte nicht aufhören zu weinen. Man verschrieb mir Beru-
higungstabletten, und ich begann die helle, kühler werdende
Welt durch einen Schleier zu sehen. Ich aß kaum. Ich schlief
zehn Stunden am Tag. Jacques Martel nahm alles in die Hand.
Ich erinnere mich an seine weißen, glatten, von körperlicher
Arbeit unberührten Hände, wie sie den Füllfederhalter aus
seiner Brusttasche auf der Innenseite des Jacketts holen und
alle notwendigen Papiere unterschreiben, den Hörer abneh-
men, Formulare ausfüllen. Ich kämpfte gegen die Benom-
menheit, gegen die Tränen.

»Du mußt was essen. Hier ist eine Gemüsesuppe. Bitte, probier sie wenigstens. Sie wird dich stärken.« Marie-France erdrückte mich mit mütterlicher Fürsorge. Ihr Mann zog sich an seinen neuen Herd zurück und brachte die Abende damit zu, sich immer kunstvollere und absonderlichere Pizzen mit exotischen Belägen auszudenken.

Der Termin für die Beerdigung wurde auf den zwölften Oktober gelegt. Jacques Martel beschloß, ihn bei seiner Mutter auf dem Dorffriedhof über den Weingärten von Gaillac unweit von Toulouse zu bestatten. Daraufhin sahen wir uns vor merkwürdige administrative Fragen gestellt, die mir schauerlich und grotesk erschienen. Sollten wir einen Leichenwagen mieten und im Konvoi nach Toulouse fahren? War eine Einäscherung in Nizza vorzuziehen? Damit wir ihn selbst im Auto mitnehmen konnten, in einer Urne im Kofferraum? Sollten wir mit dem Leichnam nach Toulouse fliegen und dort ein Bestattungsunternehmen engagieren, das uns vom Flughafen abholte? Jacques Martel dachte sämtliche Optionen durch.

In der Presse begannen Nachrufe, Rezensionen, Rückblicke auf sein Werk zu erscheinen. Marie-France hielt mir die Journalisten vom Leib. Baloo bewachte die Tore. Ich hatte ohnehin nichts zu sagen. Eines Abends, sechs Tage nach seinem Tod, rief ich die Germanistin in ihrer Wohnung in Maid's Causeway an. Ich wußte nicht mehr aus noch ein. Ich konnte meine Eltern nicht bitten zu kommen. Ich konnte nicht alles alleine durchstehen. Ich hatte das Gefühl, niemanden mehr zu haben.

»Hallo«, sagte sie forsch.

»Ich bin es.«

Sie stockte. Dann sagte sie: »Ich hab deinem Doktorvater gesagt, daß du später zurückkommst, und ich hab auch im College eine Nachricht hinterlassen.«

»Oh, danke.«

Sie erriet sofort, was ich nicht zu fragen imstande war.

»Soll ich kommen?«

Ich begann in die Sprechmuschel zu weinen.

»Wein nicht«, sagte sie, und ich konnte das Klicken ihres Feuerzeugs dicht neben dem Telefon hören.

Sie erklärte sich bereit, Schiller eine Woche zu verlassen, und schickte ein Telegramm, auf dem nichts stand als ihre Flugnummer.

BA 604. Ankunft Nizza morgen 18.30.

Ich wartete in der großen Halle mit dem Kuppeldach zwischen den Hunden und den Sicherheitskräften, immer noch im selben fleckigen T-Shirt, denselben Jeans und Turnschuhen, die ich angehabt hatte, als er mir die Geschichte von dem Jungen am Strand erzählt hatte. Als sie durch die Sperre trat, starrte ich auf ihre Locken und ihre Brille, als sähe ich sie zum erstenmal.

Sie kam frisch, wach, wissend an und brachte Englands kühle Art mit. Sie küßte mich. Dann unterzog sie mich einer sorgfältigeren zweiten Inspektion.

»Du siehst furchtbar aus«, sagte sie.

»Ich weiß.«

»Wie ich sehe, hast du einiges hinter dir.« Aber sie ging nicht näher darauf ein, was es war, das ich so erfolglos durchgemacht hatte. Sie trug ihre Tasche selbst. Sie trug mich mehr oder weniger mit. Ich wurde aus dem Gebäude hinaus- und in die frühherbstliche Luft hineingezogen. Das Licht veränderte sich. Die Luft war jetzt weit, dehnte sich riesig um uns aus. Sie winkte ein Taxi heran.

»Wir könnten den Bus nehmen«, schlug ich vor.

»Blödsinn. Du würdest die Fahrt nicht überleben.«

Sie hatte recht. Ich lehnte mich an sie und weinte den ganzen Weg zurück in die Stadt. Jacques Martel war entzückt, sie zu sehen. Von da an faßten die beiden alle Entschlüsse gemeinsam.

Es stellte sich heraus, daß es unbezahlbar war, den Leichnam nach Toulouse fliegen zu lassen. Aus irgendeinem Grund ist das Ticket für einen Toten sehr viel teurer als für einen Lebenden. Deshalb beschlossen wir, im Konvoi nach Gaillac zu fahren. Seine mittlerweile achtzigjährige, noch rüstige Tante war seine Alleinerbin. Sie ging in der Organisation der Beerdigung vollkommen auf und beschloß, daß der heimkehrende Sünder ein ordentliches katholisches Begräbnis haben sollte, zu einem möglichst geringen Preis. Sie setzte eine Anzeige in die Lokalzeitung. Aber die Nachricht stand in allen nationalen Zeitungen. Der Curé war vorsorglich instruiert worden, äußerst verschwiegen zu sein. Journalisten wurden ausgeschlossen und Kameras verboten. Sie erzählte Jacques Martel, wie erleichtert sie sei, daß er durch einen Autounfall und nicht durch AIDS ums Leben gekommen war. Er war rechtschaffen wütend, blieb am Telefon aber ruhig. Madame Legras sagte, es habe keinen Sinn, sich mit Leuten wie seiner Tante zu streiten, die zwar unglaublich wohlhabend sein mochten, aber trotzdem einfache Bauern seien, und die mit größter Wahrscheinlichkeit keines seiner Bücher gelesen hätten. Ich erinnerte sie nicht daran, daß sie bis vor acht Tagen auch noch keines gelesen hatte.

Es wurde ohne Diskussion beschlossen, daß ich nicht an der »levée du corps« teilnehmen sollte. Die Germanistin ging statt dessen mit mir in eine Ausstellung von Picassos Stichen. Ich werde mich mein Leben lang an die langen, dünnen Satyre mit ihren Panflöten erinnern und an die bösen Mienen der Minotauren. Wir wußten nicht, was wir mit dem Wenigen, das er im Zimmer gelassen hatte, tun sollten. Ich packte all seine Sachen zu meinen und nahm sie mit auf die Heimreise.

Ich war nicht wirklich darauf gefaßt gewesen, daß wir über die Autobahn fahren würden. In England fährt der Lei-

chenwagen gewöhnlich im Schrittempo. Aber wir rasten auf
der Überholspur durch das helle Herbstlicht. Die schroffen
roten Berge des Midi rauschten vorbei, die rötlichen Falten
des Mont Ste-Victoire versanken hinter uns. Wir standen vor
Arles im Stau, und ich starrte auf den Laderaum des Klein-
busses, in dem sein Sarg fest und sicher stand. Es hätte ein
Polizeiwagen auf einer Fahrt ins Gefängnis sein können oder
ein getarnter Geldtransport. Wir machten sogar zum Mittagessen an einer Raststätte halt und ließen Paul Michel friedlich draußen unter einem duftenden Pinienschirm stehen.
Wir waren alle sehr ernst, sehr still. Mir war ständig übel.
Die Germanistin ließ meine Hand nicht los. Und dafür war
ich dankbar.

Die Reise dauerte den ganzen Tag. Wir kamen in Gaillac
an, als das Licht auf den Hügeln hinter Toulouse verblaßte.
Der Leichenwagen verschwand, und ich blieb mit einem
Gefühl zurück, als müßte ich vor Angst und Verlorenheit ver-
sinken. Solange er mit uns gereist war, hatte ich mich dumpf
getröstet gefühlt. Jacques Martel fuhr uns alle ins Hôtel des
Voyageurs, unmittelbar in der Nähe des Marktplatzes von
Gaillac.

»Wo bringen sie ihn hin?« fragte ich.

»In die Kirche.«

»Ohne daß jemand da ist? Im Dunkeln?«

Jacques Martel starrte mich an.

»Die Kerzen brennen immer«, sagte er.

Ich wollte die Nacht in der Kirche verbringen. Jacques
Martel zuckte die Achseln und verließ unser Zimmer. Die
Germanistin saß rauchend im Schneidersitz auf unserem Bett.

»Ich würd es dir nicht raten«, sagte sie. »Du wirst zu müde
werden und zu sehr durcheinandergeraten. Und wir müssen
morgen früh als erstes Blumen kaufen. Dann können wir sie
in die Kirche bringen und warten, wenn du willst. Aber du
solltest der Tante deine Aufwartung machen. Und dafür soll-

test du auf der Höhe sein. Außerdem muß ich dir noch was zeigen.«

Ich setzte mich völlig verzweifelt aufs Bett, den Kopf zwischen den Händen. Dann fragte ich: »Was willst du mir zeigen?«

Sie hatte einen Brief an Paul Michel geschrieben, den sie zusammen mit unseren Rosen an den Sarg kleben wollte. »Gewöhnlich nehmen sie alle Blumen ab und legen sie hinterher oben auf das Grab. Deshalb müssen wir darauf bestehen, daß sie die Rosen mitbegraben. Und dazu mußt du die böse Tante bezaubern. Sie hat schließlich allen Grund, dir dankbar zu sein ...« Sie hatte alles genau geplant.

Der Brief war bereits zugeklebt.

»Da. Hier ist eine Kopie für dich. Der Brief ist von dir. Deshalb mußt du wissen, was du geschrieben hast.«

»Aber ich habe ihn nicht geschrieben.«

»Macht nichts. Tu so als ob. Es wird sein, was du ihm sagen wolltest.«

Ich las den Brief.

Cher Maître,
auch ich war dein Leser. Er war nicht dein einziger Leser. Du hattest kein Recht, mich zu verlassen. Jetzt läßt du mich vor dem gleichen Abgrund zurück, vor dem du standest, als du den Leser verloren hast, den du über alles geliebt hattest. Du warst privilegiert, verwöhnt; nicht jeder Schriftsteller weiß, daß er einen Leser hat. Dein Schreiben ist eine Hand, die du in die Dunkelheit, in eine unbekannte Leere ausstreckst. Die meisten Schriftsteller haben nicht mehr als das. Und dennoch, wie kann ich dir etwas vorwerfen? Du hast trotzdem für mich geschrieben.

Du hast mir geschenkt, was jeder Schriftsteller dem Leser schenkt, den er liebt – Kummer und Freude. Unsere Freundschaft hatte immer zwei Seiten. Wir kannten uns, spielten miteinander, redeten miteinander, aßen miteinander. Es tat sehr weh, dich zu verlassen. Am meisten fehlen mir deine Hände und deine Stimme. Wir haben so oft etwas gemeinsam beobachtet und über das gesprochen, was wir sahen. Wie habe ich ihn geliebt, deinen kalten Blick auf die Welt. Aber die intimere Beziehung zwischen uns hast du hergestellt, wenn du für mich schriebst. Ich folgte dir Seite um Seite um Seite. Ich schrieb meine Antworten auf die Ränder der Seiten, auf die Deckblätter, die Titelseite. Du warst nie allein, nie vergessen, nie verlassen. Ich war da, ich habe gelesen und gewartet.

Dies ist mein erster und letzter Brief an dich. Aber ich werde dich nie allein lassen. Ich werde weiter dein Leser sein. Ich werde nicht aufhören, an dich zu denken. Ich werde in den Formen weiter schreiben, die du für mich geschaffen hast. Du hast gesagt, daß die Liebe zwischen einem Schriftsteller und seinem Leser nie wirklich gefeiert wird, daß ihre Existenz nicht zu beweisen ist. Das ist nicht wahr. Ich bin wiedergekommen, um dich zu finden. Und als ich dich gefunden hatte, habe ich dich nicht wieder losgelassen. Das werde ich auch jetzt nicht tun. Du hast mich gefragt, was ich am meisten fürchte. Ich habe mich nie davor gefürchtet, dich zu verlieren. Weil ich dich niemals loslassen werde. Du wirst immer meine ganze Hingabe, meine ganze Liebe besitzen. Je te donne ma parole. Ich gebe dir mein Wort.

»Na?«

Hinter ihren Brillengläsern war sie nun nicht mehr so sicher, daß sie das Richtige getan hatte. Aber sie hatte die Wahrheit geschrieben. Schlicht und einfach. Ich hatte ihn entsetzlich geliebt. Und jetzt war er tot. Ich klammerte mich an ihre Schultern und heulte.

»Er wird es nie lesen. Er ist tot. Er ist tot. Er ist tot.«

Sie wiegte mich eine Zeitlang in den Armen. Dann sagte sie grimmig: »Woher willst du wissen, daß er es nie lesen wird?« Darauf gab es keine Antwort.

Am nächsten Morgen ging sie mit ihrer Kreditkarte los und kaufte für 480 Francs Rosen. Der Brief wurde um die Stiele gewickelt, mit Bindfaden befestigt und in einer dichten Blättermasse versteckt. Jacques Martel fuhr uns zum Haus hinaus. Plötzlich wußte ich, daß ich die Tore erkennen würde, die langen Pappelreihen, die sich bereits verfärbten; daß ich mich an das Haus mit dem Mauerwerk aus schmalen Ziegeln und die symmetrische Reihe der Rautenfenster unter den Holzornamenten am Dachgesims erinnern würde, das keine Regenrinne hatte. Ich würde die langen Reihen der Weinstöcke und ihre wechselnden Farben schon kennen. Seine Erinnerungen waren zu meinen geworden. Ich würde zu den roten Mauern des Friedhofs auf dem Hügel hinaufblicken und das verwitterte graue Kreuz des Familienmausoleums erkennen, das an der höchsten Stelle der Totenstadt lag. Ich würde den Platz erkennen, an den wir ihn brachten, um ihn bei seiner Mutter zur letzten Ruhe zu betten und bei dem Mann, dessen Namen er trug, dem Mann, zu dem er Großvater gesagt hatte, Jean-Baptiste Michel.

Seine Tante war klein, von Rheumatismus gebeugt und äußerst mißtrauisch. Sie erwartete uns inmitten der Erbsachen der Familie Michel, umgeben von riesigen alten Anrichten, Schränken, Kommoden und einem billigen, ramponierten Sessel mit scheußlichen Nylonpolstern, der vor dem breiten, dunklen Bildschirm des Fernsehers aufgestellt war. Ihr Gesicht war verschlossen und hart. Sie trug Schwarz. Sie starrte so lange zu uns herauf, daß man es unmöglich noch als höflich empfinden konnte. Dann schüttelte sie mir widerwillig die Hand und forderte uns nicht auf, Platz zu nehmen.

Statt dessen kramte sie nach ihrem Mantel und ihren Schlüsseln, jede Tür wurde gewissenhaft abgeschlossen, ehe wir das Haus durch das hintere Tor verließen und den Weg über die Felder zur Kirche einschlugen. Ich folgte Paul Michel in die Vergangenheit zurück. Ich ging noch einmal seine Wege.

Es war ein klarer, frischer Tag mit einem lebhaften Wind. Die winzige Kirche war eng und finster, mit Blumen gefüllt. Wir trafen beinahe eine Stunde vor der Beerdigung dort ein, aber die Beerdigungsunternehmer waren schon da, aalglatt wie Gangster mit dunklen Brillen und schwarzen Handschuhen. Auch viele Autos, fast alle mit Pariser Nummernschildern. Ich schüttelte Leuten die Hand, die ich noch nie gesehen hatte. Sie waren alle jung. Ich hatte den Sarg noch nicht einmal wahrgenommen, als wir in die Kirche traten. Er war tief walnußbraun, von der Farbe seiner Sonnenbräune, mit silbernen Griffen. Er war mit Blumen bedeckt.

Die Germanistin ging zur Tat über. Sie taxierte die Tante mit einem sorgfältigen, prüfenden Blick, überging sie dann vollkommen und wandte sich ausschließlich an die Beerdigungsunternehmer. Ich sah sie mit dem verantwortlichen Scheusal flüstern. Er nahm die Rosen, verbeugte sich mit den Blumen im Arm vor dem Altar und arrangierte dann still alle Sträuße auf dem Sarg neu, so daß die Rosen auf der Platte über Paul Michels Brust lagen. Es fiel mir außerordentlich schwer, ihn mir dort im Sarg vorzustellen. Mir kam es vor, als wäre er für immer eingesperrt.

Sie glitt wieder neben mir in die Bank und legte ihren Mund an mein Ohr. Um uns herum füllte sich die Kirche. »Alles klar. Ich hab's geschafft. Sie werden die Rosen mit ihm begraben. Ich hab ihnen 200 Francs gegeben.«

Sie war raffiniert, aber ohne Scham.

An die Messe habe ich kaum eine Erinnerung. Ich konnte dem, was der Pfarrer sagte, nicht folgen. Er sprach über die Familie und darüber, wie schöpferisch Paul Michel gewesen sei, und zählte seine Verdienste um die französische Kultur auf. Er sprach über seinen tragischen, frühen Tod, ohne mit einem Wort seine Homosexualität oder die Tatsache zu erwähnen, daß er in einer geschlossenen Anstalt gelebt hatte. Seine Version von Paul Michel klang widersprüchlich und wirklichkeitsfern. Aber ich war zu mitgenommen, um mir etwas daraus zu machen. Was mir allerdings ins Bewußtsein drang, waren die Worte des Kirchenliedes, das er ausgewählt hatte.

Et tous ceux qui demeurent dans l'angoisse
ou déprimés, accablés par leurs fautes,
Le Seigneur les guérit, leur donne vie,
leur envoie son pardon et sa parole.

Und daran klammerte ich mich, weil es das letzte war, was die Germanistin ihm versprochen hatte. Ich gebe dir mein Wort. Als der Moment des Abschieds kam, und jeder der Anwesenden die Blumen auf seinem Sarg mit Weihwasser benetzte, wurde mir klar, daß draußen vor der Kirche mehr Leute warteten, als drinnen Platz hatten. Die Prozession war endlos. Es waren einige Paare darunter, Männer und Frauen zusammen, aber die meisten waren Männer.

Wir stiegen den Hügel hinauf zum Friedhof, ein ungeordneter Marsch, farbenprächtig, chaotisch. Ich weinte stumm und unablässig Ströme von Tränen, war wie umhüllt von einem riesigen, formlosen Kummer. Die Germanistin hatte ihren Arm fest um meine Taille gelegt, aber sie wandte ihren Blick nicht von den Rosen, die auf den Schultern von sechs keuchenden Sargträgern vor uns her schaukelten, denen der Aufstieg mehr zu schaffen machte, als sie erwartet hatten. Wir paßten nicht alle auf den Friedhof. Ich sah mich um. In der Oktobermorgensonne erstreckte sich den Hügel hinunter ein langer, weit auseinandergezogener Pilgerzug, der Paul Michel folgte.

Wer aus einer wohlhabenden Familie stammt, wird nicht unter der Erde begraben. Eine riesige Granitplatte war von der Familiengruft gehoben worden. Er sollte für immer in Beton verschlossen werden. Man stellt einen Sarg auf den anderen. Nach und nach verrotten sie und sacken durch. Ich umklammerte ihre Hand. Unglücklicherweise waren wir die ersten in der Prozession und konnten genau sehen, was geschah. Der Pfarrer begann zu singen. Seine Worte wurden vom Wind verschluckt. In regelmäßigen Abständen antworteten alle Leute um mich herum: »Pour toi, Seigneur ...« Ich hörte jedesmal das unmelodische Ächzen der alten Tante. Aber alle schienen zu wissen, was man singen mußte. Der Sarg stieß mit lautem Knirschen gegen die bemooste Betonwand, als er an den Seilen hinabgesenkt wurde. Die Männer hatten sehr wenig Manövrierraum. Die Gräber standen dicht gedrängt. Ich sah unten auf dem Grund eine dunkle Form warten, düster und unverrottet. Da waren sie, einer über dem anderen, seine Mutter, sein Großvater, seine vor sich hin flüsternde Großmutter, und nun Paul Michel.

»Er hat kein Grab, kein richtiges Grab, keine Erde«, zischte ich verzweifelt.

»Das ist in Ordnung«, sagte sie leise. »Er mochte Städte. Es ist nur wieder Beton. Und die Rosen werden länger halten.«

Er hatte ihre Intensität, ihre Zielstrebigkeit und ihre absolute Furchtlosigkeit richtig gesehen. Mir ging in diesem Moment auf, warum er sich so zu dem Jungen am Strand hingezogen gefühlt hatte. Sie waren seelenverwandt, beide beobachteten die Welt mit dem gleichen kalten Blick.

Wir bahnten uns durch eine Menge ernster, konzentrierter Jünger den Weg zum Haus zurück. Eine Gruppe von Rauchern stand draußen an der Friedhofsmauer. Jacques Martel hatte der Tante den Arm gereicht, und der Pfarrer ging vor uns her. Die Sargträger standen wie Cäsars Wachsoldaten um das Grab. Vor uns teilte sich die Menge. Ich sah nichts als verschwommene Gesichter. Wir wurden wie ein Teil der Familie behandelt. Die Tante zog Jacques' Gesicht zu sich herunter.

»Wer sind all diese Leute?« fragte sie.

Doch sie bekam ihre Antwort von der Germanistin. Sie stand plötzlich auf der anderen Seite von Madame Michel. »Das sind seine Leser«, sagte sie.

Madame Michel starrte mit unverhohlenem Mißtrauen auf die vielen Menschen. Ihr verirrter Neffe hatte eine Menge gutes Geld verdient und einen schlechten Ruf erworben. Ihr war die Sache nicht geheuer.

Am Tag darauf flogen wir von Toulouse nach London zurück. Ich hatte die erste Woche des Semesters verpaßt. Die Germanistin hatte einfach verbreitet, daß ich krank sei, so daß mich alle wegen meiner Angegriffenheit, die sie auf eine Virusgrippe und Lebensmittelvergiftung zurückführten, bedauerten.

In den Wochen darauf erzählte ich der Germanistin alles. Ich mußte reden. Nur eine Passage der Geschichte verschwieg ich: Paul Michels Begegnung mit dem Jungen am Strand. Diese Geschichte erzählte ich nicht, weil sie ihr Geheimnis war, ihr geheimer Pakt mit ihm. Aber ihren Brief an Paul Michel las ich immer wieder. Ich verstand jetzt den Code. Der Brief hätte von beiden von uns geschrieben sein können. Sie hatte ihr Wort gehalten. Nun war es an mir, das meine zu halten.

Ich schrieb meine Dissertation mehr oder weniger so, wie ich sie ursprünglich geplant hatte. Ich fügte keinen biographischen Abschnitt hinzu. Ich erzählte meinem Doktorvater nicht einmal, daß ich Paul Michel gekannt hatte. Ich verriet auch nichts davon in meiner Danksagung. Jener Sommer war wie ein Pflasterstein, der aus meinem Leben gerissen war, eine leere Fläche. Meinen Eltern erzählte ich es natürlich. Sie waren ein wenig schockiert, daß ich jemandem so nahegekommen war, der offensichtlich labil war und den sie nicht kannten. Wieder baten sie mich, ihnen die Germanistin vorzustellen. Ich flehte sie an, mit mir nach Hause zu kommen. Sie weigerte sich und befahl mir mit unnötiger Schärfe, sie nie wieder darum zu bitten.

In den Jahren darauf hatte ich zunächst eine Forschungsstelle an meinem alten College und gewann dann das Foucault-Reisestipendium. Mit dem Geld ging ich nach Amerika. Schließlich bekam ich eine Stelle am Romanistischen Institut in einem der Londoner Colleges. Dort hielt ich Vorlesungen über Paul Michel. Die Germanistin ging nach Weimar, um dort im Goethe-Schiller-Archiv zu arbeiten. Wir schrieben uns noch etwas über ein Jahr. Dann verlor ich den Kontakt zu ihr. Manchmal sehe ich die Titel der Aufsätze, die sie in *The Year's Work in German Studies* veröffentlicht. Irgend jemand hat mir einmal erzählt, daß sie eine Schiller-Biographie schreibt und eine neue Ausgabe des Briefwechsels zwischen Goethe und Schiller herausgeben will. Zweifellos werde ich mir beide Bücher kaufen, wenn sie in den Handel kommen.

Ich versuche, nicht an ihn zu denken. Ich arbeite einfach mit den Texten. Aber es gibt einen immer wiederkehrenden Traum, der mich nicht losläßt. Die einzelnen Bilder des Traums haben eine halluzinatorische Intensität, die ich nicht abschütteln kann. Es ist Winter, und die Maisfelder sind abgeerntet. Übrig sind nur die gelben, brüchigen Stengel, dick und hinderlich beim Laufen. Ich stolpere über ein riesiges, verlassenes Feld, auf dem die bei der Ernte übriggebliebenen Strünke brennen. Es ist bitterkalt. Die Stoppelfeuer brennen ungleichmäßig, einige Flächen sind nur noch rauchende schwarze Asche, einige sind unberührt und frosthart, doch an anderen Stellen treibt der Wind die Flamme durch die Reihen, durch die knisternden trockenen Linien zertrampelter, toter Maisstengel. Weit weg, am Rand des Feldes, sehe ich eine lange Kette kahler Pappeln und dahinter den Himmel, ein blasses, leuchtendes, kaltes Grauweiß. Dann sehe ich durch den Rauch und die verstreuten Feuer Paul Michel. Er steht da und beobachtet mich. Er rührt sich nicht vom Fleck. Es ist bitterkalt. Er hat weder einen Mantel noch Handschuhe an, sein Hemd ist am Hals geöffnet. Er steht mitten zwischen den Feuern und beobachtet mich. Er rührt sich nicht und spricht nicht. Es ist bitterkalt. Ich habe ihn nie im Winter gesehen. Ich kannte ihn nur eine Jahreszeit. Ich laufe stolpernd auf ihn zu, und ich komme nicht näher. Dann sehe ich, daß noch jemand auf dem Feld ist. Weit, weit weg, hinter Paul Michel schimmert die Gestalt eines Mannes durch den Rauch der kleinen Feuer. Ich kann ihn nicht erkennen. Ich weiß nicht, wer er ist. Die Szene erstarrt vor mir wie ein Gemälde, in das ich niemals hineinkann, eine Szene, deren Bedeutung unerreichbar, verborgen bleibt.

Ich wache immer bebend auf, elend, allein.

PAUL MICHEL	MICHEL FOUCAULT
geb. 15. Juni 1947	geb. 15. Oktober 1926
Toulouse	Poitiers
Bacc. am Collège St Bénédict	Bacc. am Collège St Stanislaus
1966–1970 Ecole des Beaux-Arts. Studium der Kunst und Bildhauerei	1946 Ecole Normale Supérieure
1968 *La Fuite,* GB/USA *Escape,* 1970	1948 Erster Selbstmordversuch
1974 *Ne demande pas,* Roman GB/USA *Don't ask*	1961 *Wahnsinn und Gesellschaft*
1976 *La Maison d'Eté.* Prix Goncourt, GB *The Summer House*	1966 *Die Ordnung der Dinge*
1980 *Midi,* Roman	1969 *Archäologie des Wissens*
1983 *L'Evadé,* Roman USA *The Prisoner Escapes*	1975 *Überwachen und Strafen*
Mit der Diagnose Schizophrenie eingewiesen in das Hôpital Sainte-Anne, Paris, Juni 1984	1976 *Sexualität und Wahrheit*

1984
Die Sorge um sich,
Der Gebrauch der Lüste

Nizza, 30. September 1993.
Umgekommen bei einem
Autounfall

Paris, 26. Juni 1984.
Gestorben an AIDS

Bestattet in Gaillac

Bestattet in Poitiers

DANKSAGUNGEN

Als Fiktion ist dieses Buch eng an das Leben realer Personen angelehnt, die kennenzulernen ich das Vergnügen hatte. Ich danke den Mitarbeitern und Patienten von Sainte-Marie in Clermont-Ferrand, danke dem wirklichen Pascal Vaury für seinen fachmännischen Rat und die Zeit, die er aufgebracht hat, und allen Leuten in Villa Saint-Benoît in Berre-Les Alpes, einschließlich Baloo, dem Torhüter. Ich hätte kein einziges Wort schreiben können ohne die ständige Unterstützung, praktische Fürsorge und grenzenlose Großzügigkeit von Nicole Thouvenet, Jacqueline Martel und S. J. D., der dieses Buch wie immer mit all meiner Liebe gewidmet ist.

Patricia Duncker
Frankreich, 1995

Binnie Kirshenbaum im dtv

Wer etwas vom Seiltanz über einem Vulkan lesen will, also von den Erfahrungen einer kühnen Frau mit dem männlichen Chaos, dem sei Binnie Kirshenbaum nachdrücklich empfohlen.«
Werner Fuld in der ›Woche‹

Ich liebe dich nicht
und andere wahre Abenteuer
dtv 11888

Zehn ziemlich komische Geschichten über zehn unmögliche Frauen. Sie leben und lieben in New York, experimentierfreudig sind sie alle, aber im Prinzip ist eine skrupelloser als die andere...
»Scharf, boshaft und irrsinnig komisch.« (Publishers Weekly)

Kurzer Abriß meiner Karriere
als Ehebrecherin
Roman · dtv 12135

Eine junge New Yorkerin, verheiratet, linkshändig, hat drei außereheliche Affären nebeneinander. Sie lügt, stiehlt und begehrt andere Männer. Daß sie ein reines Herz hat, steht außer Zweifel. Wenn sie nur wüßte, bei wem sie es verloren hat, gerade. »In diesem unkonventionellen Roman ist von Skrupeln keine Rede. Am Ende fragt sich der Leser amüsiert: Gibt es eine elegantere Sportart als den Seitensprung?«
(Franziska Wolffheim in ›Brigitte‹)

Ich, meine Freundin und all diese Männer
Roman · dtv 24101

Die beiden Freundinnen Mona und Edie haben sich im College kennengelernt und sofort Seelenverwandtschaft festgestellt. Sie sind entschlossen, ein denkwürdiges Leben zu führen. Und dabei lassen sie nichts aus... »Teuflisch komisch und frech. Unbedingt lesen!« (Lynne Schwartz)

Javier Marías im <u>dtv</u>

»Bisweilen erweist sich das wahre Wissen als
bedeutungslos, und dann kann man es erfinden.«
Javier Marías

Mein Herz so weiß
Roman · dtv 12507

Eine junge Frau erhebt sich vom Tisch, geht ins Bad, knöpft
sich die Bluse auf und erschießt sich. Vierzig Jahre später beschäftigt sich ihr Neffe mit der Tragödie. Er ist Dolmetscher
und leidet an einer »déformation professionelle«, die ihn
dazu zwingt, jedes Detail zu registrieren und zu interpretieren: die scheinbar unbedeutenden Dinge seines eigenen Ehe-
lebens, aber auch jene Details, die ihm nach und nach mehr
über die Ereignisse vor seiner Geburt verraten, als ihm lieb
ist…

Alle Seelen
Roman · dtv 12575

Ein junger Spanier kommt als Gastdozent nach Oxford,
einer Stadt wie »konserviert in Sirup«. Er beginnt eine Affäre
mit der verheirateten Dozentin Clare, in deren Blicken er bei
einem grausig-grotesken Dinner seine eigene Kindheit wie-
derfindet. – Immer enger verknüpft Marías
die Erzählfäden, immer rascher treibt er seine suggestive
Sprache einem dramatischen Finale zu, in dem Clare in der
letzten gemeinsamen Nacht ihr Geheimnis enthüllt…

»… ich glaube, das ist einer der größten im Augenblick
lebenden Schriftsteller der Welt.«
Marcel Reich-Ranicki

»Im Beschreiben des Begehrens und der Erwartung ist Javier Marías Meister.«
Verena Auffermann in der ›Süddeutschen Zeitung‹

Joyce Carol Oates im dtv

»Mit dem Schreiben sei es wie mit dem Klavierspiel,
hat Joyce Carol Oates einmal gesagt.
Man müsse üben, üben, üben. Die Oates muß nicht
mehr üben. Sie ist bereits eine Meisterin.«
Petra Pluwatsch, ›Kölner Stadtanzeiger‹

Grenzüberschreitungen
Erzählungen · dtv 1643

Lieben, verlieren, lieben
Erzählungen · dtv 10032

Bellefleur
Roman · dtv 10473
Eine Familiensaga wird
zum amerikanischen My-
thos.

Engel des Lichts
Roman · dtv 10741
Eine Familie in Washing-
ton zwischen Politik und
Verbrechen.

Unheilige Liebe
Roman · dtv 10840
Liebe, Haß und Heuchelei
auf dem Campus einer ex-
klusiven Privatuniversität.

**Die Schwestern von
Bloodsmoor**
Ein romantischer Roman
dtv 12244

Das Mittwochskind
Erzählungen · dtv 11501

Das Rad der Liebe
Erzählungen · dtv 11539

**Im Zeichen der
Sonnenwende**
Roman · dtv 11703
Aus der Nähe zwischen
zwei Frauen wird zerstö-
rerische Abhängigkeit.

Die unsichtbaren Narben
Roman · dtv 12051
Enid ist erst fünfzehn, als
ihre *amour fou* mit einem
Boxchampion beginnt...

Schwarzes Wasser
Roman · dtv 12075
Eine Nacht mit dem Sena-
tor: den nächsten Morgen
wird Kelly nicht erleben...

Marya – Ein Leben
Roman · dtv 12210
Maryas Kindheit war ein
Alptraum. Dieser Welt
will und muß sie entkom-
men.

Amerikanische Begierden
Roman · dtv 12273
Der Collegeprofessor Ian
soll seine Frau ermordet
haben. Wegen einer ande-
ren...